살아 있는 모든 것은 유혹한다

이서희 에세이

유혹의 학교

한겨레출판

여자는 생각만큼 도덕적이지 않다.
유혹할 줄 모르는 남자를
도덕으로 외면할 뿐.

차례

제 1 부

서 사 는

．　　．　　．

끝나지 않았다

. . . . . .

유혹은,

한 번도 해보지 않은 양 함께하고,

한 번도 가보지 않은 듯 함께 가고,

한 번도 듣지 못했던 양 함께 듣고 새기는 일이야.

마치 새로운 세상을 열어젖히는 듯이.

그야말로 생의 감각이 폭발하듯 살아 오르는

가장 관능적인 순간이 아닐까?

유 혹 하 라

•   1년 만이었다. 그와 저녁을 먹는 것은. 고등학교 졸업 직후 만나서 20년을 띄엄띄엄 마주치며 살았다. 우리의 거리는 멀어졌다 조금 더 가까워지는 일을 반복했다. 긴 세월을 적절한 거리감으로 함께하는 것은 과거를 돌이키면 추억이요, 미래를 바라다보면 위안이 되었다. 20년의 우정은 세상의 모든 매력적인 이성과 연인이 될 필요가 없다는 걸 가르쳐줬다. 돌이켜보면, 연인 관계는 너무 많은 것을 앗아가기도 했으니까. 죄다 얻었다가 모조리 잃는 기분을 느끼고 싶지 않은 사람을, 살다보니 몇 만났다. 그만큼 설레지 않았고 그만큼 절박하지 않았는지도 모르겠다. 타이밍이 맞지 않아서일 수도 있겠지만.

우리는 스쳐간 연인에 대해 거리낌 없이 털어놓지만 서로를 향한 감정은 들춰내지 않았다. 딱 이만큼의 남자, 여자임에 만족하며 상대방을 마주했다. 우리는 서로를 천천히 배워갔다. 비켜갈 줄 알면서도 기꺼이 다가가고 맞닿을 듯 가까워져도 스치듯이 어긋났다. 그럼에도 마주하는 시선은 햇살이 차오르듯 다정했다. 언젠가 당신에게 말했었지. 여자는 생각만큼 도덕적이지 않다고. 유혹할 줄 모르는 남자를 도덕으로 외면할 뿐.

"있잖아, 나이 드는 게 그리 아쉬운 일만은 아니란 걸 알았어."
눈앞에 놓인 레드와인을 한 모금 삼킨 뒤 내가 말했다.
"그래? 다행인 걸. 아직도 나한테는 네가 20대 때 그 모습으로 보이기는 하지만."
적절한 호기심은 다정함의 연료이다. 궁금함을 덧입은 그의 눈빛만으로도 나의 이야기는 인기 절정 연재소설의 도입부처럼 당당해진다.
"얼마 전에 들었는데, 여든 살 할머니가 여든둘, 일흔여덟 할아버지랑 삼각관계라고 하더라. 처음에는 웃어 넘겼는데, 나도 모르게 그 할머니 자리에 나를 대입해서 상상해보게 되는 거야. 은근히 안심이 되더라고. 나이가 들어도 연애 감정은 사라지지 않는구나, 삼각관계에 빠질 만큼 열정적일 수 있구나 하고."

술을 잘 마시지 못하는 그는 와인을 내 잔에만 따르는 중이었다. 그가 대답했다.

"네 말을 듣고 보니 갑자기 생각나는 영화가 있어."

그는 캐머런 디아즈가 난독증이 있는 파티 걸을 연기하는 〈당신이 그녀라면〉(2005)이라는 영화 이야기를 꺼냈다. 우여곡절 끝에 실버타운 요양원에서 일하게 된 여자는 그곳에서 시력을 잃은 노 교수를 만난다. 교수는 책을 읽어달라는 핑계로 여자와 가까워지는데, 눈은 보이지 않지만 그녀가 매혹적인 여자임을 짐작할 수 있었을 거라는 게 그의 주장이었다. 두 사람의 관계가 돈독해지면서 여자는 교수의 도움으로 난독증을 치료한다. 오래된 콤플렉스를 직면하고 치유하면서 스스로 받아들이고 긍정하는 용기 또한 배운다. 그가 덧붙였다.

"나도 말이야. 죽을 때까지 곁에 있는 여성을 유혹하는 남자가 되고 싶어. 그 노 교수처럼."

"둘 사이에 어떤 이성적 감정 교류가 있었어?"

"뭐, 딱히 있었다고 규정하기는 힘들겠지. 하지만 둘 사이에 오갔던 건 유혹의 일종이었다고 생각해. 상대의 호감을 얻기 위해 자신의 매력을 보여주고 자발적으로 다가오게 했다는 점에서 말이야. 서로를 변화시키는 과정으로서도 그렇고.

나중에 노 교수는 그녀에게 자기 아들과 만나보면 어떻겠느냐고 제안까지 해. 일종의 가장된 혹은 전이된 프러포즈지.”

대학을 졸업하고 프랑스 유학을 시작하던 무렵, 비슷한 이야기를 들었다. 백발이 성성한 노 신사의 거듭된 친절을 두고 프랑스 친구에게 조언을 구하면서였다. 정중하고 예의 바른 접근이 오히려 당황스러웠고, 문화의 차이인가 싶어 혼란스럽기도 했다. 그녀의 대답은 그간의 내 생각을 뒤흔들어놓기에 충분했다.

이곳은 모든 관계가 유혹에 기반을 뒀다고 생각하는 사회야. 서로를 유혹하고 유혹함으로써 자신을 증명해 보이고 싶어 하지. 눈앞의 결과를 위해서만 유혹하는 게 아니라 존재의 방식으로서 유혹한다고나 할까. 자신의 매력을 드러내고 그것을 통한 관계 형성이 당연하다고 생각해. 부족하면 섭섭함을 느낄 정도지. 유혹은 상대방에게 정성을 다하는 태도이기도 해. 부담스러우면 당연하게 거리를 두고 필요하다면 딱 부러진 거절도 할 수 있는 거야.

그녀에 따르면 유혹의 행위는 연인이 되고 싶어서나 성적 매력을 바탕으로만 이루어지는 일이 아니었다. 가게에서 물건을 살 때도, 거래처와 새 계약을 맺을 때도, 새로운 사람을 소개받았을 때도 우리는 서로를 유혹한다. 정치인은 대중을 유혹하고 저자는 독자를, 가수는 청중을 유혹한다. 상대가 있는 한 자연스럽게 벌어지는 일이고 유혹의 대상은 타인으로만 제한되지 않는다. 우리는 우리 자신을 유혹하기도 하고 우리의 삶을 유혹하거나 삶과 삶의 순간에 유혹당하기도 한다. 갖은 오해와 편견으로 유혹을 포장하지만, 유혹은 인간의 자연스러운 생존 방식이라는 것이 그녀의 주장이었다.

문화에 따라 표현 방식과 허용 범위가 달라지곤 하지만, 유혹은 인간이 그 기원에서부터 함께해온 활동이었다. 이에 관한 이야기는 곳곳에 존재한다. 금기와 위반, 파멸의 도색성으로 치장되었을지라도 한 꺼풀 벗겨보면 또 다른 서사가 있다. 위반은 기쁨을, 파멸은 생성을 이끄는 텍스트가 된다. 그녀가 말했다. 인간을 에덴동산에서 쫓아낸 뱀과 이브의 유혹이 없었더라면 인류에게 이토록 풍요로운 문명이 가능했겠느냐고. 유혹에 굴복함과 동시에 인간은 신의 종속에서 벗어났다. 주어진 천국을 떠나 주체적 존재를 향한 길에 한 발짝 들어선 것이다.

시선을 달리하자 일상 속의 유혹이 다양한 결과 모습으로 존재를 드러냈다. 유혹을 통해 바라보는 관계는 즐겁고 촘촘했고 흥미로웠다. 삶의 사소한 사건부터 평범한 하루의 일과까지, 주의 깊게 관찰하고 기록하기 시작했다. 관찰은 때로 모방을 이끌었고 그렇게 습득된 행위가 맞춘 옷처럼 편안해지는 일도 벌어졌다. 주말 장터에 나온 아가씨의 소탈한 웃음, 간만에 풀린 날씨에 풀어헤친 옷깃의 넉넉함, 우연히 마주친 시선의 당돌함까지, 그들만의 방식으로 체화된 몸짓들이 나의 하루에 스며들었다. 삶이 풍요로워졌고 관찰의 힘은 내 안까지 영역을 뻗어나갔다. 나의 존재를 성찰하고 다시 쓸 수 있었다. 나를 새로이 발견하는 자리에서 유혹이 시작됐다. 유혹은 멈춰 있지 않고 움직이면서, 열려 있는 시선으로 삶과 세상을 이해하고 도발하고 품어내는 일이었다. 나는 유혹의 시선과 움직임을 익히면서 삶과 인간, 그리고 관계의 서사를 새롭게 배워갔다. 일상이 학교로 변하는 나날이었다.

"세상 남자들이 오빠처럼 유혹에 진지하고 열성적이라면 여자들은 참 즐거울 텐데 말이야."

"그건 여자도 마찬가지야. 자신이 얼마나 유혹적인 존재임을 알고 충분히 누릴 수 있는 환경이었으면 좋겠어. 눈치 보지 않고 자신을 드러내지만, 민감해진 감각으로 서로를 배려하면서 말이지."

삶을 마감할 때까지 유혹을 멈추고 싶지 않다는 친구의 말에 나는 힘을 얻었다. 우리는 유혹과 함께 슬기로워질 것이다.

변해가는 자신에게 어울리는 매력을 발산하며 살 것이다.

　식사를 마친 뒤 근처 팥빙수 집에서 빙수를 나눠 먹고 헤어졌다. 그를 떠나는 길은 매번 아쉽고 서운하다. 소진하지 않은 유혹과 미련이 남아 언젠가 또 만나겠지. 만남과 헤어짐이 오고가는 이곳의 삶은 유혹의 수업을 치르는 학습의 터전이다. 유혹은 상대의 매력은 물론 자신을 발견하고 탐험하는 수업이다. 오랜 편견으로 자리잡은, 추락과 파멸이란 유혹의 수업료는 치르지 않아도 좋다. 우리는 삶과 함께 단련된 감각으로 소통의 폭과 깊이를 확장해간다. 생명이 번식하고 문명이 꽃피워가는 이 세상은 그 자체로 유혹의 학교가 된다. 인간은 이미 진화의 과정을 통해 다른 생명의 유혹을 보고 듣고 배웠으며 그것을 인류만의 방식으로 발달시켜왔다. 오래전부터 지금까지 세상은 유혹의 스승과 동지들로 넘쳐났다. 앞으로 살아갈 삶의 여정이 외롭지만은 않으리라 생각하니 든든해졌다. 집으로 돌아가는 길, 덜컹이는 버스 뒷자리에 앉아 오래된 동지에게 메시지를 보냈다.

'다시 만나는 날은 더 반가울 거야. 당신이 나아갈 유혹의 여정에 건투를 빌며.'

가장
관능적인
순간에

'관능'

1 생물이 살아가는 데 필요한 모든 기관의 기능. 폐의 호흡 작용. 눈의 시력 따위가 있다. 2 오관
및 감각기관의 작용. 3 육체적 쾌감, 특히 성적인 감각을 자극하는 작용. 예: 그녀의 관능에 유혹
되다.

– 네이버 사전

•   그녀와의 만남은 15년 전으로 거슬러 올라간
다. 파리 유학 시절이었다. 눈에 띄는 외모는 아니었음에도 함
께 있다 보면 시선을 사로잡는 사람이었다. 거침없었고 때로
는 도발적이기도 했으나, 위협적이기보다는 즐겁고 유쾌했
다. 누구와 대화를 하든, 상대방 말에 귀 기울일 줄 알았고 적
절한 추임새로 흥을 불어넣었다. 관찰력도 상당해서 발견에
능했을 뿐더러, 남다른 의미 부여로 사소함을 특별하게 만들

기도 했다. 그녀와 시간을 보낼 때면 온몸의 감각이 충일해지는 기분이었다. 함께 먹는 음식은 특별했고, 같이 방문한 장소는 색달랐다. 그녀는 이 모든 것을 '관능적 체험'이라 일컬었다. 관능이란 삶에 필요한 신체기관의 기능이자 감각기관의 작용이므로 제대로 느끼고 온전히 받아들일 때 '관능적'이라는 말을 들어 마땅하다고 했다. 그런 의미에서, 그녀는 관능적이었다.

그리고 다음은 관능적인 그녀가 내게 들려준 연애담이다. 잠자는 도서관의 미남에 관한.

대학원 석사과정을 마감하던 차였어. 논문을 마무리하느라 학교와 도서관만 들락거렸고 일상은 권태롭기 짝이 없었어. 마치 내 생에 남은 섹스는 침대 안 정상위밖에 없을 것 같은 무력감이 지배했다고 할까. 그러던 어느 날 도서관에 새로운 얼굴이 나타난 거야. 새로울 뿐 아니라 아주 특별한 남자가. 처음에는 생각했지. 지금 이럴 때가 아니다, 논문 발표가 코앞이다, 정신 차리자. 그런데 생각해보니 참 한심한 거야. 어릴 때부터 지금까지 언제나 중요한 일정은 내 앞에 놓여 있었거든. 이 고지만 넘으면 대단한 삶이 기다리고 있다는 듯 현재의 희생쯤은 당연하게 여겨왔어. 마치 현재의 나는 미래의 나의 예비군인 것처럼 말이야. 지금 사는 것은 내 인생이 아니라 진정한 삶을 위한 준비 단계인 양 받아들이며. 이렇게 살다가는 시작도 못해보고 인생을 마감할 것 같더라고. 더 늦기 전에 저지르며 살자고 마음먹고는 그와 가까워질 궁리를 했어. 우선은 내 존재를 알려야 했지. 운 좋게도 다음 날 그 남자 앞자리가 비어 있기에 부리나케 앉아버렸어. 노트북 전선을 연결하려고 책상 밑으로 기어들어가 플러그를 꽂으려는데, 글쎄 내 자리 콘센트가 막혀 있는 거야. 어찌 할까 망설이고 있는데 그가 책상 밑으로 내려오더라. 상황을 알아채고 코드를 건네라는 시늉을 하길래 잽싸게 넘겨주었지. 그렇게 첫 만남이 이뤄진 거야. 넓은 도서관의 책상 밑에서 얼굴을 마주하고 엎드린 채로. 별 일 아닌 듯 올라와 모니터를 보는데, 세상에 맘에 드는 남자랑 네발 기기 체위로 대면한 직후 일거리가 눈에 들어오겠어? 차라리 아쉬움이라도 남기자는 생각에 짐을 챙겨 도서관을 떠나버렸지.

그 뒤로 매일같이 그를 주시했어. 한국인 지인과 알고 지내길래 지나가듯 정보를 묻기도 했지. 1년 차 연수를 온 일본 공무원이라기에 한번쯤 물어봐 달라고 부탁했어. 괜찮은 여자가 있는데 만나볼 생각이 있는지 말이야. 소개팅이 성사될 때까지 기다렸느냐고? 물론 아니지. 대답을 들을 때까지 기다릴 수 없어서 이튿날 마음먹고 도서관에 나갔어. 슈퍼맨이 되기 위해 빨간 망토가 필요하듯 유혹용 작업복을 차려 입고서 말이야. 뭐랄까, 특별한 건 아닌데 그 옷만 입으면 유혹력이 상승하는 느낌이랄까. 너도 잘 알잖아. 결국은 자세라고. 얼마나 더 예쁘고 아니고를 떠나서 단단한 자신감을 갖춘 사람은 매력적인 인상을 심어주기 쉬워. 복장은 때때로 자신감을 상승시키기도 하고.

오후의 끝물, 도서관에 들어서서 그를 찾기 시작했어. 깊숙한 구석 자리에 앉아 두 팔에 얼굴을 묻고 정신없이 잠들어 있더라. 잠자는 도서관의 미남을 깨우지 않고 지나치는 일처럼 참기 힘든 일이 어디 있겠니? 잠든 등을 슬며시 흔들면서 말했지.

"일어나세요."

잠에서 깨어 어리둥절한 표정으로 쳐다보는 그에게 당연한 일인 양 요구했어.

"가방 챙겨서 나오세요."

잠이 덜 깬 상태여서인지는 몰라도 순순히 따라오더라. 성큼성큼 걸어가는 내 뒤를 쫓아서 말이야. 정문 앞에 이르러서야 그를 향해 돌아섰지. 한 발짝 다가선 뒤 입을 열었어. 손짓으로 내 머리끝이 남자의 가슴팍에 닿는 것을 가리키며 말했어.

"생각보다 키가 크시네요. 키 좀 확인해보려고 했어요. 들어가 보셔도 돼요."

당황한 기색으로 할 말을 찾는 그를 보자 웃음이 새어나왔어. 생글생글 그를 올려다보며 말을 이었지.

"들어가기 싫죠? 그럼 나랑 놀래요? 날도 좋은데."

우리는 곧장 도서관 근처에 있는 아이리시 선술집에 갔어. 맥주 한 잔씩을 시켜놓고 이야기를 나눴어. 그의 불어가 서툴러서 의사소통은 좀 힘들었지만, 더 귀 기울이고 더 즐겁게 반응하며 대화를 이끌어갔지. 말하는 데 자신이 붙은 그는 흥이 나서 갈수록 자신 있게 말을 이어 가더라. 시끄러운 장소에서 대화하다 보니 몸과 몸이 더 가까워질 수밖에 없었어. 시선은 더 자주 부딪쳤고 어느덧 내 눈은 그의 머리 위 몇 가닥 새치 위에 머무르게 됐지.

"고개 좀 숙여봐요."

그가 의아한 표정으로 고개를 기울이자 몸을 숙여 그의 머리칼 속 새치 하나를 뽑아보였어. 손을 내밀어보라는 시늉을 한 뒤, 눈앞에 펼쳐진 길고 커다란 손 위에 방금 뽑은 새치를 올려놓았지.

"몇 개 더 있는데, 마저 뽑아줄까요?"

그가 고개를 끄덕이며 좀 더 깊숙이 몸을 밀었어. 얼굴이 맞닿을 듯 가까워졌고 콧가로는 그의 체취가 성큼 밀려들었어. 그때 입에서 군침이 감돌았지. 관능이란 그물처럼 연결되어서 후각의 자극만으로도 미각이 움직이고 온몸의 촉각마저 곤두서듯 일어서기도 해. 대화는 띄엄띄엄 이어졌지만, 모조리 살아난 감각 덕분에 지루할 틈이 없었어. 지하철이 끊길 때까지 자리를 떠날 줄을 몰랐을 정도로 말이야.

밤거리를 나와서 길을 걷다가 눈에 띄는 호텔로 문을 열고 들어갔어. 늦은 밤 파리에서 택시를 부르려면 호텔 데스크의 도움이 유용하거든. 호텔 문을 나오자 깜짝 놀란 얼굴로 무너질 듯 서 있는 그 남자가 가로등 불빛 아래 보였어. 의도치 않게 그의 상상력을 너무 앞서 자극한 거지. 상황을 설명하려 다가갔는데, 뿌옇게 가라앉은 안경알 너머 터질듯이 빛나는 눈동자가 보였어. 맨눈이 보고 싶다고 생각하면서 그의 얼굴 위 안경을 끌어내렸어. 안경을 손에 쥐고 입김을 불어넣었지. 창밖 너머 풍경처럼 아득해진 시선이 안경을 닦는 끝에서 또렷하게 떠오르고 있더라. 갈색 돌처럼 반짝이는 눈동자였어. 그의 촘촘한 속눈썹이 물풀처럼 흔들리고 밤바람이 내 입술을 스쳐가는데, 그때 알아버렸어. 세상에서 가장 아름다운 소리는 말과 말 사이 느슨하게 걸쳐 있는 침묵이라고. 그 틈으로 새어나는 한숨이라고. 조금씩 벌어지는 둘의 입술 사이로 닿을 듯이 가깝게 숨이 흘렀어. 빗방울이 자박자박 떨어지듯이, 흐르는 물줄기로 나지막이 퍼지듯이.

그때 택시가 도착했지. 차에 함께 올라서는 집에 도착할 때까지 손을 놓지 않았어. 가끔은 흐트러져 열광하는 감각을 한 곳에 모아주는 휴지기가 필요해. 때로는 멀리서 그리워하는 시간도. 집 앞에 내리면서 내 전화번호를 불러주었어. 그런 거 아니? 세상의 전화번호가 모두 다르다는 사실이 기적처럼 느껴지는 순간을? 나는 이 세상에 단 하나뿐인 번호의 조합을 그에게 주었던 거야. 경이로운 사실인 양 각인시켰던 거야.

유혹은 이렇듯, 한 번도 해보지 않은 양 함께하고, 한 번도 가보지 않은 듯 함께 가고, 한 번도 듣지 못했던 양 함께 듣고 새기는 일이야. 마치 새로운 세상을 열어젖히는 듯이. 그야말로 생의 감각이 폭발하듯 살아 오르는 가장 관능적인 순간이 아닐까?

그와 내가 연인이 되었느냐고? 이것만 말해줄게. 며칠 뒤 그 남자의 지인에게 물었어. 소개팅은 어떻게 되었느냐고. 그가 전해주는 남자의 대답은 다음과 같았어.

"마음에 드는 여자를 만났습니다. 그러니 소개팅은 거절하겠습니다."

미 묘 한
거 리 를
가 늠 하 는
일

•　　　어느새 5월입니다. 당신과 처음으로 마주친 그
날 역시 5월의 화창한 날이었지요. 기차에서 내리자마자 지중
해의 바람이 몰려와 내 파란 셔츠 깃을 휘날리게 했어요. 손에
는 여행을 떠나기 직전 파리의 아랍인 가게에서 산 새파란 여
행 가방을 들고 있었습니다. 마땅한 가방이 없다고 투덜대는
나를 끌고 친구는 동네의 가방 가게로 안내했어요. 넉살 좋게
가격을 깎아준 뒤 값을 치르고 가게를 나온 내게 말했답니다.
이 가방을 끌고 가면 새로운 사랑을 만나게 될 거야. 친구의
말이 주문이라도 되었을까요. 칸의 기차역을 걸어 나온 뒤 얼
마 되지 않아 크루와제트 대로 한복판을 걸어오는 당신을 이
끌리듯 보았습니다.

기묘한 우연의 연속이었죠? 비행기 표를 바꿔 이틀을 더 머물기로 한 당신의 결정도, 가지 않겠다던 숙소 위층 술자리에 갔다 당신을 만났던 것도, 내가 머물게 된 방이 알고 보니 당신의 옆방이었던 것도요. 우선 우리가 다시 마주친 그날의 술자리에 대해서 이야기해볼까요?

　짐을 풀고 내키지 않는 마음으로 위층으로 올라갔어요. 인사만 하고 내려올 생각으로 몸을 씻고 옷을 갈아입은 뒤였습니다. 누가 봐도 당장 이불 속을 파고들 태세처럼 말입니다. 아아, 그러나 때 이른 잠 채비는 후회를 불러오기도 하지요. 계단을 올라 거실에 들어서는 순간 당신을 보고 말았으니까요.

　테이블 주위로 모여 있는 10여 명의 사람들 틈, 당신이 끼어 있었습니다. 당장 다가가기에는 너무 먼 그곳, 길게 놓인 테이블 맞은편에 기차역 앞 그 남자가 앉아 있었습니다. 자리를 떠도는 말은 알아봐도 너무 멀리 존재하는 당신처럼, 익숙하나 내게는 먼 영어였지요. 구사할 줄 아는 외국어는 불어밖에 없던 터라 꿀 먹은 벙어리처럼 잠시 서 있었어요. 그나마 오랜 프랑스 유학 생활에서 배운 것이 있었습니다. 어디에 있든 누구를 만나든 자신감은 언어보다 중요하다는 거죠.

　금세 미소를 짓고 머릿속으로 되뇌었어요. 다름은 나를 더 돋보이게 할 것이다, 때로는 실력보다 여유가 더 유용하다. 여유를 선점하기 위해서는 첫 등장이 중요합니다. 주의를 끌 수 있는 화려함은 유리한 조건입니다. 시선을 집중하게 하고, 호기심을 자극할 수 있으니까요. 그날의 밋밋한 얼굴이나 허술한 차림새는 아쉬웠지만, 뒤늦은 등장이었으니 당신의 시선을 붙잡을 수 있었습니다. 나를 알아보는 듯 눈빛이 반짝였어요. 호기심이 피어오르지만, 아직 제자리에 웅크리고 있는 모양새로 말입니다. 아마도 반짝임은 그런 것이 아닐까요. 튀어오르지 못하나 꿈틀거리는 빛의 제자리 율동 같은 것 말입니다. 저 역시 당장 아는 척을 하기에는 당신에 관해 아는 것이 아무것도 없었습니다.

당신에게 뻗어가는 시선을 거둔 후 주변을 살폈습니다. 다행히도 한국어가 익숙한 지인이 멀지 않은 자리에 있더군요. 다가가 반갑게 말을 걸었습니다. 밝게 웃고 적당한 제스처를 섞어가며 대화를 이어갔습니다. 차림새의 지나친 소박함을 소탈하고 쾌활한 성정의 표지인 양 표현하면 어떨까, 그렇게도 생각해봤죠. 영어가 서툴다고 입을 다무는 대신 내가 할 수 있는 말로 편안하게 대화를 시작했습니다. 때로 이국의 언어만큼 매혹적인 건 없으니까요. 나는 그렇게, 내 익숙한 말을 자신 있는 애창곡을 불러내듯 뽑아냈습니다. 그래도 고백해야겠어요. 당신의 수줍은 눈길이 어깨너머로 길어지고 있다는 걸 아는 순간 그곳을 떠나는 일이 더 힘들어졌다는 것을요.

안타깝게도 우리는 자리의 끝과 끝, 서로 먼 곳에 앉아 있었어요. 하지만 서두르지 않았습니다. 당신의 시선이 조급해지고 있었으니까요. 알고 있나요? 인간의 동공은 카메라 렌즈와도 같아서 빛이 부족하면 조리개를 열고 넘치면 닫지만, 시선을 끄는 대상이 있을 때에도 열리고 확장된다는 것을. 눈빛은 자꾸 길어지고, 그렇게 길을 내지요. 그 고요한 시선은 다시 자기가 낸 길로 돌아오고 말지요. 내게로 옮겨오는 당신의 눈빛이 길고 잦아질수록 온몸의 신경이 예민하게 살아 올랐습니다. 화장실 핑계로 자리에서 일어난 건 당신에게 나를 좀더 파악할 시간을 주기 위해서였어요. 걸어가는 동안에도 내 감각은 당신의 눈길을 따라 여기저기 열리고 꿈틀대고 있었습니다.

이제 우리가 어떻게 가까워졌는지 말해볼까요? 당신은 그때 여자들에 둘러싸여 대화를 분배하듯 나누고 있었지요. 그녀들의 어깨는 당신을 향해 돌아 있었고, 나는 당신에게서 가장 멀리 떨어져 있는 여자였을 거예요. 단 한 번도 말을 나누지 않은 여자이기도 했고요. 당신의 발끝이 나를 따라 움직인다는 걸 연거푸 확인한 다음 나는 자리를 옮겨 새로운 사람들과 대화를 시도했지요. 먼저 움직여서 당신의 이동을 수월하게 해주고 싶었습니다. 내가 자리를 옮길 때마다 당신의 몸이 들썩였던 걸 알고 있나요? 우리가 처음으로 시선을 똑바로 마주한 순간이 결정적이었습니다. 내가 팔이 닿지 않는 테이블 중간 너머 치즈 플레이트로 손을 들었을 때 말입니다. 팔을 뻗기도 전에, 저 멀리 맞은편에 있던 당신은 의자에서 일어나 접시를 내 쪽으로 밀어놓았습니다. 눈빛이 마주친 찰나 확신했어요. 조만간 당신이 내 곁에 오리라는 걸. 잠시 후 내 옆을 차지한 당신은 모두들 잠자리를 찾아갈 때까지 떠나지 않고 머물렀습니다.

유혹은 관찰에서 시작됩니다. 우리의 무모함은 낯모르는 사람 앞에서는 기가 죽어요. 처음 본 사람만큼 두려운 존재가 있을까요? 정글 속이라고 상상해봐요. 눈앞에 등장한 낯선 당신은 날카로운 비수로 나를 찢고서 손에 들린 식량꾸러미를 앗아갈지 모릅니다. 처음 본 사람만큼 신비로운 존재 또한 있을까요? 미지의 신세계처럼, 풍성한 과일 나무처럼 기대에 부풀게 해주니까요. 그래서 우리는 처음 마주한 순간 상대의 호의에 더욱 민감합니다. 자신을 알아보고 호감을 전해주는 상대에게 더 마음을 주게 됩니다. 이끌림이 강렬할수록 관찰의 농도는 짙어지지요. 자신도 상대에게 호감을 느끼고 있다면, 적당한 순간에 마음을 알려야 합니다. 다가감의 속도와 거리감의 너비를 조절하면서 말입니다. 그것은 시선의 춤과 같지요. 오가는 눈빛이 길을 냅니다. 내밀하고 울창한 길일수록 더 오래 마음을 잡아둘 수 있습니다. 지나치게 거침없이 뻗은 길은 되돌아가고 싶게 만들어요. 숨을 곳이 보이지 않는 길은 두려움을 자극합니다. 차라리 속살을 엿보이듯 우거진 숲을 열듯 둘만의 산책을 유도하듯 오솔길을 내는 편이 좋을 거예요.

어느덧 두 몸이 가까워질 시간입니다. 과격한 다가감이나 갑작스런 질주는 유혹의 비밀스러운 매력을 살리기엔 적당하지 않아요. 우리는 모두 고유한 방어벽을 두르고 있는 존재입니다. 노크가 필요합니다. 벨을 울려도 좋아요. 혹은 열린 틈으로 가벼운 손짓을 내보이는 것도요. 내가 당신 쪽에 가까운 치즈 플레이트에 손을 뻗었던 것처럼, 당신이 그 접시를 내 쪽으로 옮겼던 것처럼 말입니다.

어느새 당신은 내 옆자리에 앉아 있었습니다. 나의 형편없는 영어에도 아랑곳 않고 천천히, 또박또박 이야기를 붙이면서요. 내가 알맞은 말을 찾지 못해 머뭇거릴 때마다 들판의 꽃을 꺾듯 단어를 찾아주었지요. 나는 당신이 건네준 말을 세상에 둘도 없는 보물처럼 소중히, 열렬하게 받았습니다. 입술에 물어 가슴까지 삼켰다가 당신에게 흘려보냈지요. 당신은 내 입에서 새롭게 피어나는 말들 속 흐트러진 호흡마저 놓치지 않을 듯 귀를 기울였어요. 당신의 어깨가 나를 향해 기울어 가고 달이 차듯 내 얼굴이 당신 눈동자를 채웠습니다. 마치 집을 찾은 아이처럼 편안했어요. 어느덧 우리는 기울어진 가지처럼 서로를 마주하고 있었고요. 그때 그만 들고 있던 와인을 조금 쏟고 말았지요. 하얀 바지에 붉은 자국이 퍼져가는 것을 보자마자 당신은 재빨리 물수건을 가져왔습니다. 쉽게 지워지지 않는 얼룩에 어쩔 줄 몰라 하는 내게 말했습니다.

"당신은 운이 좋아요. 저는 얼룩을 지우는 데 전문가랍니다."

당신은 무릎을 꿇고 물었지요.

"제가 도와줘도 될까요?"

그렇게 최초로 우리의 손이 닿고 당신의 손길이 내 허벅지를 스쳤습니다. 소란스러운 실내의 소음도, 사람들의 시선도 한꺼번에 지워진 찰나였습니다. 우리 둘만 두둥실 떠올라 진공의 크리스털 볼 속에 빨려 들어간 기분이었죠. 그때 당신이 주위를 둘러보며 입을 열었어요.

"자, 다들 잠자리에 들면 어떨까. 정리는 나한테 맡겨둬."

고개를 돌려 내게 물었죠.

"도와줄래요?"

사람들이 자리를 떠나고 사위가 적막해진 그때, 당신은 나를 소파에 앉히며 말했어요.

"제가 다 치울게요. 내일 함께 시간을 보낼 거라고 약속만 해줘요."

　　나는 고개를 가볍게 끄덕이며 대답했습니다.

　　"그렇게 해요. 대신 잠든 저를 깨워주세요. 아침이 되면 제
방문을 두드려주세요."

유 혹 이
서 사 를
품 을 때

• 　　　왜 어떤 남자들은 마음에 드는 여자를 앞에 두
고 지나간 여자를 이야기할까.

"그때, 처음 같이 밥 먹던 날, 첫사랑 이야기만 내내 하셨
잖아요."

"아, 그게….."

"밥 먹고 차 마시고 또 밥 먹고 차 마실 때까지."

"왜 그랬는지는 모르겠지만 그때는 마음에 드는 여자 앞
에 있으면 나도 모르게 딴소리만 지껄이곤 했어."

친구 소개로 알게 된 대학 선배와 얼마 전 우연한 자리에
서 다시 만났다. 우리의 대화는 1990년대 초, 모 여대 앞 카페

장면으로 거슬러 올라갔다. 나는 고등학교를 막 졸업한 뒤였고 3월이면 시작될 대학 생활 안내를 명목으로 1년 선배를 소개받았다. 그는 부담 없고 친절했다. 하지만 말이 너무 많았다. 끊임없이 이야기를 늘어놓다가 갑자기 생각났다는 듯 내 의견을 물었다. 때론 반응을 충분히 살필 새도 없이 앞서 하던 이야기로 되돌아갔다. 다행히 말재주가 있는 편이라서 지루하지는 않았다. 그의 다채로운 인생사는 한 번도 방문한 적 없는 이웃 나라의 풍물처럼 낯설고 신기했지만 그 이상의 감흥은 불러일으키지 못했다. 나와는 상관없는 세상 이야기처럼 들렸고 그곳에는 아직도 헤어진 여자 친구가 살고 있는 듯이 보였다. 그는 꺼내는 화제마다 그 여자를 언급했다. 그 앞에 그녀가 아닌 여자로서 앉아 있는 것이 미안해질 정도였다.

그때 새로운 인물이 등장했다. 유리로 된 자동문이 열리면서 마르고 단단한 체구에 야구 모자를 쓴 청년이 들어왔다. 선배의 가장 친한 친구로 근처에 저녁 약속이 있어 그 전에 잠시 들렀다고 했다. 그에게는 내 또래 남자들이 풍기는 불안정한 느낌이 나지 않았다. 유려한 화술을 발휘했던가? 딱히 기억에 남는 수준은 아니었다. 특별한 건 그의 시선이었다. 호기심에 번뜩이거나 절박함으로 무거워지지 않은, 자의식에 넘쳐나지 않되 숨어들지 않는 눈빛이었다. 가볍지만 조금 오래 머물 줄 알아 피해가도 결국은 마주하고 마는, 그러나 만난 순간 산뜻하게 떠나버려 아쉬움을 남기는 눈길이었다. 섣불리 훑거나 번득이지 않고 시간을 정지시키듯 짧지만 집중적으로 바라볼 줄 아는 눈빛에는 힘이 있었다. 눈을 맞춘 뒤 자연스럽게 미끄러져가는 시선을 따라 그가 궁금해졌다. 모호함은 호기심을 자극한다. 알 수 없기에 생각하게 되고 생각할수록 마음이 머물게 된다. 그때 딴 여자 삼매경이었던 선배의 한마디가 호기심에 불을 질렀다. 남자가 화장실에 간 사이였다.

"저 녀석, 아주 힘든 연애 중이야. 너무 파괴적인 관계라 옆에서 보는 게 버거울 정도거든."

이제 막 교복을 벗었다. 여중·여고만 다녔다. 파괴적 관계? 힘든 연애? 코웃음으로 넘겨버리고 싶었지만 무시할 수 없었다. 훗날 깨달았다. 순진한 남자는 자신의 연애담을 스스로 이야기하고 능숙한 남자는 자신의 연애담을 들리게 한다는 것을.

유혹은 서사를 품고 있을 때 더 큰 힘을 발휘한다. 단, 그 이야기가 풍경처럼 흘러서는 안 된다. 유혹하고 싶은 사람이 있다면 진심으로 유혹당하는 자를 연기하는 편이 좋다. 상대의 존재에 매료되어 열리고 움직이는 공동의 서사가 현재형으로 진행 중임을 느끼게 해주면 좋다. 선배와의 만남에서 나는 들어주는 자에 머물렀다. 역할에 익숙해질 무렵 새로운 인물의 더 흥미진진한 이야기가 시작되었다. 마치 기존의 극에 막이 내리고 새 무대가 시작되듯 말이다. 매혹적인 주인공이 나를 보고 있다는 상상은 나른해진 감각을 온통 깨워놓았다. 나는 더는 관객의 자리에 있고 싶지 않았다. 그렇다고 갑작스럽게 역할을 변경할 만큼 적극적이거나 용감하지 못했다. 그에게로 쏟아지는 관심이 드러날까 조마조마했다. 일부러 지루한 표정을 지었고 다가오는 시선에 자꾸 움츠러들었다. 얼마 뒤 그가 자리를 옮겨야 한다고 했을 때에야 너무 늦어버렸음을 아쉬워했다. 상대를 매력적인 개체로 인식하고 반응을 살필 때, 두 사람 사이의 일치된 반응을 가슴 졸이며 찾을 때, 만남은 하나의 사건으로 변모한다. 적어도 매혹당한 사람의 서사에서는 말이다. 만약, 적절히 움직이지 않는다면 사건은 일방적 독백으로 끝나기 일쑤다.

우리는 관계 속 자신이 맡은 역할에 비통해지곤 한다. 의도를 비껴가며 터져 나오는 말이 야속하면서도 멈출 수가 없다. 상대가 마음에 들수록 무뚝뚝한 태도나 어처구니없는 대응으로 일관하기도 쉽다. 약간의 비틀림이었는데 결국은 크

게 어긋나서 달려가는 기차와도 같다. 트랙이 어긋나는 순간
은 상대에게 과하게 잘 보이려 할 때, 과장된 자기방어 기제가
도드라질 때 자주 일어난다. 거부당할까 두려워 제3자를 향한
관심으로 가장하기도 하고 평소보다 쿨하고 무심한 사람인
척 굴기도 한다. 이 모든 것은 만남의 중심에 자신이 원하는
바를 지나치게 투영해서 벌어지는 일이다.

유혹은 상대의 입장이 되어 바라보는 데서 시작하면 좋다.
자신을 드러내는 속도가 상대를 발견하는 속도보다 앞서지
않는다. 내가 원하는 것에 매달리기보다 상대를 느끼고 이해
하는 데 집중한다. 상대방이 당신과의 만남에서 자신의 역할
에 만족할 수 있도록 배려해야 한다. 누구나 자신이 그리는 자
아상이 있다. 사람의 마음을 사로잡기 위해서는 상대방이 원
하는 자아상이 무엇인지 파악하여 그것을 발견해주고 때로는
북돋아주는 편이 좋다. 그리고 잊지 말아야 할 것! 늦었다고
생각해도 여유를 잃지 않는다. 모든 반응에 일희일비하지 않
는다. 자신감은 자신을 과시할 때가 아니라 실패했다고 느끼
는 순간, 다시 일어설 때 필요하다. 유혹은 끝을 바라보고 가
는 길이 아니라 현재의 가능성에 집중하는 행위다. 아직 유혹
하지 않았음은 언젠가 유혹할 수 있음을 의미하기도 한다.

유혹의 이야기는 서서히 진행되기도 한다. 나는 저녁 약

속이 있다며 나가버린 남자를, 몇 달 뒤 학교 강의실에서 다시 만났다. 그날 아침 아빠의 가방에서 슬쩍해온 펜과 똑같은 모델을 그 역시 쓰고 있다는 사실에 함께 신기해했다. 큰 집회가 열리던 날 광장 한복판을 달리다가 마주치기도 했다. 같은 자리에 함께 있다는 공모의식은 그를 좀 더 각별한 존재로 느끼게 했다. 그의 힘든 연애가 끝이 났다는 소식을 들은 건 1년 뒤였다. 그때 나는 대학 입학 후 몇 달 지나지 않아 사귄 남자와 '힘든 연애' 중이었다. 3년이 지난 어느 겨울날 모 동호회 모임에서 그를 다시 만났다. 사람들 틈에서 그를 발견하고 다가가 말을 걸었다. 나는 3년 전보다 성숙하고 당당한 여자가 되어 있었다.

"오랜만이네요. 저, 기억하세요?"

나의 유혹은 반쯤 성공했다. 그는 예상대로 멋지고 매력적인 상대였다. 유혹은 과정을 통해 관계의 성질이 어디까지 나갈 것인가 깨닫게 한다. 두 사람이 동시에 알 수도 있지만 때로는 각각의 시차를 둔 깨달음일 때도 있다. 사랑에 빠지는 일은 유혹하는 자에게나 유혹당하는 자에게도 필연적이지 않다. 그와 나는, 지나간 사랑은 물론 진행 중인 연애에 관해서도 이야기하는 친구가 되었다.

유혹은 새로운 세계를 보여주고 그곳으로의 문을 여는 초대의 행위이다. 그러나 당신을 구원하거나 그 세계에 영원토록 머물게 하겠다는 약속은 아니다. 유혹에서 사랑을 선불처럼 요구할 권리는 누구에게도 없다. 유혹은 관계의 적정 지점을 함께 찾아가는 일이다. 삶의 좌표가 변하듯 관계의 좌표도 움직인다. 때로는 느리게, 짐작할 수 없는 방향으로도 말이다. 변화를 두려워할 필요는 없다. 유혹은 우리에게 가장 적절한 자리를 찾게 해준다.

사 랑 의
지 도

•   어릴 적 혼자 집에 남으면 안방으로 달려가 티
브이를 켰다. 평소에 볼 수 없는 프로를 엿볼 수 있는 흔치 않
은 기회였다. 몰래 보는 티브이는 자극적이었고 그중 방화는
발군이었다. 협약이라도 맺은 듯 유사한 장면이 등장했는데,
그 장면만 보고나면 다음 이야기는 시시해졌다. 신기하게도
비슷한 장면이 영화마다 반복됐다. 시대 배경과 배우 얼굴만
다를 뿐 같은 패턴이었다.

낯설고 후미진 공간, 여자는 남자의 공격 대상이 된다. 반
항은 급박한 상황의 양념이 될 뿐 여자는 무력한 희생자였다.
남자는 정해진 절차라도 되는 듯 여자의 옷을 찢어발겼다. 팽

팽한 긴장감이 절정에 오른 순간 장면은 뜬금없이 끝나버렸다. 깊은 밤은 대낮으로 바뀌었고 이야기의 전개 속도 또한 이전 리듬으로 되돌아갔다. 앞 장면과의 아찔한 거리 앞에 나는 번번이 허탈해졌다. 홀연히 사라져버린 그 시간이 남긴 것은 두께를 알 수 없는 어둠이었다. 애타게 두드려도 열리지 않는, 돌아서기에는 아쉬웠고 지나갈 용기는 나지 않는 어둠이었다. 나는 다시 은밀한 공간 안의 남녀에게로 되돌아갔다. 증거를 확보하는 탐정의 심정으로 끝 장면을 수없이 되풀이했다. 반복되는 재생 끝에 버전은 다양해졌다. 옷을 찢는 방식 또한 다채로워졌다. 그러다 문득 궁금해졌다. 이 세상 곳곳에서 그들도 그녀들의 옷을 찢고 있을까. 매일 밤 찢어지는 그 많은 옷을 인류는 어떻게 감당할 수 있을까. 옷을 찢는 일도 지루해질 무렵 그림동화 속 농부의 딸 이야기가 떠올랐다. 영리하다고 소문난 농부의 딸을 시험해보기 위해 임금은 명령을 내렸다. 옷을 입지도 벗지도 않은 채로 말이나 수레에 타지 않고 궁궐에 들어오라는 것이었다. 그녀는 그물로 몸을 칭칭 두르고 그 끝에 당나귀 꼬리를 맨 채 질질 끌려 모습을 드러냈고 그녀의 재치에 탄복한 임금은 농부의 딸을 아내로 삼았다. 하지만 다시 떠올려보는 이야기 속 결말은 반쪽짜리 진실처럼 느껴졌다. 임금을 사로잡은 것은 그녀의 영리함이 아니라 의상의 기발함이 아니었을까? 그날 밤 내 머릿속에서 상영되는 영화의 주인공도 그물 옷을 입고 등장했다. 옷감의 낭비도 막고 긴장감도 유지하는, 일거양득의 효과를 누릴 수 있어서 뿌듯하기조차 했다.

남자가 여자에게 다가간다. 난폭한 몸짓으로 그녀를 휘어잡는다. 이글거리는 눈빛으로 그물 옷에 둘러싸인 여자의 몸을 바라본다. 견딜 수 없는 욕망에 휩싸여 그물 옷을 한 코 뜯어낸다. 다음은 그 옆의 그물코 차례이다.

촘촘히 이어진 그물망을 여기저기 뜯어내다 보면 그 후에 벌어질 일을 고민도 하기 전에 잠이 들고 말았다. 아쉽게도 그물 옷 놀이 역시 며칠 가지 않아 허무하게 끝나버렸다. 아버지의 책꽂이에서 뽑아들었다가 이불 밑에서 숨죽이고 읽었던 김동인의 소설《약한 자의 슬픔》속 글귀 때문이었다.

아까 저녁 먹을 때에 남작의 "오늘 밤에는 회會가 있는 고로 밤 두 시쯤 돌아오겠다"는 말을 들은 엘리자베트는, 별로 안심이 되어 자리를 펴고 전 나체가 되어 드러누웠다.

'엘리자베트는 전 나체가 되어 드러누웠다'라는 문장을 도대체 몇 번을 되풀이해서 읽었을까. 세상에, 알몸으로 잠자리에 들다니. 그렇다면 찢을 옷도 없이, 밤부터 날이 밝을 동안의 긴 시간, 남녀는 무슨 짓을 하며 보내는 걸까. 나의 사춘기가 그렇게 시작되고 있었다.

이제는 첫째 딸이 그때 내 나이가 되었다. 그녀는 과거의 엄마와는 달리 남녀가 옷을 벗은 뒤 하는 행위에 관한 구체적 지식을 가지고 있다. 학교에서 체계적으로 교육받았고 그 내용은 부모에게도 공유되었다. 성과 사랑, 연애에 관한 이야기는 아이들과 나누는 대화 중 자연스럽게 포함된다. 딸 둘의 엄마로 살다 보면 내가 여자로서 살아왔던 세계를 아이에게 물려주는 일만은 피하고 싶어진다. 얼마 전부터 아이들과 함께 보기 시작한 한국 드라마는 내 어릴 적 몽상을 씁쓸한 뒷맛과 함께 회상하게 했다. 그 시절, 남녀의 성관계는 성폭행의 다양한 형태로만 존재한다고 믿었다. 성에 대한 지식의 창구는 협소했고 그를 통해 접하는 지식은 왜곡되었다. 무엇보다 경악한 것은 강산이 변하고도 남을 세월 동안 한국 드라마의 서사는 여전히 공격적인 남성과 수동적인 여성을 중심축으로 진행된다는 점이었다. 딸들은 이해할 수 없다는 반응이었다. "엄마, 저건 폭력이에요. 왜 저렇게 못되고 버릇없는 남자를 좋아하는 거죠?" 드라마 속 여자는 대체로 자신의 욕구가 무엇인지 잘 모르는 존재로 묘사된다. 남자도 다르지 않다. 어쩌다 보니 의도치 않은 열망에 빠져버린 자신을 깨닫고 당혹스러워한다. 혼돈은 폭력으로 분출된다. 내가 왜 너를 이토록 갈망하는지 알 수 없지만, 욕망은 통제할 수 없고 이 모든 것은 내가 아닌 네 탓이라는 논리이다. 허접하기 짝이 없는, 왜곡된 성폭행의 논리가 연애에도 적용되다니 끔찍하지 않은가.

미국의 사회운동가이자 문화평론가인 벨 훅스는 저작 《올 어바웃 러브》에서 '사랑의 신비화'에 따른 문제점을 지적한다. 우리 사회는 사랑에 대한 공통의 정의를 찾기보다는 사랑을 개인의 문제로 돌려버린다. 사랑은 사적 관계라는 포장에 싸인 채 그 의미가 신비화된다. 때로는 각각의 관계에서 벌어지는 폭력을 '사랑'의 이름으로 정당화한다. 부모는 사랑하기 때문에 아이를 부당하게 처벌하고 애인은 사랑하기 때문에 난폭 행위를 저지른다. 이와 같은 폭력과 부당함은 사랑에서 나온 행위가 아니라, 개인의 아집과 탐욕에서 나온다고 벨 훅스는 말한다. 저자는 스콧 펙을 인용하여 사랑을 '자기 자신과 다른 사람의 영적인 성장을 위해 자아를 확장하려는 의지'라고 정의한다. 그리고 사랑은 반드시 의도와 실천을 필요로 하며 실제로 행할 때에야 존재한다고 강조한다. 사랑은 무력하게 빠져버리는 행위가 아니라 의지적 실천이 되어야 한다. 사랑의 정의를 사회가 함께 고민하고 그 방법을 공동체가 함께 배우고 나누어야 한다. 유혹 역시 마찬가지다. 신비화된 사랑의 정의 속에서 유혹은 왜곡된 힘을 부여받는다. 나와는 다른 존재의 전유물인 양 멀어지고 흑마술처럼 불길해진다. 알고 보면 유혹은 훨씬 더 자연스럽고 일상적인 행위이다. 소통에의 의지, 실천과 노력으로 사회가 함께 다듬어온 행위이기도 하다. 무엇보다 유혹은 폭력과는 다른 과정을 취한다. 폭력은 원하는 것을 자신의 비용이 아닌 상대의 비용으로 강제하는 행위이다. 피상적이고 즉각적인 결과에 집중한다. 유혹의 과정은 훨씬 더 지난하고 때로는 피로하다. 실패율 또한 높다. 내가 치러야 할 비용이다. 그럼에도 그것을 감수하고 나아가 함께 즐기고 아름다움까지 창조하는, 생명의 본질적 행위이자 존재 방식이다.

나는 종종 아이들에게 '사랑의 지도' 이야기를 들려준다. 17세기 프랑스 살롱 문화의 대표 주자이자 소설가였던 마들렌 드 스퀴데리의 '맵 오브 탕드르Map of Tendre'를 인용하며, 사람의 마음에 이르는 길에는 지도가 있고 그 지도는 누구에게나 존중받아야 한다고 당부한다.

"예전에 프랑스에 살던 한 여자는 '토요회'라는 모임을 만들어서 재미난 놀이를 했어. 바로 '사랑의 지도'라는 놀이란다. 그녀는 자신의 왕국을 '탕드르Tendre'라고 불렀고 그곳에서 환영받는 사람이 되려면 지도를 잘 보고 맞는 길을 따라와야 한다고 부탁했어. 사랑과 우정이 넘치는 탕드르 영토에 들어가기 위해 사람들은 각자의 역할놀이를 했어. 적절치 못한 방식으로 다가오는 사람이나 매력적이지 않은 접근 태도를 볼 때 그녀는 지도상의 한 부분을 들어 말할 수 있었지. '이런, 당신은 방금 무관심의 영토로 발을 디디셨군요.' 꼭 탕드르에 들어가기 위해서가 아니라도 사람들은 살면서 비슷하지만 조금씩 다른 각자의 지도를 만들어가게 돼. 누군가에게 다가가고 싶다면 지혜의 눈과 배려의 몸이 필요하단다. 상대방의 지도를 읽고 존중하고 따라갈 줄 알아야 하니까. 자칫 길을 잘못 들어서면 우리는 무관심의 샛길이나 경멸의 늪으로 발을 헛디딜 수도 있어. 사람의 마음은 그런 거야. 한없이 넓고 포근한 땅이지만, 그 안에서 즐거움을 누리려면 지켜야 할 것이 많아. 잊지 마. 너희들도 태어남과 동시에 그러한 지도를 만들어가게 된 거야. 알다시피 지도는 혼자서 만들 수 없어. 많은 사람을 만나고 배우고 함께 나누면서 진행하는 공동 작업이거든. 너희들이 부디 멋지고 기쁨이 넘치는 영토로 나아가는 지도를 만들었으면 좋겠어."

그리고 여기서 21세기를 살아가는 벨 훅스의 말을 집어넣는다.

여행을 할 때 원하는 목적지로 가기 위해서는 스케줄을 짜고 지나칠 곳을 지도에 표시해야 하듯이 사랑을 향해 떠나는 여행에서도 우리를 안내해줄 지도가 필요하다. 그리고 그 출발점은 우리가 사랑을 이야기할 때 그것이 의미하는 바가 무엇인지를 정확히 아는 것이다. *

• 《올 어바웃 러브》, 벨 훅스 지음, 이영기 옮김, 책읽는수요일, 2012.

/ 서사는 끝나지 않았다 /

유 혹 의
아 이 들

• 　　　　골목 끝에 다다라서야 아이를 잃어버렸음을 깨
달았다. 눈앞에 바다가 펼쳐졌지만, 아이들은 앞서 달려나가
지 않았다. 불길한 느낌에 돌아보니 두 아이 모두 사라진 뒤였
다. 프랑스에서 일주일을 보내고 스페인 여행 사흘 째, 투덜대
는 아이들을 아침 일찍 깨워 바르셀로나 교외 바닷가 도시에
왔다. 기차에서 내내 잠을 자다 일어난 아이들은 내리자마자
쉬지 않고 싸워댔다. 인내심을 시험하듯 짜증을 부려대는 아
이들을 골목 구석에 세워놓고 야단을 쳤다. 감정만 격앙될 뿐
효과는 없었다. 나는 말을 멈추고 뒤돌아서 걸어갔다. 언어도
통하지 않는 이국의 도시에서 엄마를 따라오지 않으리라고는
상상조차 하지 못한 채.

아이들을 삼켜버린 짧고 좁은 골목길은 평온한 얼굴의 사람들로 북적댔다. 양옆으로 늘어진 상점 안을 들여다보며 경사진 골목길을 뛰어올랐다. 옆 골목들을 뒤지기도 했다. 기차 타고 돌아가겠다던 둘째 아이의 말이 생각나 역까지 정신없이 달려갔다. 아이들의 흔적은 어디에도 없었다. 마침 눈앞에 보이는 관광사무소에 찾아가서 경찰서에 연락해줄 것을 요청했다. 잠시 후 찾아온 경찰에게 상황을 설명하고 함께 경찰차에 올랐다. 불현듯 아이들에게는 엄마 잃은 공포보다 모래사장의 매혹이 더 강력할지 모른다는 생각이 들었다.

"바닷가에서 노는 걸 무척이나 좋아하는 애들이에요. 혹시 모르니 애들과 헤어진 곳에서 멀지 않은 바닷가로 가보는 게 좋겠어요."

해변 도로에 이르렀을 때에는 아이를 잃은 지 두 시간이 흐른 뒤였다. 애들의 흔적을 찾아 천천히 달렸다. 몇 블록도 지나지 않아 바닷가 옆 보도에 서 있는 아이들이 보였다. 차를 세우고 뛰어갔다. 내 모습을 발견하자마자 달려와서 안기는 아이들의 말짱한 얼굴에 마음이 놓였다. 머릿속을 불안하게 떠돌던, 울면서 엄마 찾는 아이들의 이미지는 그대로 삭제됐다. 대신 내가 울음을 터뜨렸다. 미안하다며 내 등을 쓰다듬는 아이들에게 나 역시 용서를 구했다. 눈물을 훔치고 경찰에게 거듭 감사를 표하고 아이들에게도 인사를 시켰다. 벗어둔 외투를 다시 입는 둘째의 얼굴에는 모래가 잔뜩 묻어 있었다.

"바닷가에 집 지었어요. 거실이랑 침실도 있고 화장실까지 만들었거든요. 빨리 와봐요."

아이들이 흥분된 목소리로 외치며 내 손을 잡아끌었다. 엄마가 알아볼 수 있도록 길가 나무에 외투를 걸어놓고 모래사장에서 성을 쌓고 있었다고 했다. 찾아 나설 생각은 하지 않았느냐고 물었더니, 엄마의 자취를 잃은 것을 깨닫고 골목골목 뒤지다가 바닷가로 왔다고 했다. 하긴, 바다를 보려고 여기까지 왔으니 바닷가에서 기다리는 것도 당연했다. 돌아보니 우리가 헤어진 골목이 바로 건너편에 있었다. 모래사장에서 노는 와중에도 틈틈이 도로에 나와 엄마의 흔적을 살폈다고 했다. 반드시 찾으러 올 것 같아서 큰 걱정은 하지 않았다며, 모험의 주인공이 된 것 같아 설레기조차 했단다. 혹시라도 엄마를 못 찾으면 둘이 살 곳이 필요해서 집을 지은 거라 말하며 킬킬대기까지 했다. 그들 손에 이끌려 찾아간 집은 거실보다 화장실이 더 넓었다. 깊게 파놓은 구덩이에 불과했지만. 긴장이 풀리면서 웃음이 터져 나왔다. 아이들도 따라 웃었다.

그러고 보니 여행 내내 큰소리로 웃어본 적이 없었다. 벼르고 별렀던 내 인생 최초의 스페인 여행답게 가고 싶은 곳이 많았다. 아이들에게 맞추려고 간소화한 일정임에도 소화하기 힘들었다. 참다못해 오늘 아침에는 일어나지 않으려고 버티는 아이들을 깨우며 말했다. 비행기 표에 숙소 비용까지 지불해서 여기까지 왔는데, 제대로 즐기지도 못하면 속상할 거라고. 아이들은 기차역을 향해 가는 길에서도 지그재그로 뛰어갔다. 갑자기 걸음을 멈춘 첫째가 땅바닥에서 플라스틱 조각을 집어 들어 동생에게 보여줬다. 나는 아까 한 말을 잊었느냐며 아이를 재촉했다. 첫째가 대답했다. 엄마, 나는 지금 즐기고 있는데요. 투명하게 반짝이는 푸른 조각을 햇빛에 비춰 보이며 말했다. 아이의 지적에 움찔했다. 네 말이 맞기는 한데, 오늘은 계획이 있단 말이야. 나는 직선으로 뚜벅뚜벅 걸어 나갔다.

아이들을 데리고 여행을 다니면 계획을 세운다는 것이 무의미해질 때가 많다. 관광지 한 곳을 찾아가려 해도 아이들의 호기심에 멈춰 서야 할 곳이 많다. 여행기간이 길어질수록 그들을 윽박지르고 먼저 걸어가버리는 일이 잦아졌다. 아이의 보폭에 맞추지 않고 허겁지겁 따라오게 만들었다. 내가 들인 비용만큼 누려야 한다는 강박 때문이었다. 물론 그들에게는 비용에 따른 대가란 별 의미가 없었다. 아이의 흥미를 돌리는 일이란 내가 태어나서 시도했던 모든 유혹 중 가장 험난한 여정이었다. 내게는 뚜렷한 목적이 있었다. 오늘은 시체스 바닷가, 내일은 사그라다 파밀리아 성당. 아이들을 배려해서 일과도 느슨하게 잡았고 장소도 아이들의 의견을 조금은 반영해서 결정했다. 리스트는 내가 마련했지만, 그들이 바닷가를 선택해서 여기까지 찾아왔다. 그럼에도 아이들은 나와 함께 보내는 시간을 즐거워하지 않았다. 이게 바로 즐기는 거라며 플라스틱 조각을 손에 들고 나를 바라보던 눈빛이 떠올랐다. 과연 나는 즐기는 중인가. 우리는 함께 즐거운가.

피곤하다는 평계로 배려는 차츰 줄어들었다. 무작정 엄마 말을 들어주는 아이가 되어주기를 바랐다. 나와 다른 상대의 즐거움을 고려하지 않으니 내 즐거움도 사라졌다. 철학자 강신주는 《망각과 자유》라는 책에서 조삼모사朝三暮四의 뜻을 상대의 즐거움을 찾기 위한 거듭된 시도로 설명했다. 주인은 자신의 제안에 화를 내는 원숭이를 통해 타자성을 경험한다. 자신과 같지 않음, 그들의 마음을 알 수 없다는 당혹감은 판단 중지 상태를 경험하게 한다. 여기서 포기하지 않고 주인은 새로운 제안을 하고 이번에는 원숭이들의 기쁨을 얻어내는 데 성공한다. 저자가 해석하는 조삼모사는 상대를 속이고 조롱하는 과정이 아니라, 상대를 기쁘게 하기 위해 기꺼이 나서는 여정에 가깝다. 유혹의 과정도 다르지 않다. 유혹에 전제가 되어야 할 것 역시 타자성의 발견이다. 상대가 나와 다름을 깨닫는 것, 그러나 거기에 머물지 않고 적극적으로 상대의 욕망을 살피고 탐험하는 과정이 필요하다. 나의 즐거움과 너의 즐거움이 만나는 자리를 고민하고, 어느 순간 우리의 즐거움이 부쩍 가까워진 것을 발견하는 경이로움은 유혹의 가장 큰 보상이다. 물론 타자성을 받아들이고 인정하는 일은 두렵고도 지난한 과정이 되기도 한다. 거부당할까 두려워 도망가기도 하고 공격적 태도로 미리 무장하기도 한다. 유혹은 이와 같은 두려움을 해소하는 방식이다. 우리가 서로에게 위험한 상대가 아니라 즐거움을 줄 수 있는 상대임을 설득하며 다가가고 또 상대를 자발적으로 다가오게 하는 일이다. 설득은 상대뿐만 아니라 나 자신에게 하는 것이기도 하다.

'유혹하다'라는 의미의 seduce라는 단어는 라틴어 seducere에 연원을 두고 있다. se는 away, 즉 떨어져 있음을 의미하고 ducere는 lead, 즉 이끈다는 의미다. 연결해보면, 떨어져서 이끄는 것을 말한다. 혹은 이끌어서 스스로 떨어져 나오게 하는 것이다. 함부로 침범하고 윽박질러 끌어가는 것이 아닌, 자발적으로 자신의 틀을 나오게 하는 일이다. 나는 여기서 전제

가 되는 거리를 상대에 대한 존중이자 자율성의 공간이라고
받아들인다.

6년 전, 첫아이만을 데리고 여행을 떠난 적이 있다. 그때도
바닷가를 찾았는데, 아이는 말도 통하지 않는 금발 머리 아이
에게 다가가 그녀가 조개 줍는 일을 묵묵히 도와주었다. 처음
에는 조금 멀리서 그녀 주변을 맴돌다가 차츰차츰 다가갔다.
아마도 어떤 종류의 조개를 좋아하는지 찬찬히 살펴보는 듯했
다. 잠시 후, 아이는 그녀가 좋아할 만한 조개를 주워 곁에 놓
아주었다. 그렇게 시작된 놀이가 한 시간도 넘게 이어졌다. 두
아이는 별다른 말을 나누지 않았지만, 즐겁고 평온해 보였다.

돌아오는 길, 수평선 너머로 해가 저물고 하늘이 색색으로
물드는 장엄한 풍경을 아이들과 바라봤다. 묻지도 않았는데
아이가 먼저 말했다.

"엄마, 오늘 정말 재밌었어요. 내일은 엄마가 저번부터 가
고 싶다던 곳에 가요. 그 이상하게 생긴 성당 말이에요."

애써 배우지 않아도, 우리는 모두 유혹의 자질을 태곳적
기억처럼 품고 있는지 모른다. 햇빛의 유혹에 몸을 맡긴 잎사

귀는 초록으로 빛나고 애인을 찾아 항해에 나선 고래는 제게
로 오는 길을 노래로 알린다. 그리고 아이는 가르쳐주지 않아
도 세상의 아름다움에 반응하고 나아가는 법을 알고 있다. 그
걸음으로 아이가 내게 다가오고 있었다.

천 사 들 의
도 시 에
비 가
내 리 면

•   뜨거운 햇살, 새파란 하늘, 사시사철 화창한 날씨. 캘리포니아와 함께 떠올리는 말들이다. 마마스 앤 파파스의 노래 '캘리포니아 드리밍'에서는 추운 겨울날, 따뜻한 캘리포니아를 꿈꾼다는 노랫말이 나온다. 하지만 겨울 추위를 피해 오기에 캘리포니아는 그리 이상적인 장소는 아니다. 이곳에도 겨울은 있다. 로스앤젤레스의 경우, 영하로 떨어지는 날씨는 아니라고 해도, 겨울밤이면 가벼운 코트를 입는 편이 좋다. 더 놀라운 것은 여기에도 우기가 있다는 사실이다. 1월부터 3월까지 비를 맞이하는 날들이 늘어난다. 흐린 날이 며칠 이어지기도 한다. 건조한 날들을 살아가는 캘리포니아 주민에게는 반가운 변화일 수 있지만, 화창한 날씨와 따뜻한 기온

을 기대하며 이곳을 찾은 이에게는 낭패가 아닐 수 없다. 몇 년 전에 미국 동부에서 놀러온 후배는 일주일 머무는 내내 비가 내려서, 눈을 피하러 왔다가 비만 잔뜩 맞았다고 불평하기도 했다.

한동안 가뭄으로 시달렸던 캘리포니아에는, 2015년부터 2016년을 맞이하기까지 엘니뇨현상으로 인한 이상 강우량에 대한 예보가 끊이지 않고 있다. 엘니뇨현상이란 태평양 적도 지역의 중앙 부근(날짜 변경선 부근)부터 남미 연안에 걸친 해역의 해수면 온도가 높아지는 현상이다. 이어서 동쪽에서 서쪽으로 부는 열대 지역 무역풍이 약화되어 서쪽에 있는 해수가 동쪽으로 역류하면서 전 세계적 기온 변화는 물론이고 강수량에 지대한 영향을 끼친다.

캘리포니아에서 가장 큰 도시인 로스앤젤레스^{Los Angeles}는 스페인어로 '천사'를 뜻하는데, 원래 이름은 '천사 여왕의 도시^{La Ciudad de la Reina de los Angeles}'였다고 한다. 18세기 말 스페인에게 정복되면서 이와 같은 이름을 얻게 되었는데, 미국으로 넘어가면서 여왕의 도시란 말은 사라지고 로스앤젤레스, 즉 천사만 남게 되었다. '천사 여왕'은 '성모 마리아'를 칭하고 '엘니뇨'란 '남자아이'란 뜻이면서 '아기 예수'를 가리키는 말이라고 하니 둘의 만남이 더욱 심상찮게 느껴진다. 아직 죽음과 부활을 겪지 않은, 그러나 앞두고 있는 '그 아이'('엘니뇨'를 직역하면 '그 아이'가 될 수 있다)가 엄마를 찾아오는 이유는 무얼까. 인간의 사내아이로 태어난 예수는 천국을 기억하고 있었을까. 세상의 모든 아이들은 기억하지 못해도 그들만의 천국을 경험한 뒤 세상에 나왔을 것이다. 어머니의 뱃속, 자궁이라는 자신만의 왕국에서 생명의 근원이 되는 존재와 일체가 되는 경험은 출생 후에는 돌이킬 수 없는 온전함의 경지이다. 일단 탯줄을 끊고 나면 세계는 분리된다. 되돌아갈 길은 없다. 인간의 결핍은 이와 함께 애초에 예정된 미래가 된다. 우리는 다시 돌아갈 수 없는 고향을, 기억조차 못한 채 알 수 없는 그리움으로 채워나간다. 과거를 향한 향수만이 아닌, 완전한 상태를 향한 그리움을 우리는 '노스탤지어'라고 부른다. 살아서 단 한 번도 경험한 적 없는 절대적 안정과 평온함의 경지를, 마치 알고 있듯 꿈꾸고 상실한 듯 그리워한다. 인간은 보지 못한 낙원을 지난날처럼 가슴에 품고 지금 여기로부터 찾아 헤맨다. 근원적 결핍이 삶의 여정을 이끌고 때로는 애타는 그리움을 넘어 세상을 변화시킨다.

결핍을 안고 세상에 도착한 인간은 최초의 분리 대신 최초의 유혹을 선물 받는다. 유혹은 경계의 형성과 함께 시작한다. 나와 너가 다르다는 사실을 인식하는 첫 번째 경험은 엄마의 몸으로부터의 분리일 것이다. 따뜻한 자궁을 벗어나서 자신의 존재를 외부로 내던지는 절박함은 어미의 따스한 손길과 눈빛으로 보상받는다. 어미는 넉넉한 품과 먹이로 아이를 유혹하고 아이는 보드라운 살갗과 온전한 내맡김으로 어미를 유혹한다. 그 자체로 완결된 유혹의 자장이 무너지는 것은 아이의 성장이요 어미로부터의 분리요 또 다른 세상의 발견이다. 살아남기 위해 우리는 새로운 유혹의 기술을 깨닫고 익히고 발휘한다. 유혹자로서의 자아를 발견하고 유혹의 활동에 당연해지는 것은 한 인간이 성장하는 과정의 일부이다. 고유한 매력은 저절로 탄생하지 않는다. 남과 내가 다르다는 차이를 인식하는 것에서 시작하여 때로는 출산의 과정처럼 경계를 허물고 뚫고 흔들고 통로를 발견하고 만나고 겹쳐지는 과정을 통해 단련되고 다듬어진다.

천사들의 도시에 비가 내릴 예정이라는 전언과 함께 2016년이 시작되고 있다. 홍수와 산사태의 경고가 여기저기서 들려온다. 품을 떠난 아이가 엄마를 찾는다는 소식이다. 경계가 무너지고 혼돈이 찾아들지도 모른다고 한다. 유혹은 이렇게 위험한 전조를 동반하기도 한다. 우리는 찾아드는 비를 피할 수 없다. 허술한 집을 고치고 허약한 지반을 모래주머니로 덮고 묶으면서 기다리고 맞이할 뿐이다. 오랜만에 돌아오는 아이를 엄마가 잘 품어주기를 바라면서.

• 샘터 2016년 1월 통권 551호 〈해외통신 – 지금 미국 LA에서는〉에 실린 글

살아 있는
모든
것은
'유혹'한다

°   생명은 유혹의 가치를 품고 잉태된 것이며 끊임없는
유혹의 과정을 통해 현재에 이르렀다. 식물학자 클로드 귀댕의 책 제목
처럼 '살아 있는 모든 것'은 유혹하며 유혹을 통해 생명을 유지하고 확
산하고 진화해왔다.

세포는 이리저리 헤엄을 치다가 다른 세포의 편모에 스친다. 동성일
경우에는 '미안, 착각을 했어요'라고 말하고는 각자의 길을 가지만
이성을 만나면 그때는 완전히 얘기가 달라진다. 서로 더듬으며 애무
를 시작하는 것이다. 얼싸안고, 입을 맞추고, 서로의 팔로 상대방을
감싸 안는다. 아니 팔이라기보다 서로의 편모로 감싼다고 하는 편이
맞는 말이겠다. 그러면서 핵끼리 접촉할 수 있도록 점점 가까이 다가

간다. 그리고… 드디어 그들은 한 몸이 된다. 그 어떤 소리도 없이 은밀하고 자연스럽게 핵융합이 이루어지는 것이다. 세포는 이 순간 부끄러움에 얼굴을 붉힐 필요가 없다. 그것은 바로 그들의 삶이요, 생명의 활동이기 때문이다. *

마음에 드는 짝에게 신호를 보내고 응답을 받는 유혹의 과정은 진화를 통해 더욱 정교해졌다. 살아 있는 모든 것은 빛깔과 소리와 깃털의 향연 및 뽐내는 행위 등을 통해 유혹을 체화시켜 왔다. 다만 인간에게는 생식 행위가 번식만이 아닌 쾌락에 복무하도록 정교해졌다는 점에서 차이가 있을 따름이다. 인간은 보다 멋진 유혹을 위해 세상을 학습의 장으로 삼아 배우고 적용했다. 색색의 빛깔과 향기를 뽐내는 꽃들의 향연, 꼬리를 펼쳐 암컷을 유혹하는 수컷 공작새의 화려함, 생존에는 도움이 되지 않지만 암컷에게는 사랑받는 엘크 뿔의 위세 당당함처럼 그림을 그리고 노래를 부르고 치장을 하며 유혹의 기술을 넘어 문명을 발달시켰다. 개체의 입장에서 보면, 유혹은 하나의 세계가 새로운 세계를 만나는 활동이기도 하다. 진화심리학을 유혹이라는 관점으로 담아낸 책 《유혹의 심리학》에서 심리학자 파트릭 르무안은 유혹은 상대방을 새로운 세계로 입문시키는 것이며 최선의 경우 상호적인 입문이 될 수 있다고 말한다. 유혹에 응한다는 것은, 나를 새로운 세계로 이끌어줄 것이라는 행복하지만 불안한 상상을 실현하는 일이다. 선악과를 베어 물듯 자신의 세계를 걸고 하는 도박과도 같다.

이와 같은 유혹의 과정을 통해 우리가 일상에서 지향하는 것은 무엇일까? 모든 유혹이 번식과 진화, 문명 발달에 직접 기여하는 것은 아니다. 일상의 유혹은 막강한 사명감을 바탕으로 이루어지지 않는다. 실제 생활에서 벌어지는 유혹은 함께 살아가는 인간들에게는 공감과 연민, 더 나아가 설득의 소통 과정에 더 가깝다. 상대가 원하는 것이 무엇인지 배우고 상대에게 내가 원하는 것이 무엇인지 알게 하며 더 크고 더 세밀한 소통을 향해 나아가는 길이다.

우리는 때로 시작도 하기 전에 유혹의 결과를 염려한다. 거절의 두려움은 우리를 주춤거리게 한다. 인간은 때로 폭력과 침범, 재화의 지불을 통해 유혹 행위를 대신하기도 한다. 하지만 유혹하지 않아도 지불을 통해 타인의 호감을 살 수 있는 세상은 무력함을 넘어서 폭력적이다. 난입 혹은 재화로 착취하는 매혹은 종국에 쌍방 모두의 존엄을 파괴하고 타인에게 다가서고 다가오는 길을 손상시킨다. 관계 맺기의 주요 단계인 유혹의 과정이란, 타자성을 인정하고 적극적으로 탐험하는 일이다. 다름을 상상할 수 없어 넘어섬이 당연해지고 존엄의 가치를 재화를 통해 동일화할 때, 개인의 얼굴은 사라지고 인간 전체의 가치는 진열장의 상품처럼 대체 가능해진다. 유혹에는 타자성의 존중과 깨달음의 에너지가 있다. 평화로운 소통에의 매력적인 모델이자 오래도록 익혀온 존재 방식이기도 하다.

유혹의 힘은 부당하게 오해되거나 과장되었다. 사악하거나 저항할 수 없거나, 파멸을 부른다거나. 그러나 생태계의 어느 유혹도 그러한 오해를 뒤집어쓰지 않는다. 유혹은 자연스럽고 당연한 생명의 행위이다. 종족 번식을 넘어서서 타인에게 다가가는 길을 찾는, 고단함을 넘어서 즐거움을 만끽하는 행위이다. 잃어버린 그곳은 신화 속 동산이 아니라 애초에 주어졌던 유혹의 세계인지도 모른다. 유혹은 소통이자, 세계가 만나고 새롭게 열리는 자리이다. 그곳에 어쩌면 낙원이 있다.

• 《살아 있는 모든 것의 유혹》, 클로드 귀댕 지음, 최연순 옮김, 휘슬러, 2006.

제
2
부

유 혹 과

. . .

거짓말

. . .

노골적인 계약이나 사전 동의를 거치지 않은 이상
우리는 유혹에서 특별함을 예견하려 하고
유혹은 거짓말을 수반한다.
유한한 삶 속에서 당신과의 영원을 꿈꾸고,
수십억 인구 중 당신만이 유일하다고 말한다.

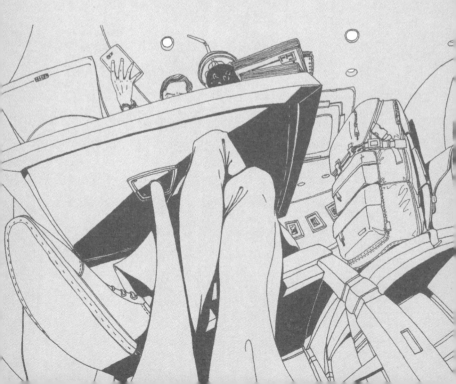

제 발
거 짓 말 을
해 다 오

• 　　　　단 둘이 마주하고 싶은 남자를 만난 것은 오랜
만이었다. 상황만 허락하면 진한 연애로 나아가고 싶었다. 세
련된 매너라든가, 허세 빠진 유머도 마음에 들었다. 그 역시
그녀에게 호감이 있는 눈치였다. 그녀를 바래다주겠다며 남
들과 함께 있던 술자리를 빠져나온 걸 보면 알 수 있었다. 집
근처에 도착해서 그들끼리 2차를 했다. 대화는 유쾌했다. 너
무 가볍지도 너무 무겁지도 않게. 그러나 갑작스레 찾아오는
정적은 아직 당황스럽다. 첫 데이트에 끼어드는 정적은 다음
중 하나다. 어색함, 지루함 또는 도약에의 시도.
　　대화가 사라진 자리에 그의 시선이 들어왔다. 한 호흡 길
게 눈빛을 마주쳐보면 알 수 있다. 시선을 피하고 싶은 상대인

지, 감내할 수 있는 상대인지, 아니면 빠질 듯이 바라보고 싶은 상대인지.

　2차를 끝내고 걸어가던 중 인적이 드문 길로 들어섰다. 그가 슬며시 그녀를 벽으로 밀어붙였다. 순식간에 그의 입술이 그녀에게 닿았다.

　'제대로 된 키스를 보여주겠어!'

　승부욕은 매번 이럴 때나 발휘된다. 몰입되지 않는 만큼 성심껏 키스에 응했다. 나서서 욕망하는 사내도 있지만, 나쁘지 않아 시작했다가 만날수록 빠지는 남자도 있으니까. 냄새부터 끌어안는 자세까지 그는 적어도 거부감을 불러일으키지는 않았다. 키스도 괜찮았다. 잠자리로 가기 위한 전초전에 불과한, 혀 삽입식 휘몰아치기는 아니었다. 입맞춤 이후도 좋았다. 누가 뭐라고 할 것 없이 손을 잡았고 설레는 연인처럼 늦은 밤의 골목길을 함께 걸었다. 드디어 기다리던 연애의 시작이다. 내심 쾌재를 불렀다. 몇 차례 연애에 실패해본 사람은 안다. 그 허무함을 뼈저리게 겪어본 사람은 안다. 전투력은 상승하는데 시작할 의지는 쉽게 발동이 걸리지 않는다는 걸. 반면, 뜨거운 시작에는 의지가 개입되지 않는다. 키스 능력을 증명할 욕구 따위도, 상대를 꼼꼼히 검사하는 행위도 끼어들 여지가 없다. 붉은 입술에 푸른 멍이 들 때까지 입을 맞추고 몽

롱한 기분에 다리가 풀려버린다. 하체가 실종되는 기분만큼 뇌는 작동을 멈춘다. 상황이 종료된 뒤에야 복기 능력이 발휘된다. 그런데 가만. 그런 경험을 해보기는 한 건가?

상대와 함께 있는데, 자신의 연애를 스스로 중계하는 기분을 아는가. 한 번 그 길로 들어서면 저편으로 돌아가는 다리는 폭파된 거나 마찬가지다. 어마어마한 열정으로 무장한 상대가 아니라면 저편으로 돌아갈 방법은 없다. 그러나 꽃다운 청춘의 첫사랑이 아닌 이상 연애의 위험 따위 감수할 자, 어디 있는가. 나도, 당신도, 연애계발서도, 욕망은 충족하되 리스크는 줄이는 사랑법을 찾기 위해 남자는 여자를 연구하고 여자는 남자를 분석한다. 연애 경험을 듣고 공유하며, 어리석은 것은 나뿐만이 아니었음에 위로받는다. 다음번에는 실패를 넘어 성공적인 연애를 하리라는 결심도 한다. 그러나 매번 찾아오는 다음번은 자꾸만 더 시들해진다. 각자도생의 사회에서 연애는 공공의 영역에서 논의되나 책임은 개인이 져야 할 사안이다. 나는 무엇이 문제인가, 나는 어떻게 바뀌어야 하나, 나는 어떤 상대를 골라야 하나 등등 조언을 얻고 결심하고 준비된 자세를 갖추어야 한다. 그렇다. 기회는 준비된 자에게 온다. 지금까지 내 연애가 실패한 까닭은 준비 안 된 내 탓, 역시나 그놈 탓, 아니면 중간에 끼어든 그년 탓이다.

밤은 부드러웠다. 그들의 산책은 몇 차례의 입맞춤으로 중단되었다가 이어지기를 반복했다. 얼마 만에 느껴보는 알싸한 밤공기인가, 머릿속에서 보이스 오버가 절로 깔린다. 친구 Y에게 전화를 걸어 보고할 만한 데이트가 될 것도 같다. 제발, 마무리까지 무사히 넘어가기를. 이 긴장감을 팽팽하게 유지할 수 있기를. 조루성 연애로 끝나지 않기를. 그러나 상황은 예상보다 일찍 종료되었다.

"너는, 내가 지금까지 만나본 여자들 중에서 제일 똑똑해."

중계방송이 멈췄다. 삐이, 지지지직. 채널을 잡지 못하고 흔들리는 시그널만이 머릿속 하얀 정적을 가로질렀다. 그의 연애 경력은 중요하지 않았다. 단지 어릴 적 때 되면 돌아오던 신체검사처럼 억지로 줄에 내밀린 기분은 좋지 않았다. 적당히 내려다보는 시선 앞에서 떨어지는 신장계에 정수리를 맞은 듯이 얼떨떨했다. 백육십오! 숫자로 객관화된 나의 차례는 60명 중 40번째쯤 될지 모른다. 1년 동안 또다시 저 번호가 내 이름을 지겹도록 대신할 게다.

첫 만남이 시작된 순간부터, 남자와 여자는 서로를 평가했을 것이다. 내색하지 않았던 그녀와 달리 남자는 당당하게 중

간보고를 했다. 지성은 물론이고 가슴 사이즈부터 허리와 골반 라인, 다리 길이에 모양까지 이미 검사가 완료되었는지도 모른다.

사회학자 에바 일루즈는 섹스 풍습의 전환과 함께 20세기에 등장한 새로운 자본으로 '에로스 자본'을 들었다. 섹스는 결혼의 제약에서 해방되었고, 좀 더 다양하고 자유로운 경험에 노출되는 것은 미덕이 되었다. 매력과 섹시함은 곧 재화이고 우리는 그 가치를 시장에서 매기고 확인받는다. 그러나 재화는 공평하게 분배되지 않는다. 소외받은 자를 위한 구제 제도 같은 것도 없다. 연애의 자유경쟁시장은 선택의 폭을 확장했지만, 선택의 기회비용도 불려놓았다. 일루즈의 두 권의 책* 제목대로 '사랑은 아프고 불안하다'. 실패의 책임은 개인의 몫이건만, 경쟁은 사회 조건과 제약에서 자유로울 수 없다.

그들의 관계가 거기서 끝난 것은 아니지만 분기점을 맞은 것은 사실이었다. 연애의 끝마다 완성되는 분석 보고서에 따르면, 그는 대놓고 비교 평가를 즐기는 사람이었다. 자신의 특성이 가치비교를 통해 남자의 서류철 속으로 차곡차곡 정리되는 중이라고 생각하자, 그녀의 관계 몰입도는 단숨에 떨어졌다. 그의 재화를 비교, 분석, 정리하는 자신의 모습 또한 뚜렷이 인식하게 되었다. 연애가 음성 중계를 떠나 총천연색 부감 샷으로 그려지는 기분을 아는가. 이른바 유체이탈연애였다. 더불어 허탈하게 뒤돌아설 연애의 종말도 플래시 화면처럼 끼어들었다. 그녀는 미리 감정적 거리감을 장착하며 몸서리쳤다. 이 시대의 연애는 슬프도록 이성적인 거라고 중얼거리며. 연애는 누가 끝냈다고 말할 것 없이 슬며시 막을 내렸다. 만남의 횟수가 줄었고 연락이 뜸해지다 종료음도 없이 정적을 맞이했다.

기회를 놓쳤지만, 그녀는 그에게 대답하고 싶었다. 당신의 기준 아래 평가 대기자로 취급되기 싫다고. 똑똑하다는 말이 싫다는 것은 아니었다. 표면만 번지르르하게 얄팍하지만 않다면, 칭찬은 언제든지 우리를 고무한다. 당신의 칭찬 세례에 푹 젖은 나는 더 멋진 유혹의 세리머니를 선 뵐 것이다. 그렇지만 감탄이 되지 않는 비교 칭찬만은 말아다오. 연애에서만큼은 거추장스런 자의식에서 해방되고 싶으니까. 우리는 왜 연애를 하는가? 세상에 단 한 사람으로 당신 앞에 우뚝 서고 싶은 바람 때문이 아닌가. 사랑의 유혹은 상대와 나를 유일무이한 대상으로 놓지 않을 경우 이루어지기 어렵다. 노골적인 계약이나 사전 동의를 거치지 않은 이상 우리는 유혹에서 특별함을 예견하려 하고 유혹은 거짓말을 수반한다. 유한한 삶속에서 당신과의 영원을 꿈꾸고, 수십억 인구 중 당신만이 유일하다고 말한다. 유혹은 매력의 자유경쟁시장을 감히 속이는 시도, 당신의 거짓말을 믿고 함께 속삭이는 일, 추락과 상처라는 위험을 감수하고서라도 기꺼이 저 매혹의 다리를 건너는 일이다.

손아람의 소설 《디 마이너스》 에는 다음과 같은 노랫말이 나온다.

사연 없는 사물이 늘어갈 때마다

우주는 거꾸로 가벼워진다

그러다 텅 비고 만다

견딜 수 없는 일 그래서

거짓말은 모두 젖어 있지

앙상하게 말라붙어 뼈만 남은 사실들

우리는 목이 너무 마르니까

우리는 목이 너무 마르니까

세상에 난무하는 연애평가보고서는 자기분열적이다. 위험 없는 열정을, 상처 없는 관계를, 안전한 유혹을 좇는다. 선택의 수많은 가능성 앞에 유일무이한 존재되기를 미리 포기한 우리는, 너무 많은 지침서와 상담자를 두고 있다. 심지어 우리 자신 안에도.

• 《사랑은 왜 아픈가》, 에바 일루즈 지음, 김희상 옮김, 돌베개, 2013.
• 《사랑은 왜 불안한가》, 에바 일루즈 지음, 김희상 옮김, 돌베개, 2014.
• 《디 마이너스》, 손아람 지음, 자음과모음(이룸), 2014.

바 람 둥 이
사 용 법

•   내 연애에서 가장 효과 좋은 수업은 바람둥이 를 사귀면서 받았다.

때로는 혹독한 수련 기간과도 같았다. 그와의 연애는 양날 의 칼처럼 아름답지만 잔인했고, 황홀했지만 비참했다. 기쁨 이 휘발하듯 상처는 쉽게 아물었다. 예상치 못한 순간에 홀린 듯 춤을 추기도 했다. 그는 정교했고 능란했으며 상대 안의 매 혹을 끌어낼 줄 알았다. 자신의 한계에 명확했으며 섣부른 기 대를 불러일으키지 않았다. 그와의 연애는 아슬아슬한 균형 잡기의 연속이었다. 그리고 어느 순간 나는, 그를 유혹하는 자 가 되어 있었다.

그의 시선은 함께 있을 때면 철저히 내 곁에서 황홀한 듯 머물렀다. 매번 처음 만난 여자인 양 설레는 눈빛으로 바라볼 줄 알았다. 서툰 수작 따위는 쓰지 않았으므로 나 아닌 누군가에게도 쏟아지는 축복임을 알 수 있었다. 덕분에 기쁨의 순간에 집중하고 다다를 수 없는 것에 연연하지 않는 여유를 배웠다. 나아가 다른 친절한 바람둥이를 아끼고 활용하는 법을 익혔다. 드물지만 이 세상을 배회하는 참바람둥이 혹은 유혹자라고 불리는 인간들을 발견하고 익숙해졌다. 그들은 거쳐간 여자를 열거하며 존재감을 과시하지 않았고 스스로 치명적이 되어버린 싸구려 나르시시스트와도 확연히 달랐다. 바람의 도덕마저 깨우친 경지에 설명 따위는 필요하지 않았고 불필요한 상처주기는 그들에게 경계 행위 1순위였다.

바람둥이에게도 도덕은 있다. 물론 참바람둥이에게만 존재하는, 난봉꾼과 비교되는 도덕이다. 첫째, 상대의 기쁨에 집중한다. 어디에 있든 누구를 만나든 최선을 다해 즐거움을 안겨준다. 참바람둥이에게 세상은 커다란 무대와도 같다. 그들은 순간의 매혹을 최대치로 끌어올려 상대를 사로잡는 역할에 최적합한 인물들이다. 그들의 성실함은 상대에 따라 역할이 달라지는 맞춤형 연애를 가능하게 한다. 바람둥이는 사소한 경험에도 배움을 얻고 새롭게 해석하고 과감히 활용한다. 자신의 한계와 매력을 알고 이를 돋보이는 법을 깨친 자이기도 하다. 거듭되는 변신에도 중심을 잃지 않는다면, 제대로 선수라고 불릴 만하다. 탁월한 센터링 능력은 경이로운 순발력과 깊고 넓은 성찰력을 바탕에 둔다. 이에 섬세한 감수성을 더하여 상대방을 파악하고 배려하니 불쾌한 상황은 방지하고 상대가 스스로 다가오게 한다.

둘째, 거짓말은 오직 즐거움을 위해 사용한다. 변치 않는 사랑이라든가 이룰 수 없는 약속 따위를 담보로 타인의 마음을 움직이지 않는다. 자신이 할 수 없는 일을 미끼로 상대를 유혹하는 일은 그들의 자부심에 어울리지 않는다. 이는 그들을 진실함의 경지에 올려놓기까지 한다. 바람둥이에게 성취란 주어진 패를 잘 활용하여 얻는 것이다. 의도치 않은 고통은 유혹의 실패를 의미한다. 연애에 가장 큰 상처를 남기는 자는 사랑의 환상을 자극하고 관계에 오지 않을 미래를 투영하여 마음을 얻으려는 사람일 때가 더 많다.

그러나 서로 다른 형태의 연애를 추구하여 상처받는 일까지 모조리 막을 수는 없다. 상처받고야 마는 것은 연애의 필연일지 모른다. 선택할 수는 있다. 죽음을 보고 인생을 살지 않듯 실연을 두고 연애하지 않는다. 아직 오지 않은 상처를 걱정하기보다는 현재에 집중하는 편이 좋다. 유혹자는 순간의 즐거움을 함께 누릴 적절한 동반자이다. 연애는 우리를 언제나 슬기로운 방향으로 이끌지는 않지만, 다행히도 경험과 배움을 남길 수 있다. 우리는 좀 더 경험에 여유로울 필요가 있다.

셋째, 바람둥이는 순간의 예술가이다. 누구보다 집중력이 뛰어나다. 함께 있는 시간을 유용하게 보내는 법을 잘 아는 사람이다. 당연한 매뉴얼을 따르지 않으면서 당신보다 반 발짝 정도 앞서 상황을 파악한다. 때로는 나서서 이끌거나 의외의 방향으로 틀어 당신을 즐겁게 한다. 세상을 당신의 눈으로 바라볼 줄 알면서도 거기에 조금 다른 시각을 보탤 줄도 안다. 당신을 끊임없이 자극하고 또 자극받는다.

넷째, 바람둥이는 당신의 특별함을 재발견해준다. 매혹은 캘수록 계발되는 자원과 같다. 타인의 시선을 통해 매혹적 존재로 거듭나는 일은 황홀한 경험이다. 잊지 못할 추억은 물론 앞으로의 연애에 쓰일 훌륭한 연료가 될 수 있다. 바람둥이의 대명사로 불리는 카사노바는 만나는 여성마다 자부심을 일깨우고 그들의 판타지를 충족시키는 데 최선을 다했다. 그는 여성의 삶에 선물과 같은 존재로, 딱 그만큼의 무게와 기쁨으로 남는 법을 알고 있었다.

다섯째, 바람둥이는 멋진 친구가 될 수 있다. 이성과 친구가 되는 일은 연인이 되는 일보다 더 까다로울 수 있다. 진심으로 관계를 즐길 마음이 없다면 시도조차 쉽지 않고 유지 또한 피곤하다. 여기에 바람둥이의 가장 훌륭한 사용법이 있다. 원하는 것을 강요하지 않고 상황을 여유롭게 이끌 줄 아는 그들은 길고 넓은 시야로 관계를 조망한다. 감정에 쉽게 놀아나거나 허투루 헷갈리지 않는 만큼 만남은 고유한 길을 찾아나간다. 그들의 창조성은 관계에서 빛을 발한다. 당장의 연애만이 아니라 일어날 수 있는 모든 매혹에 기꺼이 움직인다. 우정은 다양한 형태를 지닐 수 있고 뜻밖의 순간에서 시작되기도 한다. 가장 관능적인 사이는 때로 겉으로는 아무 일도 벌어지지 않는 관계이다. 가능성이 미지의 함수로 남아 있는 그들과의 우정은 태풍의 눈처럼 고요하다.

물론 참된 바람둥이를 발견하는 일은 쉽지 않다. 그럼에도 꽤 괜찮은 방법을 소개할 수는 있다. 바로 당신이 먼저 참바람둥이가 되는 일이다. 고수는 고수를 더 쉽게 알아보지 않는가. 바람둥이가 되는 길에는 왕도가 따로 없다. 많이 읽고 보고 만나고 또 경험하는 수밖에. 끊임없이 단련하라. 상처를 미리 두려워 말라. 오지 않은 미래로 현재를 제약하지 말라. 지금 당장 나서서 당신의 삶을 살고 또 함께 유혹하라.

새 로 운
세 계 로

•   나의 첫 번째 데이트는 버스를 함께 타는 일이
었다.

처음 한 남자를 사랑하게 되었을 때, 그 사람과 언제부터
사귀었는지 알 수 없는 것은 그를 어떻게 사랑하게 되었는지
헤아릴 수 없는 것과 마찬가지였다. 그러므로 첫 번째 데이트
날짜를 콕 집어 지정하는 일은 어렵지만, 둘만이 사람들 틈을
벗어나 몰래 버스에 오를 때의 기분은 지금도 되살릴 수 있을
만큼 벅차고 설렜다. 단둘이 버스 뒷자리를 차지하고 앉아 한
시간가량 되는 귀갓길을 함께하곤 했는데, 대학 선배였던 그
가 대화를 끌어내기 위해 한 질문은 요즘 고민이 뭐니, 정도뿐

이었다. 90년대 초반 운동권 선배들이 후배에게 다가가기 위해 던지는 질문은 서로 비슷했다. 겨우 1년 선배였던 그의 질문 역시 변주는 없었다. 그런 그가 조금은 지루하고 우스웠다. 차마 눈도 똑바로 못 맞추고 버스 앞머리만 쳐다보는 그를 응시하며 물었다. 그러는 오빠의 고민은 무어냐고.

학교에서 대단한 선배 노릇을 하는 그로서는 신입생 후배에게 듣는 발칙한 질문이 당황스러웠을까. 너털웃음을 보이며 그제야 눈을 맞췄다. 그는 자주 웃었고 자꾸 어깨를 움츠렸다. 눈이 마주칠 때 알았다. 그의 눈동자가 얼마나 맑고 여린지, 그 갈색 빛만으로도 내게 걸 수 있는 말이 얼마나 많은지, 저토록 따스한 기운이 감돌면서도 왜 내 눈빛만 닿으면 떨리는지. 태어나서 처음으로 한 사람의 눈동자를 바라보는 일만으로 나를 둘러싼 풍경이 모조리 지워지는 경험을 했다. 버스가 집에서 멀지 않은 곳에 닿았을 때, 잠시 후면 그와 헤어져야 한다는 사실을 깨달았을 때, 나는 이제 막 떠나려는 버스 정류장 옆 호떡 가게를 발견하고 말했다.

"호떡 사주세요."

무작정 버스에서 내려 그가 사준 호떡을 한입 베어 물고 말했다.

"나는 호떡 사주는 사람이 제일 좋더라."

일시정지. 나는 그때 한 사내의 존재가 정지된 화면처럼

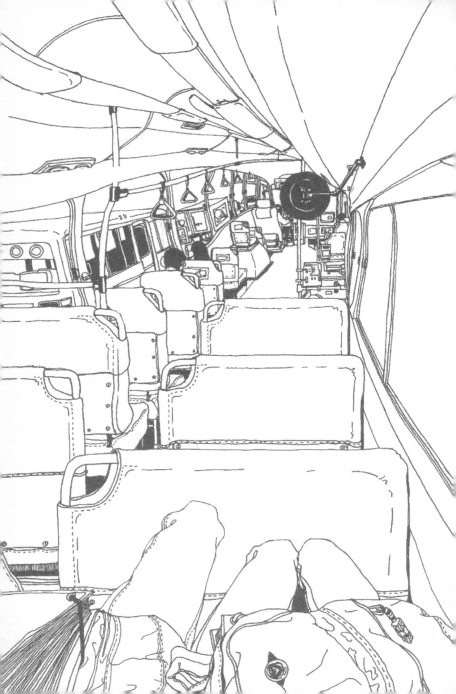

각인되는 순간을 경험했다. 그는 아무런 대답도 못하고, 웃어도 마저 다 웃지 못하는 어설픈 표정으로 나를 바라봤다. 말을 내뱉은 후에야 알아버렸다. 돌이킬 수 없는 일들이 시작되었다는 것을. 알 수 없던 나의 마음도 그렇게 정리되기 시작했고, 모든 사건이 한꺼번에 소급되어 결국은 그를 좋아해서 모든 일이 벌어졌음을 이해했다. 살랑살랑 봄바람처럼 시작되었던 첫사랑이 무참하게 끝나버릴 때까지.

그다음 데이트로 우리는 서점에 갔다. 학생회 일로 바쁜 그와 남들 눈을 피해 학교를 벗어나는 일은 쉽지 않았다. 나는 대기조처럼 그를 기다렸고 그의 신호가 떨어지기 무섭게 뒤를 쫓았다. 내가 사랑하는 것은 그뿐만이 아니라 그를 구성하는 세계였다. 그가 내게 전부를 할애하지 않는 것은 그를 더 사랑하는 이유가 되었다. 나 역시 그와 그의 세계를 품을 만큼 성장하고 싶었다. 사랑의 시작은 그토록 경이롭다. 세계가 열리고 겹치고 함께 커져가며 풍경을 바꿔가는 일이다. 처음으로 오후를 함께 통째로 보낼 수 있게 되었을 때 그가 제안했다. 객관식 출제고사 세대답게 네 개의 보기를 주었다. 나는 4번을 택했다. 기차 타고 종점까지 가기였다. 마침 우리 곁에는 도심을 지나가는 기차 레일이 보였고, 이는 함께 시간을 보낼 가장 긴 방법이기 때문이었다. 한 번 오르면 어쩔 수 없이 내내 같이 있어야 한다는 조건만큼 매력적인 것은 없었다. 그와 함께 단 한 번도 가보지 않은 어느 소도시에 내렸다. 이미 해는 기울기 시작했고 종점까지 가기에는 시간이 부족했다. 서울로 돌아가는 차를 타지 않으면 제때에 집에 갈 수 없었다. 우리는 종점에 이르지 못하고 여정을 멈추었다. 기차역을 빠져나와 그는 나와 함께 역사를 마주보며 말했다. 자, 여기가 문산역이다. 잊지 마라.

얼마 전 30대 초반 청년에게 여자와 데이트를 하는 데 따르는 부담감에 관한 이야기를 들었다. 여자의 마음을 얻기 위해 남자가 써야 하는 시간과 비용은 그들이 감당하기에 부담스러운 수준일 때가 많다고 했다. 그것을 당연히 요구하는 여성에 대한 불만도 들었다. 그의 20대 시절, 많은 또래 남성은 여자를 만나 밥을 사고 시간을 보내는 것으로 유혹이 진행된다고 믿었다 했다. 여자에게 그것은 단순히 시간 보내기에 지나지 않았다는 것을 깨달았을 때 느끼는 허탈감은 때로 분노가 되기도 했다. 출혈이 큰 만큼 기대 수준도 높아지지만, 20대 청년이 쓸 수 있는 비용이란 대단한 수준은 못 되었고 그것으로 여성을 감동시킨다는 것은 애초에 쉽지 않은 계획이었는지도 모른다. 각종 기념일과 분위기 좋은 식당과 화려한 물건들이 진열된 세상에서 유혹의 비용은 까마득히 올라가버린 듯했다.

　유혹에 드는 비용을 화폐로 환산할 수 있을까? 적어도 데이트를 하는 데 드는 비용은 듣기만 해도 상당하다. 차비는 제하더라도, 밥을 먹어야 하고 때론 영화도 봐야 한다. 둘 중 한 명이라도 독립된 주거공간이 있다면 다행이지만, 독립이 빠르지 않은 한국 상황을 고려해봤을 때 잠자리를 함께하기 위해서조차 공간을 빌려야 한다. 내가 대학에 다니던 시절만 해도 데이트 비용은 젊은이들을 좌절에 몰아넣을 수준은 아니었다. 챙겨야 할 기념일도 적었고 작은 정성만 표해도 섭섭해하지 않는 분위기였다. 연인들은 함께 많이 걸었다. 도서관에서 같이 공부하고 우거진 숲의 으슥한 틈을 찾아 입을 맞추었다. 졸업 후 프랑스로 유학을 갔을 때에는 젊은이들의 연애복지천국을 경험했다. 대학 등록금은 1년에 몇 십만 원 수준이었고 학생을 비롯하여 소득 수준이 낮은 이에게는 집세의 절반 이상이 정부 보조로 해결되었다. 각종 영화관은 물론이고 미술관 등의 문화시설은 학생을 비롯한 젊은층에게는 저렴한 가격으로 제공되었다. 거리 곳곳에 자리 잡은 공원은 계절에 따라 새로운 데이트 코스가 되었다. 주차 공간을 찾기 힘든 오래된 도시를 차를 타고 이동하는 일은 어리석은 일이었다. 대중교통 이용료 역시 할인이 엄청났다. 애정 표현도 자유로워서 길에서 입 맞추는 커플을 보는 것은 일상이었다. 그곳을 이 상화할 생각은 없다. 다만, 호화로운 레스토랑에서 식사를 한 남자보다 더 많이 걷고 보고 함께 느끼고 경험한 남자가 더 기억에 남는다. 가진 것을 미끼로 자신을 드러내려는 사람보다 새로운 세계를 같이 열어가는 사람이 더 매혹적이다.

우리는 모두 각자의 세계를 만들고 가꾸고 넓혀나간다. 유혹은 그 세계가 만나고 연대하고 때로는 중첩되고 확장되는 경험이다. 연애의 경험이 벅찬 이유는 천지가 개벽하고 세계가 새롭게 열리는 것을 온 존재로 다하는 일이기 때문이다. 고립된 밀실을 전제로 한 유혹은 결국 막다른 골목에 이를 뿐이다. 더는 갈 곳이 없어진 뒤 남은 일은 서로를 갉아먹고 파괴하고 소진하는 거다. 그러므로 유혹은 세상을 향해 나아가는 편이 좋다. 광장은 멋진 데이트 장소다.

봄이 막 시작되는 1학년, 대학 교정의 어느 벤치에 앉아 그에게 물었다.

"나는 왜 끊임없이 살아 있다는 걸 느끼면서 살지 못할까요?"

나를 둘러싸고 있는 시간이 무심코 흘러감을 견딜 수 없던 나날이었다. 순간순간 살아 있다는 것을 느끼며 확인하고 싶어 안달했다. 그가 대답했다.

"헤엄을 잘 치는 물고기는 물속에 있다는 것을 느끼지 못할지 몰라. 스스로 물속에 있다는 것을 끊임없이 자각하고 있다면 어쩌면 그것은 물에 빠지는 순간일지도 모르잖니."

그의 대답이 마음에 들었다. 그리고 생각했다. 나에게도 언젠가 물살을 가벼이 가르며 유유히 헤엄치는 날들이 찾아올까. 물속에 있는지 혹은 대기를 날고 있는지 분간할 수 없으리만큼 내 존재로부터 자유로운 날들이 올까. 적어도 한 가지 사실만은 분명했다. 그날 우리가 거리로 나가 도로 한복판을 달렸을 때, 세상 사람들과 하나가 되어 구호를 외쳤을 때, 그의 손이 처음으로 내 손을 쥐고 좀 더 깊숙이 세상 속으로 이끌었을 때, 나는 자유롭다고 느꼈다.

사람도 세상도 변화하는 것이 이치이다. 그리고 함께 변화의 한가운데에 있을 때, 나뿐 아니라 세계의 변화를 끌어안고 참여한다고 느낄 때 인간은 가장 자연스러운 존재가 된다. 세계의 고통을 나의 불행으로만 이해하고 혼자 침잠하고 있을 때 나는 허우적거린다. 내게는 광장에서 그의 손을 마주잡은 이른 봄날이, 그가 사준 호떡을 베어 문 순간으로부터 소급된, 처음으로 사랑을 느낀 순간이기도 했다.

부디 광장으로 나아가는 유혹과 연애를 하길 바란다. 함께

세계를 열고 변혁하고 모두가 성장하는, 그래서 유혹의 비용
이 화폐 가치로부터 자유로운 세상으로 다가가는.

여 자 는
부 록 을
좋 아 한 다

•   이제 서른다섯이다. 그리고 이혼녀다. 결혼하
면 행복하게 나머지 인생이 살아질 줄 알았던 B의 믿음은 오
래전에 깨졌다. 더 이상 젊지 않은 나이를 생각하면, 이혼은
선뜻 내릴 수 없는 결정이었다. 이별은 시끌벅적 다가왔으나
조용히 마감되었다. 남편은 자신의 짐을 싣고 떠났다. 옷장에
빈 공간이 생겼고 아파트에 남은 사람은 그녀 혼자였다.

  그리고 그녀는 잠시 후 그 남자를 만난다.

  그를 처음 알게 된 곳은 페이스북이었다. 1년 전이었다. 친
구들끼리만 오가던 계정에 낯선 남자가 친구신청을 해왔다.

친구의 페이스북 담벼락에서 마주쳤던 얼굴이었다. 거기에 올라온 사진을 믿지는 않지만 단정하면서도 선이 굵은 외모가 매력적이라고 생각했다. 그곳에는 머리숱 많은 20년 전 모습을 올려놓은 민머리 중년도 있었고 인터넷 쇼핑몰 모델 사진을 자기 얼굴인 양 올려놓은 여인도 있었다. 페이스북의 페이스는 사람들을 유인하여 바다에 빠뜨리는 그리스신화 속 세이렌의 목소리와 같았다. 실체는 알 수 없으나 듣기에 아름다운 노랫소리처럼 보기에 아름다운 페이스들이었다. 누가 알겠는가. 세이렌의 전설처럼 사람의 얼굴을 가졌으되 인간이 아닌 것의 몸을 하고 있을지. 그래도 호기심을 억누르진 못했다. 그의 담벼락에 들어가서 게시물을 훑어봤다.

용모만큼 절제된 삶을 사는 것처럼 보였다. 싱글이고 혼자 하는 운동을 즐기고 조용히 자신의 일에 열중하는 사람 같았다. 과장되지 않고 담담하게 써내려간 글투가 맘에 들었다. 허세 없는 진중함도 느껴졌다. 직업을 확실히 밝힌 점도 좋았다. 가끔씩 친구 담벼락에서 댓글로만 접하는 그의 모습은 정중하고 예의발랐다. 클릭 단 한 번에 그와 그녀는 '친구'를 맺었다.

둘 사이에는 침묵이 감돌았지만, 그녀가 올리는 글에 매번 '좋아요'를 누르는 그의 반응은 B를 뿌듯하게 했다. 그녀 역시 그가 올리는 글에 '좋아요'로 답했다. 누가 먼저 시작했는지도 모르게 그들은 서로의 글에 댓글을 달기 시작했고 어느덧 메시지를 주고받는 데까지 이어졌다. 한동안은 그뿐이었다. 그럼에도 친밀감은 증폭되었다. 잔잔한 파문처럼.

어느 날이었을까. 문자가 끊이지 않고 십여 분가량 이어졌다. 그의 교통사고 소식에 그녀가 조금 걱정을 했고 그는 별일 아니라며 오히려 그녀의 안부를 물었다.

"감기로 고생 중이라고 그러셨잖아요. 괜찮으세요?"

한 번쯤은 만나보고 싶었지만 둘 다 조심스러웠다. 온라인 상으로는 1년째 친구였고 나이가 같다는 것을 알고 얼마 전부터 말을 놓기로 했다. 몇 년 전 싱글이 된 이혼 선배로서 그의 조언을 듣기도 했다. 다가오는 속도는 조금 느린 편이었지만, B로서는 적당했다. 그녀의 마음을 배려하는 것이 느껴졌고 과다한 호감을 표시하는 일도 없었다. 어쩌다 그녀가 메시지를 보내면, 곧바로는 아니지만 한 시간 이내에는 꼬박꼬박 답변이 왔다. 그 역시 가끔 안부를 묻는 인사를 전해왔다. 오랜만에 다시 만나 소식을 주고받게 된 친절한 대학 친구 느낌이었다. 감정적으로 위태로운 나날 속에서 위안이 되어주었다.

만나자는 이야기를 서로 꺼내지 않은 것은 아니었다. 다만 실행에 옮기는 데는 긴 시간이 걸렸다. 전화 통화가 몇 차례 오고 갔다. 낮고 울림이 맑은 목소리였다. 첫 통화부터 그는 그녀의 이름을 불렀다. B야. 의외였지만, 기분은 좋았다. 전 남편이 아닌 남자에게 불리는 자신의 이름은 오랜만이었다. 통화를 오래 끌지는 않았다. 피와 살로 직접 마주하기 전에 미리 가까워지는 일이 두려웠다. 펜팔의 쓰라린 경험은 물론이고 인터넷 동호회에서 전 남편을 만난 이후, 문자와 목소리로 주고받는 소통의 위험성을 뼈저리게 깨달았다. 보기도 전에 몸집을 불린 환상은 실체를 마주하면 부푼 풍선처럼 터져버리기 마련이었다. 운 좋게 첫 대면에서 좋은 인상을 받게 될지라도, 오래 쌓아두었던 흥분은 시야를 가려 제대로 볼 수 없게 만들었다. 덕분에 사랑에 더 빨리 빠져들었다. 문제는 그렇게 굴러들어간 곳이 낯선 장소라는 데 있었다. 그들은 서로에게 심어준 미망에 보기 좋게 걸려 넘어졌다. 그녀가 안다고 믿었던 그 남자는 거기 없었다. 너무 쉽게 운명을 믿었고 보고 싶은 모습만 찾아내서 서로를 바라봤던 탓이었다. 예상 밖의 모습을 발견할 때마다 당황하기를 거듭했다. 서로를 알아가는 과정이 기쁨이 되지 않고 급격한 실망의 여정으로 가파르게 달려갔다.

그리고 마침내 오늘, 그녀는 그 남자를 만난다.

정오를 조금 넘겨 그녀가 사는 아파트 단지 앞으로 그가 찾아왔다. 거의 다 왔다는 소식에 미리 건물 앞에 서 있었다. 건너편에 지나가던 차가 유턴을 했다. 반쯤 내려간 검은 차창 너머로 그의 옆얼굴이 한눈에 들어왔다. 처음 본 옆모습인데도 알아볼 수 있었다. 생각보다 더 깔끔하고 정돈된 스타일에 안심이 되었다. 잠시 후 그의 차에 올랐다. 눈앞에 살아 숨 쉬는 새 남자를 마주하자 숨이 조금 가빠졌다. 건강하고 혈색 좋은 얼굴, 밝은 미소, 안정적인 자세. 여자들도 남자를 처음 볼 때 재빨리 스캔하는 것들이 있다. 신체적 장점과 단점 역시 눈에 들어온다. 그것들을 어떻게 다룰 줄 아느냐에 따라 호감도가 달라진다. 잘 맞는 옷을 입듯 자기만의 스타일을 찾은 남자였다. 인사를 나누었다. 직접 듣는 목소리에는 더 깊은 울림이 있었다. 차에서는 기분 좋은 냄새가 났다.

모든 것이 자연스러워 보였다. 식당으로 안내하는 모습도, 새우 요리가 나오자마자 익숙한 솜씨로 껍질을 벗겨 그녀 앞에 놓아주는 모습도. 경계등이 발동했지만, 그는 당연한 일이라도 되는 양 여유로웠다. 함께 엘리베이터에 올랐을 때, 그녀의 맨팔에 살짝 올라갔던 그의 손길은 여운을 남겼다. 그녀를 슬며시 이끌어 구석 자리를 차지하게 해주었을 때 고개를 살짝 들어 그의 얼굴을 바라봤다. 눈이 마주쳤다. 슬쩍 미소가 오갔지만 이내 눈을 돌렸다. 식당부터 카페까지, 그는 마음에 두고 온 곳이 있는 듯했지만, 그녀에게 먼저 의사를 묻는 일을 잊지 않았다. 지나가는 길에 그녀가 좋아한다던 초콜릿 가게에 들러 박스 하나를 사서 전해주기도 했다. 모든 것이 너무 매끄러웠다. 눌러도 자꾸 고개를 드는 의심이 더 뻣뻣이 등을 곧추세웠다. 그와 나누는 대화가 긴장을 풀어주지 않았더라면 의혹은 걷잡을 수 없이 커졌을지도 모른다. 그는 솔직했고 다정했다. 미심쩍은 이야기는 하지 않았고 이야기 중간 중간 일상에 대한 구체적 설명을 덧붙였다. 상대방의 이야기를 귀 기울여 들을 줄도 알았다. 하지만 누가 아는가. 엄청난 훈련과 계산의 결과일지. 그들 사이를 오가는 설렘은 간만에 부는 미풍처럼 간지러웠다. 이혼을 마무리한 지 몇 달이 지났을 뿐이었다. 벌써부터 고민하고 방어할 필요는 없었다. 잠시라도 심적 안정과 균형을 찾아줄 사람이면 좋았고, 그는 기대를 웃도는 사람임에 분명했다.

카페를 나와 그녀의 집으로 가기 위해 돌아가는 차 안, 화장실에 다녀온 뒤 씻은 손이 건조했다. 가방에서 로션을 찾아 바르는데 그가 손을 내밀었다.

"나도 좀 줄래?"

잠시 멈칫했다가 그의 손에 손톱만큼 얹어줬다. 그는 운전 중이었고 그녀에게 내민 팔을 아직 거두지 않았다.

"발라줘."

도대체 이 사람은 뭐지? 그녀는 기다렸다는 듯 대답했다.

"너, 정말 선수 같아. 이런 건 좀 당황스럽잖아."

그는 금세 팔을 거두었고 이내 도착한 아파트 정문 근처에 차를 세웠다. 그녀는 그를 보내고 싶지 않았다. 의문을 거두고 돌아가고 싶었다. 차 시동을 끄고 창문을 조금 연 뒤 그가 입을 열었다.

"만나자고 말하기까지 몇 달이 걸렸잖아. 오기 전까지 정말 망설였고 또 두려웠어. 나는 아주 내성적인 사람이야. 회사에서 프레젠테이션을 할 때에도 직전까지 혼자 얼마나 많은 리허설을 하는지 몰라. 너를 데리러 갈 때까지 수없이 다짐했어. 너는 내 여자 친구다. 그러니까 자연스럽게, 이미 몇 달은 만난 사람처럼 여유롭게 대하자고."

그의 목소리에는 진심이 묻어났다. 아니, 적어도 그 순간은 그렇게 믿고 싶었다. 그녀는 그의 손에 아직 남아 있는 로션을 제 손으로 펼쳤다. 그의 손 구석구석까지 스며들 수 있도록, 천천히 조심스럽게 그러나 감각적으로. 그가 다가왔던 방식대로 그렇게.

유혹은 약간의 두려움을 안고 있을 때 더 강력하게 다가온다. 조금 더 느리고 답답할지라도 신중함이 배려를 입을 때 마음은 더 쉽게 열린다. 물론 적절한 감각의 자극은 필요하다. 청각으로, 시각으로, 후각과 미각으로 그리고 촉각으로 이어지는 자극은 몸을 열리게 한다. 한 방의 도발이 있다면 더욱 좋다. 조금 간지러운 설명도 부록으로 넣어주길. 여자는 부록을 좋아한다.

No sex
last night *

　

・　　　　함께 술을 마시던 사람들이 어느새 모두 사라
졌고 둘만 남았다. 좀 더 마시고 싶어서 문을 연 곳이 없나 돌
아다니다가 습기 찬 여름 공기에 금세 지쳐버렸다. 도시의 공
기에는 꿉꿉한 기운이 넘쳐났다. 발효된 술 냄새 같다. 골목
어딘가에는 헝클어진 토사물이 팬케이크 반죽처럼 엉혀 있을
것이다.

"모텔로 갈까요?"

한때 증오했던 단어. 도시 곳곳의 넘쳐나는 그 간판의 일
회성이 싫었다. 오후 세 시면 동네 호텔에서 밀회를 갖던, 어

느 프랑스 영화 속 연인들의 애틋한 세월 같은 것은 느껴지지 않았다. 우후죽순 솟아났다 뒤돌아서면 사라질 것 같은, 램프의 요정이 부린 하룻밤 마법 같은 건물의 요란함이 싫었다. 부끄러울 것이 없어도 들어서면 고개를 조아려야 할 것 같은 공간이라 불쾌했다.

옛 연인과 어쩔 수 없이 찾아갔던 어느 모텔 방, 연인의 구원 같은 한마디가 없었다면 나는 얼마나 처량했을까. 분홍빛 벽과 천장의 커다란 선풍기 그리고 알록달록한 침대 커버를 두고, 그는 말했었다.

"멕시코의 어느 도시에 와 있는 것 같지 않아?"

그의 아이디어가 마음에 들었다.

"그러고 보니 당신은 히스패닉 연인 같은 걸?"이라고 대답한 걸 보면.

갈 곳 없는 연인들이 할 수 있는 놀이는 가보지 못한 세상 어딘가를 상상해보는 것이었다. 건물을 채우는 방들 속 혼잡한 교미 소리에 미리 지치지 않으려면 우리는 상상력을 발휘해야만 했다. 그럼에도 매번 내 상상력은 부족했다. 섹스만을 위한 곳에서는 섹스에 몰입할 수 없었다. 축축하고 비릿한 기억으로 남아 지난 연애사에서 지우고 싶은 장면들로 남아버렸다.

그런데 지금 내 앞의 사내가 20여 년 전의 그 단어를 언급하고 있다. 우리는 십수 년 전 딱 한 번 진하게 입을 맞춘 적이 있다. 그에게 작은 호감조차 느끼지 않았음에도 벌어진 일이어서 무척이나 당황했고 이어지는 그의 연락을 무시한 채 파리행 비행기에 올랐었다. 그에게 남긴 말이라곤, 없었던 일로 하자는 것이었다.

오래전 사람들 속에서 처음 만난 그는 조용했고 단정한 인상이었다. 일행이 흩어지면서 그가 집까지 동행했고 향긋한 여름 밤바람 탓이었는지 나는 조금 들떴다. 어디선가 흘러든 프랭크 시나트라의 '서머 윈드'가 귓가에 어른거렸다. 그와의 산책은 생각보다 즐거웠다. 좋아하는 음악이 비슷하다는 걸 안 순간, 우리는 지치지 않고 리스트를 읊어댔다. 당장 들어야 할 것 같이 절박한 이름들이 우리의 입술에 올랐다 사라졌다. 그날의 여름 바람처럼.

"우리 집이 근처인데, 듣고 갈래요?"

그의 제안은 가볍고 유쾌했고 거절할 이유 따위는 없어 보였다. 그의 방에 들어서서 내내 서로에게 음악을 틀어주며 긴 시간을 보냈다. 그리고 무슨 이유 때문인지 우리 둘 다 웃음을 터뜨렸고 나는 엉뚱한 짓이 하고 싶어졌다.

"목 뒷덜미에 커다란 점이 있는데, 보여줄까요?"

그가 대답했다.

"나는 어깨에 커다란 점이 있어요."

두 남녀 사이에 갑자기 어색한 기운이 맴돌았다. 잠시 후 그의 입술이 다가왔다. 후퇴하기에는 너무 멀리 온 느낌. 싫지도 좋지도 않으면서 한 남자와 입을 맞출 수 있다는 걸 그날 밤 처음 알았다.

우리는 잊을 만하면 연락을 주고받는 사이로 남았다. 그리고 십수 년 후, 결론부터 말하자면, 걷다 지쳐 눈앞에 보이던 어느 모텔 방에 몸을 함께 뉘였다. 생각보다 깨끗했고 분위기도 불편하지 않았다. 여행객의 장기투숙용으로도 이용되는 곳이라고 했다. 만취 상태에서도 남자가 잠시 머무는 비용이 아닌 하룻밤 치를 지불했다는 얘기를 들었다. 그와 하룻밤을 보낼 생각은 없는데. 아니, 잠자리를 같이 할 마음이 있는지조차 알 수 없는데. 이미 뇌는 알코올에 푹 젖어서 젖은 빨래처럼 축 늘어진 기분이었다.

생각이란 것을 놓아버린 건 그 탓인지 몰랐다. 우리가 어떻게 여기까지 왔는지도 기억나지 않았다. 시간은 긴 스타카토처럼 뜀박질을 했다. 방에 들어서자마자 입고 있던 원피스를 벗어 던지고는 침대 품을 파고들었다. 그의 품보다는 훨씬 더 매력적인 넉넉한 품이었다. 내가 바라던 건 남자의 온기보단 잘 준비된 침대의 상쾌한 감촉이었다. 잠시 후 낯선 몸 하나가 미끄러지듯 들어왔다. 구석구석 탐색하듯 몸 위를 미끄러지는 손은 적당히 사려 깊고 적당히 부드러웠다. 그렇게 잠시, 갑자기 그가 몸을 떼더니 탄식하듯 내뱉었다.

"아, 몸이 말을 듣지 않아요."

"괜찮아요. 지금 너무 졸려요."

나는 이미 반쯤 잠든 채로 말을 내뱉었다. 잠결에 그가 하는 말을 들은 것도 같았다. 내일 아침 일찍 지방으로 출장을 가야 한다고. 나를 두고 먼저 나가야 할 텐데 그래도 괜찮겠냐고.

눈을 뜬 것은 느지막한 아침이었다. 머리가 깨질 듯이 아파왔고 지난밤에 대한 기억이 구토처럼 후회로 몰아쳤다. 몸을 일으켜 침대 밑을 보니 쪽지 한 장이 놓여 있었다.

미안해요. 너무 곤히 잠들어 있어서 깨울 수가 없었어요. 약속에 늦지 않으려면 지금 떠나야 해요. 연락할게요.

손에 쥐고 마저 읽으려는 순간, 허겁지겁 끼어든 남자의 손이 쪽지를 낚아채려 했다. 곁에는 어젯밤의 그 남자가 옷은 차려입었으나 헝클어진 머리를 한 채 앉아 있었다.

"아, 안 돼요. 읽지 마세요."

"이게 뭐예요?"

"먼저 가야 해서 쪽지를 남긴 건데, 너무 곤히 자고 있기에."

"그냥 가지 그랬어요?"

"혼자 눈을 떠서 모텔을 나서게 하고 싶지 않았어요."

웃음이 터져 나왔다. 그의 배려가 고마웠지만, 다시 잠들어버린 그가 귀엽고 처량하기조차 했다.

"당신 자는 모습을 바라보다가 깜박 다시 잠들었어요."

"어쨌든 빨리 나가죠. 많이 늦었어요?"

"이미 늦었어요."

"이런."

서둘러 옷을 입었다. 간밤에 벗어놓은 채로 꼬깃꼬깃해진 상태가 거슬렸지만 할 수 없었다. 머리도 빗지 않고 나오면서 거울 속의 나를 점검하듯 바라봤다. 눈 화장이 지워지면서 기묘하게 번져 있었다.

"아, 퉁퉁 붓고 이게 뭐야."

그를 기다리지도 않고 먼저 나섰다. 모텔 문을 열고 나올 때도 성큼성큼 먼저 걸어갔다. 그는 나를 뒤쫓아오며 말했다.

"이왕 늦었는데, 커피라도 마시고 가죠."

집에 돌아가고 싶었다. 이런 꼴로 서울 한복판에서 아침을 맞기는 싫었다. 다만 약속에 늦어버린 그의 처지가 불쌍해서 잠시 문을 연 카페를 찾아가기로 했다.

"저 앞에 있는 곳으로 가죠."

라고 말하자, 그가 대답했다.

"이왕이면 맛있는 커피 마셔요. 조금만 더 걸어가면 괜찮은 곳이 있어요."

"그냥 저기서 마셔요. 저기도 나쁘지 않아요."

그를 빨리 보내고 싶었는데, 커피숍 안에서 그는 무엇이 신났는지 웃음을 감추지 못했다.

"뭐가 웃겨요?"

"그냥. 지금 상황이요."

나도 모르게 피식 웃음이 새어나왔다. 나는 확인하듯 또박또박 말했다.

"다시는 이런 일 없을 거예요."

"네."

그때 마침 그의 전화벨이 울렸다. 일에 관련된 전화인 듯했다. 그가 통화를 하는 도중 나는 자리에서 일어났다. 입 모양으로 가보겠다고 말한 뒤 도망치듯 자리를 떴다. 나는 나에게 화가 나 있었다. 하지만 나른한 하루가 느슨하게 지나가면서 마음 한구석이 조금씩 덥혀지는 걸 느꼈다. 다정한 사람이었다. 그런 남자와의 하룻밤이라면 나쁘지 않았다. 이혼 수속 후 별거에 들어가면서 미국 친구 로렌은 콘돔 한 박스를 선물해줬다. 그동안 한 명에게만 귀속되었던 자유를 마음껏 누리라는 말과 함께. 잠시 한국에 가려고 짐을 싸면서 넣을까 말까 망설이다가 결국 넣지 못했다. 그래도 머릿속에는 가능성으로 남아 있었다. 어쩌면, 혹시라도, 누군가를 만난다면.

일주일의 여정이 끝나고 이틀 뒤에는 미국으로 돌아가야만 했다. 나도 모르게 조급한 마음이 들었던 걸까. 별 생각 없이 그를 따라나선 걸 그렇게라도 이해해야만 했다. 새벽이 지나갈 무렵 그에게 이메일이 왔다.

외로움이 느닷없이 찾아와도 어색하지 않은 텅 빈 고속도로에서 당신을 생각했어요. 저는 새벽 3시에 취합니다. DUI(driving under the influence의 약자. 취중운전을 뜻함). 이대로 가실 건가요?

그를 다시 마주할 자신이 없었다. 지나간 밤의, 마무리하지 못한 행위들이 나머지처럼 남아 해결해야 할 과업처럼 느껴질 것 같아서였다. 그런 관계가 있다. 나머지가 제수에 아슬아슬하게 못 미치는, 일련의 나눗셈으로 이어지는 관계. 이번만큼 억지로 마음을 털어 피제수를 늘려보아도 역시 딱 떨어지는 몫을 주지 않고 덜렁덜렁 나머지를 남기고야 마는 관계. 다시 늘려봤자 피제수는 그리 커질 것 같지 않았다. 귀국 전 마지막 날을 그에게 할애할 정도는 결코 아니었다. 그를 만나는 대신 답신을 보냈다. 시간을 함께 보내줘서 고마웠다는 말, 혼자 남을 나를 배려해 곤한 잠을 지켜줘서 마음이 따스해졌다는 것, 오랜 불면을 앓던 내게 마침내 길고 편안한 잠을 주었던 것만으로도 충분하다는 내용이었다. 오랜만에 다시 만났는데, 엉망으로 흐트러진 모습을 보인 데 대한 부끄러움도 이야기했다. 하지만 그를 좋아하게 되는 일은 없을 것 같다고 덧붙였다. 잠시 후 그의 답장이 왔다.

제가 기억하는 한 당신은 어여뻐요. 원피스를 하늘거리며 화사하게 등장할 때에는 말할 것도 없고, 알코올에 혀가 꼬여서 더 이상 예쁘지 않은 것 같다고 투덜거릴 때에도, 새벽에 부스스한 행색으로 호텔 문을 나서면서 묻지도 않고 무조건 우회전을 해서 뒤도 안 돌아보고 직진할 때에도 그 사랑스러움은 세월을 넘어서는 어여쁨입니다.

탑승을 마치기 전 한국에서 사용하던 씸 카드를 꺼내고 미국용 카드를 끼우려는데, 이메일 수신 표시가 반짝였다. 다시 그 남자였다.

이런 시

이상

내가 그다지 사랑하던 그대여

내 한평생 그대를 잊을 수 없소이다

내 차례에 못 올 사랑인줄은 알면서도

나 혼자는 꾸준히 생각하리라

자 그러면 내내 어여쁘소서

<이런 시>를 읽으면서 어느 행이 가장 당신다울까

생각해보았어요. 아무래도 마지막 행이 아닐까.

편안한 여행되시고, 내내 어여쁘소서.

비행기에 오르면서 생각했다. 다시 돌아오게 된다면, 그때
도 그가 나를 어여쁘게 여긴다면, 제대로 된 첫 데이트를 해보
고 싶다고. 내가 먼저 신청하는 데이트의 말은 집에 도착하면
생각해보리라. 그러한 상상만으로도 초조한 이혼녀의 불안을
조금은 잠재울 수 있었다. 그럭저럭 멋진 남자들이 찾아올 것
이다. 이혼은 새로운 시작일 수 있다. 천천히 느릿느릿 스며드

는 미지근함일지라도.

열렬한 시작보다 조금씩 덥혀지는 만남에 마음이 기울고 있었다. 이륙하는 비행기의 몸체가 기우뚱했다. 조만간 비상하리라는 생각에 눈을 감았다.

• 소피 칼(Sophie Calle)의 1996년 다큐멘터리 제목을 따온 것

하 오 의
정 사

·   혼자 보내는 생일은 13년 만에 처음인 듯했다.
헤아려보니 살아오는 내내 누군가와 생일을 함께 보냈다. 올
해는 특별하게 혼자 있기로 했다. 하지만 몇 주 전 술자리에서
공포한 계획은 조금 달랐다.

"생일 전까지 애인을 만들어서 함께 보내겠습니다."

긴 세월 연애와 담 쌓고 살다보니 감각을 잃었던 건가. 자
동판매기에서 또르르 굴러 나오는 음료수처럼 애인이 나타나
지는 않았다. 당연하지 않은가. 음료수도 재료 수집에서 만들
어지기까지 오랜 시간이 걸리는데, 하물며 미래의 애인이 내
앞에 오기까지 거쳐야 할 공정이 얼마나 복잡 대단하겠는가.

생일 며칠 전에 이르러서는 간단히 손을 털었다. 나는 포기가 빠른 사람이다. 그래서 다시 공포 내용을 바꿨다.

"독립을 축하하는 기념으로, 생일만큼은 혼자만의 시간을 남김없이 즐기겠습니다."

물론 계획을 실천하는 일은 내 인생에서 극히 드문 사건이다.

생일 점심은 자장면을 먹기로 했다. 생일을 가장 생일스럽게 보내는 방식으로 자장면 먹기를 떠올렸고, 생일 이틀 전 매우 좋아하는 지인 한 분께 자장면을 사달라고 했다. 오랜 전통을 자랑하는 곳이라고 해서 찾아가 보니, 예전에 아이들과 함께 왔던 곳이었다. 맛은 여전히 별로였지만, 대화는 즐거웠고 차를 마실 곳을 생각하다 제안했다.

"○○호텔로 가죠."

어릴 적 〈하오의 정사〉라는 영화 제목을 두고 기묘한 감상에 빠진 적이 있다. 원제는 〈Love in the Afternoon〉(1957)인데 한국 제목은 야릇하게 바뀌었다. 마침내 영화를 보고 났을 때에는 허탈하기까지 했다. 가벼운 로맨틱 코미디였을 뿐, 정사는 어디에도 나오지 않았다. 그래도 화려한 리츠 호텔 스위

트렁이 열리고 고혹적 자태의 신사 게리 쿠퍼가 발랄한 오드리 헵번을 만나는 장면은 기억에 남았다. 창밖으로 오후의 태양이 파리의 거리 위에서 빛났던가. 그때부터였을까, 나는 모두들 노곤한 오후의 일상을 시작할 무렵 호텔을 찾는 일을 꿈꿨다. 생일을 특별하게 보내고 싶을 때면 '하오의 정사 프로젝트'를 실행했다. 영화와는 달리, 말 그대로 '정사'의 의미를 실천하는.

생일 오후에 하오의 정사 대신 호텔에서 애프터눈 티 세트를 마시는 일은 꽤 괜찮은 아이디어 같았다. 자장면 다음이라면 더더욱. 층층이 나오는 페이스트리와 함께 창가 자리에 앉아 여유로운 하오를 맞이했다. 여기까지 딱 좋다고 생각했다. 그때 친구에게 문자가 왔다. 수신인을 잘못 찾은 문자였다.

"2시까지 갈게."

바로 대답했다.

"'하오의 정사'를 계획 중?"

그는 어쩌면 점심시간을 살짝 넘겨 그녀를 만나러 가는 길일지도 모른다. 이런, 야릇하다!

그리고 하오의 차를 마시고 이동하는 길, 또 다른 남자에

게 문자가 왔다. 생일 전 애인 만들기를 공포했던 자리에 있던 한 친구였다.

"생일 축하해요. 혹시 애인이 필요하면 연락해요."

흠, 애인을 못 구하리라 예상했단 말인가. 바로 대답했다.

"애인이 아니면 필요해요."

강남의 대로 한복판에서 그의 차에 올랐다. 컷이 예쁜 스포츠카다. 그를 부른 이유 중에는 그의 차도 있었다. 생일의 오후를 달려가기에 안성맞춤이라 생각했지만, 그 시각 강남 도로에는 교통체증이 시작되고 있었다. 어디로 가야 할까 궁리하다가 잠시 집에 들러 옷을 갈아입고 싶다고 말했다. 잠시 후 그를 차에 남겨두고 잽싸게 숙소로 달려들어 갔다. 노트북이 들어 있는 무거운 백팩을 내려놓고 목선이 시원하게 드러난 금빛 원피스를 입었다. 굽이 높은 신발에 몸을 실었다.

잠시 후, 운전 도중 그가 소리쳤다.

"아, 저 건물이 이제는 바깥에서도 보이네요?"

성공회 서울주교좌성당이었다. 국세청 별관이 철거되어 그 모습이 밖으로 드러났다는 기사를 읽은 기억이 났다. 며칠 전 보러 가리라 마음먹었는데 바로 그 옆을 생일 오후에 지나가고 있었다.

"기사에서 읽었어요. 꼭 보고 싶었는데, 이렇게 자태를 눈앞에 드러내네요. 어쩐지 예감이 좋다. 앞으로 좋은 일이 마구 벌어질 것 같아요."

내친 김에 며칠 전에 다시 찾아가려고 했다가 시각이 너무 늦어 포기한 식당에 가자고 했다. 안심 스테이크를 시켰다. 파스타도 함께. 고기의 상태를 묻는 웨이터에게 우리는 각각, 미디엄 레어(나)와 미디엄 웰던(그)을 주문했다. 내가 바로 외쳤다.

"그렇다면 그냥 미디엄이요!"

알리오올리오의 마늘 양은 엄청났다. 마늘을 집어먹으며 내가 말했다.

"어쩐지 이걸 다 먹으면 몸이 매우 좋아질 것 같은데."

"적어도 오늘 저녁만큼은 암에 걸리지 않을 것 같은 기분이죠."

"맵기는 맵네요."

"그러게요. 오늘 저녁에는 절대 누구랑도 입 맞추지 마세요."

"그래서 일부러 시킨 거예요."

스테이크가 나오자 나는 그에게 그럭저럭 잘 익은 가장자리 부위를, 나에게는 여전히 핏물이 고여 있는 가운데 부위를 배당했다. 그에게 핏빛 감도는 살코기 한 점은 따로 내어주었다.

"얼마나 부드러운지 시도라도 해보세요."

지난봄 짧은 귀국의 해프닝 이후, 여름을 맞아 한국에 들어온 뒤 그에게 연락했다. 곧바로는 아니고 두어 주가 지나서였다. 마음먹은 것과는 달리 그를 보는 일이 설레지가 않았다. 여름을 보내며 서너 차례 만났지만, 특별한 호감으로 이어지지 않았다. 그런 그와 보내는 생일은 기묘했다. 오후에서 저녁으로 넘어가는 시간, 그의 차에 다시 올랐다. 직장에서 걸려온 전화에 답하는 그의 모습은 낯설지만, 흥미로웠다. 그는 차분한 말투로, 조곤조곤 상대방에게 해야 할 일을 설명했다. 위압적이지 않게, 그러나 충분히 압도적으로. 다정하지만 거리감이 있다. 이 남자, 생각보다 매력적이다.

새로운 누군가를 만날 때면 첫 느낌으로 모든 걸 결정했다. 성적 매력이 느껴지지 않으면 연인이 되지 않았다. 그에게는 이미 내 느낌을 밝힌 뒤였다. 당신은 내 타입이 아니라고. 헷갈리게 했다면 미안하다고. 하지만 이제 질문은 바뀌었다. 왜 안 되는데? 그에게는 첫 만남부터 무언가 쉽게 지나칠 수 없는 구석이 있었다. 그의 친절함은 느슨했다. 그의 다정함은 미지근했다. 그는 내 뾰족함을 받아들이기에는 너무 섬세하고 부드러워 보였다. 그러다 깨달았다. 그는 어쩌면 다른 물질

일 따름이라고. 물컹하게 흐르는, 조금 다른 밀도의 그것. 그 안을 흐르는 일은 나를 충분히 자유롭게 하리라고. 나의 뾰족한 손톱이 찌르더라도 금세 부드럽게 흘러갈 수 있을지도 모른다. 그의 틈은 벌어졌다가 쉽게 아물 것이다.

저녁을 먹은 뒤 나는 다음 약속 자리로 이동해야 했다. 그의 차를 타고 가면서 그의 전문 분야에 대해 궁금한 몇 가지를 물었다. 낯선 용어들이 귀를 타고 흘렀다. 귓바퀴를 돌고 스르르 깊숙하게 스며들었다. 이국의 말처럼 배울 수 있을까 생각한다. 창밖으로 나아가는 시선을 거두고 그를 향해 몸을 돌렸다.

"나 이제 목 뒷덜미에 점이 없어요."

"난 아직 어깨에 남아 있어요."

오래전의 침묵 대신 웃음이 터져 나왔다. 그동안 나는 뒷덜미의 커다란 점을 빼서 버렸다. 떼어서 버렸다고 생각할 만큼 부피가 만만찮은 점이었다. 혹부리 영감의 노래주머니처럼 나의 점 안에도 무언가 있었을까?

약속 장소에 도착해서 차 문을 열고 나오면서 말했다.

"고마워요."

"왜 고맙다고 말해요? 정말 즐거웠어요."

"애인이 아닌데 필요한 사람 역할, 쉽지 않잖아요."

"아니요. 기꺼이 나설 만큼 즐거운 역할이에요."

옅은 어둠이 내려앉은 골목을 걸어 애인이 아니어서 필요한 친구들을 만나러 간다. 주인을 잘못 찾은 문자의 주인공도 그 자리에 있을 것이다. 그에게 있었을지 모를, 하오의 정사를 물어볼 게다.

남편 없고 애인 없는 생일이 지나가고 있었다. 헐겁고 느슨해서 즐거운 날이었다. 10여 년의 독점계약에서 막 벗어났으니, 조금은 다르게, 익숙지 않은 감정들 사이를 모호하게 떠다녀도 좋을 것이다. 연애가 아니어도 필요한 관계들이, 하오의 정사가 아니어도 흥미로운 날들이 지나갈 것이다. 연애가 절박하지 않아질 때야 비로소 연애는 편안했고 애인의 존재는 자연스러웠던 기억이 되살아났다. 연애하지 않을 자유는 달콤 쌉쌀하다. 입에 물고 한동안 즐길 만하다.

나 는
유 효 기 간 이
지 났 습 니 다

• 　　　　프랑스로 떠나던 그해 여름, 1년 반 동안 번 유
학비용을 사업에 실패한 엄마에게 드렸다. 유학은 핑계였고,
한국을 뜨고 싶었다. 백만 원 정도 되는 돈을 들고 프랑스로
갔다. 장기 유학생 비자 대신 나온 달랑 6개월짜리 비자를 처
리하기 위해 2개월 예정으로 어학연수를 간 것이다. 그르노블
이란 지방이었다. 몸무게가 45킬로그램을 겨우 찍던 때였다.
프랑스로 떠나기 전까지의 나는 위경련으로 응급실을 들락거
리기도 했고 세상과의 마찰만이 일상의 전부와도 같던 시절
을 보내며 표피를 벗듯 몸무게를 잃어갔다. 끌고 간 이민 가방
이랑 무게가 엇비슷했을 것이다. 그런데도 택시는 아까워서
못 타고 버스에 지하철에 굴러가듯 가방을 지고 다녔다. 파리

에서 하룻밤 자고 그르노블로 향했다. 기차역 부근 작은 호텔에서 밤을 지냈다. 새벽에 눈을 뜨니 멀리서 전차 소리가 들렸다. 창문을 열고 크게 숨을 들이쉬었는데, 냄새가 달랐다. 어쩐지 나도 달라진 것 같았다. 삶 또한 변하기 시작했다는 강한 예감조차 들었다.

기숙사에 짐을 풀고 서툰 불어로 은행 계좌를 열고 학교 등록을 마치고 새 손님을 맞는 가게처럼 사람을 기다렸다. 슈퍼마켓에서 처음 산 샴푸는, 제일 싼 걸 골랐는데 알고 보니 고양이용 샴푸였다. 제일 먼저 다가왔던 친구는 일본인 대학생 무츠코였다. 같은 기숙사에 살았고 불문학을 전공하던 그녀는 외교관인 아버지를 따라 미국에서 어린 시절을 보낸 덕분에 영어에 능통했다. 그녀를 통해 다른 친구들을 만났다. 불어는 물론 영어도 잘 못하던 나는 몇 안 되는 단어로 하는 의사전달법에 곧 익숙해졌다. 어차피 이전의 내가 아니었으니, 옷을 바꿔 입듯 다른 사람으로 하루하루를 살았다. 아이들은 나의 어처구니없음을 좋아했다. 잦은 접촉사고처럼 친구들을 만났다. 진담인지 농담인지 모를 말들을 지껄였다. 비자가 필요 없는 유럽 아이들은 장기 비자조차 받지 못한 나의 처지를 신기해했다. 6개월짜리 비자밖에 못 받은 건 한국에서의 전과 기록 탓이라고 그들에게 속삭였다. 남자를 죽였어. 송곳으로, 아니, 연필이었나.

두 달짜리 인생이었다. 기한이 정해져 있다는 게 짜릿하다는 걸 그때 배웠다. 두 달이 지난 후 그르노블을 떠났다. 한국의 집으로, 그 후 이사한 파리의 집으로 날아드는 친구들의 편지에 답장하지 않았다. 그때의 나는 이미 유효기간이 지난 뒤였다. 기간이 지나서 상한 음식인 양 멋대로 살아가는 기분도 나쁘지는 않았다. 자유로웠다. 새로운 탄생을 준비하며 꿈틀거리는 중이라고 생각하기도 했다.

이혼에 합의하고 별거에 들어간 이후에도 접촉사고처럼 사람을 만났다. 이성의 경우, 호감을 느끼고 가볍게 만남을 시도하는 정도에만 머물렀다. 결과가 연애로 이어지지 않아도 좋았다. 연애로 돌입할 마음이 없었는지도 모르겠다. 관계에서 원하는 것이 무엇인지 부딪쳐 배우는 시기였다. 이제는 이성을 향한 환상에 쉽게 빠지지 않는다. 관계의 실패 이후 찾아오는 환멸 때문이 아니다. 단단한 중심이자 안정감의 원천을 나로부터 찾아서이다. 쉽게 빠질 수 없음은 무기력도 아니고 지나친 방어벽 탓도 아니다. 성실한 일부일처제 속 아내로서의 유효기간은 지났다. 정해진 틀에서 빠져나왔다고 생각하니 자유가 돌아왔다. 20대의 나처럼 새로운 나를 짧은 유효기간으로 생산해내지는 못하고 있지만 말이다. 그러기엔 일상의 그물망이 좁고 촘촘해서 쉽지가 않다. 아직은 촘촘히 얽혀 있는 시장바구니 속에서 굴러다니는 기분이랄까. 부딪치는 식재료들에게 사실은 기한 지난 음식이에요, 라고 지레 고백하는 중이랄까. 예상했던 것보다는 훨씬 괜찮은 경험이다. 고백은 때로 짐을 덜어주고, 홀가분함을, 더불어 나아갈 힘을 주기도 한다.

그래서 고백하는데, 마흔을 넘은 이혼녀에게는 의외로 장점이 많다. 출산과 육아라는 부담을 벗어내고 데이트 상대를 만날 수 있고, 결혼 압박 없이 만남을 즐길 수 있다는 것이 대표적이다. 남자를 대하는 시선이 그것만으로도 엄청나게 변화했다. 진화생물학에서 말하는 '배우자 가치'(훌륭한 유전자 및 임신과 출산, 양육 과정을 책임지는 재화 확보 능력 등)에서 벗어나 내가 원하는 배우자 가치가 무엇인지를 고민하고 성찰할 수 있는 기간이었다. 사람을 만나면서 가장 먼저 떠올렸던 가치는 비슷한 가치관과 세계관을 공유하는가의 문제였다. 하지만 막상 만나보니 생각만큼 중요하지 않았다. 오히려 드러나게 같은 부류로 보였던 사람들이 더 거슬리는 상황에 맞닥뜨렸다. 당황스러웠지만, 이내 문제의 원인을 파악할 수 있었다. 결국 자세의 문제였다. 드러나는 매력은 금세 사라진다. 한두 차례 데이트를 해보면 알게 된다. 드러나는 가치관도 마찬가지이다. 처음 호감을 느끼고 대화를 나누는 데에는 중요한 역할을 했지만, 곧바로 삶의 자세의 문제로 넘어갔다. 결론을 말하면, 차라리 세계를 바라보는 데 모호한 입장을 견지해도 자기성찰 능력이 빼어난 사람이 더 편안했다. 그들은 대화와 설득이 가능했다. 상대를 존중하는 버릇이 몸에 밴 사람, 자신을 돌아보는 순간이 일상이 된 사람만큼 안정을 주는 이는 없었다. 가까워짐을 이유로 나를 압도하려 하지 않고 존중과 관심, 예의의 균형을 잃지 않는 것. 그것은 삶의 오랜 습관이자 사람을 대하는 태도와 감수성의 영역이다. 배려와 자기성찰의 감수성이 몸에 밴 사람은 유연하다. 함께 대화하고 더불어 변화하는 과정이 편안하다. 함부로 지배하려 하지 않는 자세는 나 역시 마음 깊이 상대를 존중하게 한다. 무작정 가르치려 하지 않고 끊임없이 묻고 상대를 알고자 노력하는 것. 동시에 자신을 꾸밈없이, 그러나 부담 없이 드러내는 일. 일상을 나누는 사람으로서의 가장 중요한 조건은 여기에 있지 않을까 싶다.

일상도, 삶도, 끊임없이 갱신하지 않고는 지탱할 수 없다. 그러기 위해서는 섬세하게 직조된 정직과 존중, 소통이 중요하다. 유효기간을 갱신하듯 혹은 새로이 만들어내듯, 성찰과 실천으로 거듭나야 한다. 이혼 후에 깨달은 것들이다. 이제야 알았냐고 자책하지 않는다. 이제라도 알아서 참 다행이라고 스스로 다독이는 중이다. 나는 새로운 무엇으로 다시 태어나는 중이니 더욱 따뜻한 보살핌이 필요하기 때문이다. 나의 아이를 돌보듯 나를 아끼고 살피려 한다.

연애하기
좋은 날

°   "북상하는 장마전선의 영향으로 내일과 모레도 장맛
비가 이어질 것으로 보입니다. 예상 강수량은 서울 · 경기도 · 충청남
도 · 전라남북도 · 경상남도 10~40㎜, 강원도 · 충청북도 · 경상북도 ·
제주도 5~20㎜입니다."

서울을 떠올리면 가장 먼저 흘러드는 소리는 라디오의 일기예보
다. 택시 안에서 듣곤 하던, 내가 원치 않아도 귀에 들어오는, 얼굴을
알 수 없는 상냥한 목소리. 창밖으로는 한때 걸었을지 모르지만 이제는
바깥 풍경에 더 가까워진 도시의 모습이 스치듯이 지나간다. 여름마다
한국을 찾다보니 서울을 떠올리면 콧가에 어른거리는 냄새는 비릿한
습기의 냄새이다. 비가 오기 직전 수상쩍은 대기의 움직임은 나를 매번

설레게 하곤 했다. 오래전 마음에 남았던, 도리스 레싱의 《다섯째 아이》 속 "차가운 비에 젖은 흙냄새와 섹스의 냄새가 났다"는 표현이 무작정 떠올라서일 수도 있다. 하지만 뭐니 뭐니 해도 세차게 내리는 비가 멋진 이유는 '온통'의 느낌이 나서다. 온통 젖는다. 세상도, 건물도, 나무도, 아스팔트 길도, 잔디도, 때로는 우산을 들지 않은 나도 당신도.

후드득 소리마저 온통 공간을 채운다. 모조리 공평하되 당연해서 좋고, 차고 습하더라도 태도만큼은 열렬해서 좋다. 제 몸을 통째로 던져 남김없이 부수고 바닥까지 무너져도 비장하지 않다니. 저런 초연함이야말로 쿨한 것이 아니고 무어란 말인가.

쿨함이란 섣불리 드러내는 행동의 문제라기보다는 마음의 자세에 더 가깝다. 열렬하면서도 그만큼의 보상과 대가에 절박해지지 않는 마음, 깊고 뜨거운 마음과 모순되지 않는, 차라리 깊고 뜨거워서 충분한, 그래서 표면은 건조하고 담백해진 상태.

비를 열렬히 좋아하는 내게 연애하기 제일 좋은 시절은 장마를 낀 여름이다. 비가 많이 내리는 시절이면 더 자주 연애했던 것도 같다. 열아홉의 어느 늦은 봄날, 나와 함께 집에 돌아가기 위해 버스를 세 번 갈아타야 했던 남자는, 나를 집 앞에 데려다주고는 언덕길을 뛰어 내려가며 외쳤다.

"너무 좋아서 미쳐버릴 것 같아. 집까지 뛰어갈래."

계단을 올라 집으로 들어간 뒤 얼마 지나지 않아 천둥번개가 치고 비가 쏟아졌다. 단번에 온몸을 적셔버릴 세찬 비였다. 나는 그날 밤, 버스를 갈아타기 위해 내렸던 정류장에서 그를 바라보며 말했었다. 당신이 좋다고. 생글생글 웃어가며 별일 아니라는 듯이.

우산도 들지 않고 빗속을 속절없이 달려가는 그를 생각하자 잠을 이룰 수가 없었다. 긴 밤을 뒤척이며, 한 남자와 그의 질주와 밤새 내리는 빗소리의 풍경을 생각했다. 비에 온통 젖은 것은 그였는데, 빗속을 달려 몇 시간 만에 집에 도착한 사내만큼 내 마음도 젖어버린 밤이었다. 차갑고 세찬 빗줄기만큼 뜨거운 것이 없다는 걸 그를 통해 알았다.

세상에 비가 오는 한, 빗속을 젖어가는 이들이 있는 한, 연애는 시작되고 관계는 흘러가리란 것은 몇 차례 연애가 지난 후에 알았다. 당장의 날씨를 예보할 수 없어도 비가 오고 눈이 내리고 화창할 것을 아는 것처럼 인생의 쿨함은 변화를 인정하고 맞이할 줄 아는 데서 온다. 온통 젖고 바싹 마르기를 하염없이 반복했던 지난날이 가르쳐준 것이다.

제 3 부

욕망하는

· · · ·

즐거움

. . .

한 치 앞도 보이지 않는 어둠 속에서
그와 나의 숨결만이 가쁘게 오고 갔다.
그의 숨에서는 단내가 났다.
얼굴로, 귀로, 목덜미로 쏟아지는 달콤한 열기에
어둠으로 곤두선 감각이 요동을 쳤다.

양 손 잡 이 의
시 간

• 　　　　양손잡이 남자를 만난 적이 있다. 그가 남들과
손을 다르게 사용한다는 것을 우연히 알았다. 칠판에 글을 쓸
때에는 오른손을 사용했고 책 위에 메모를 할 때엔 왼손을 사
용했다. 젓가락을 쥘 때에는 왼손을, 가위질을 할 때에는 오른
손을. 도표를 작성하듯 그의 손 사용 행태를 정리하다 양손의
움직임이 능숙한 남자는 연인의 몸을 어떻게 다룰까 궁금해
졌다. 저녁식사 중 그의 손을 바라보며 물었다.

　"사람의 몸을 만질 때도 어떤 규칙이 있어?"

　그를 처음 만난 건 지각한 아침 문을 열고 들어선 강의실
에서였다. 강사의 앳된 얼굴을 보고 교실을 잘못 찾아왔다는

착각에 문을 닫고 줄행랑을 치려던 참이었다. 그가 닫힌 문을 열고 나를 불렀다.

　"'이미지의 역사' 들으러 오신 것 맞죠? 그럼, 들어오세요."

　100명이 넘는 학생의 시선을 뚫고 빈자리에 앉을 때까지 강단에 서 있는 그를 향해 눈을 돌리지 못했다. 책상을 밀고 의자에 앉을 때까지 타악기 주자라도 된 양 온몸으로 여러 소리를 냈다. 그는 수업을 멈추고 기다렸다. 상황이 정리되자 양손을 들어 잡아끄는 시늉을 해 보이며 학생들에게 말했다.

　"그대로 가버리려는 그녀를 겨우 붙잡았어요."

　그의 손놀림에는 특별한 무언가가 있었다. 허공을 가르는 손짓만으로도 그에게 잡혔던 양 어깻죽지가 화끈거렸다. 이유를 알 수 없어 손의 움직임을 유심히 바라보다 잠시 후에 깨달았다. 그는 양손잡이였다. 첫 데이트를 하던 날, 그의 사소한 특징을 알고 있음을 그럴듯하게 밝히고 싶었다. 몸을 만질 때에도 규칙이 있느냐는 질문은, 그의 양손의 움직임을 내 몸에 실험해보고 싶다는 말은 아니었다. 그동안 그를 관심 있게 바라보고 있었음을 알리고 싶었고 조금은 도발해보고도 싶었다. 그에게 물어보고 싶은 다른 질문들을 억누르려고 엉뚱한 물음을 던진 것이기도 했다. '어떤 타입의 여자를 좋아해? 마지막 연애는 언제야?' 같은 그런 것들.

호기심과 구체적 욕망의 간극은 어마어마하다. 욕망을 느끼는 것과 행동에 옮기는 데에도 엄청난 거리가 있다. 자신을 보듯 들여다볼 수 없는 미지의 존재는 신비와 위험 사이를 오가기에 더욱 매력적이다. 매혹과 안전 사이 어딘가에 있을 관계의 적정지대를 찾기 위해 도발은 필요하다. 네가 도발했으니 나는 어쩔 수 없었다는 말은 그래서 무책임하다. 도발은 항복이 아니라 당장 맞서는 것이다. 유혹은 도발의 수위를 단계에 맞게 조절하는 협상 테이블과 같다. 나는 미지의 양손잡이 사내에게 도발을 연기할 수 있었지만, 알몸을 드러내는 일이 두렵고 부끄럽다는 사실은 변치 않는 현실이었다. 서로를 향한 막연한 호감 말고 확신할 수 있는 것은 무엇일까? 그는 왜 하필 나에게 호감을 느낄까? 이 낯섦을 무릅쓰고 다가갈 만큼 우리는 서로에게 가치 있는 상대일까? 나와 그는 각자의 자리에서 더 깊은 회의에 빠지지 않기 위해 도발의 수위를 높여갔는지도 모른다. 이대로 돌아서기에는 당신은 너무 매력적이라는 설정에서 당장은 벗어나고 싶지 않았다.

"중학교 때였을 거야. 무심코 물건을 집다가 알게 되었어. 왼손을 사용하는 느낌이 꽤 괜찮다는 걸. 마치 오래전에 잃은 무언가를 다시 발견한 느낌 같기도 했어. 그 뒤로 왼손을 더 자주 사용하게 되었어. 양손이 모두 같은 느낌으로 익숙한 경우는 없는 것 같아. 나는 왼손잡이로 태어났다가 오른손잡이로 자라났어. 알고 있는지 모르겠는데, 세상은 오른손잡이를 위해 디자인된 곳이야. 냉장고 문을 열 때도 지하철 개찰구를 지날 때도 왼손잡이들은 세상에 어색한 존재로 길들여지는 거지. 물론 남들보다 더 부지런히 양손을 사용하니 애무에는 좀 더 능해지지 않았을까 생각하기는 해."

그는 대답과 함께 왼손을 들어 내 오른손을 살짝 만졌다.

그의 아파트는 파리의 퐁피두센터 근처 거리 5층에 자리잡고 있었다. 번잡한 거리 위였는데도 아파트 안은 거짓말처럼 고요했다. 오래된 건물의 오래된 엘리베이터는 자주 작동하지 않았다. 계단을 밝히는 전등은 불이 나가기 일쑤였다. 그의 집을 처음 방문한 날, 엘리베이터는 움직이지 않았고 우리는 캄캄한 어둠 속 계단을 더듬어 올라갔다. 계단이 들어선 복도는 두 사람의 몸으로도 꽉 들어찼다. 몸을 붙이기보다도 떨어뜨리기가 더 어려운 공간 속에서 손바닥에 땀이 배리만큼 그의 팔을 꽉 붙잡았다. 내가 의존하는 것은 오직, 그의 양손에 밴 감각이었다. 숱한 암흑의 날들 동안 5층 자신의 방으로 이끌었던, 허공을 더듬고 휘저었던 양손의 기억에 온전히 기대는 중이었다.

한 치 앞도 보이지 않는 어둠 속에서 그와 나의 숨결만이 가쁘게 오고 갔다. 그의 숨에서는 단내가 났다. 얼굴로, 귀로, 목덜미로 쏟아지는 달콤한 열기에 어둠으로 곤두선 감각이 요동을 쳤다. 하지만 훤한 불빛 아래 들어서자 낯선 모습이 세세히 드러났다. 귀는 너무 커다랬고 턱은 너무 뾰족했다. 거실을 가로지르는 걸음걸이는 생소했다. 좀 전에 우리를 휩쓸고 간 느낌에만 매달리기에는 자의식이 너무 또렷했다. 서먹함은 나 혼자 느끼는 감정이 아님에 분명했다. 그는 조금 머뭇거리는 몸짓으로 나를 서재로 안내했고 차를 대접했다. 책과 음반을 구경하며 서로의 취향을 알아내려 애썼고 좀 더 빨리 습득하기 위해 질문을 던지기도 했다. 어느 순간 정신을 차려보니 책장 앞에 서 있는 내게 그의 입술이 다가왔다. 나도 모르게 고개를 옆으로 돌려버리자 그가 말했다.

"앞서갔다면 미안해."

나는 대답했다.

"너에게 호감이 없는 건 아니야. 다만 이렇게 빠른 속도에 익숙하지가 않아."

"네가 원할 때까지 기다릴게. 내가 얼마나 오래 기다릴 수 있는 사람이란 걸 알게 되면 아쉬워질지도 몰라."

그의 얼굴에 살짝 번지는 미소는 어처구니없을 만큼 사랑스러웠다. 나는 그의 말에 웃어버렸고 쑥스러웠을 순간도 무사히 지나갔다. 작별을 고할 시간이었다. 지하철이 끊기기 전에 그의 집을 나와야 했다. 엘리베이터는 여전히 작동하지 않았고 복도 전등에도 불이 들어오지 않았다. 나는 다시 한 번 그의 손에 의지해서 계단을 내려와야 했다. 은밀한 둘만의 공간이 아닌 인파로 붐비는 거리로 나서야 한다는 생각이 들자 발길이 떨어지지 않았다. 현관문을 열기 전 두 손을 들어 그의 목을 휘감았다. 만난 지 얼마 되지 않은 남자에게 먼저 입을 맞춘 건 그때가 처음이었다. 왼손을 사용하는 느낌이 꽤 괜찮다는 게 이런 느낌일까. 마음껏 사용한 적 없는 내 욕망을 들어 활짝 펼쳐 보이는 즐거움을 깨달았다. 지금껏 나는 오른손을 쓰는 왼손잡이처럼 혹은 왼손을 쓰는 오른손잡이처럼 살아왔을지도 모른다. 무슨 손을 당신에게 내밀고 싶은지조차 알 수 없었으니까. 나의 욕망은 오해받을까 미리 두려워진 손이었고, 드러냈다가 손가락질 받을까 망설여지는 손이었다. 그렇게 사용법을 절반쯤은 잊어버린 손이기도 했다.

집으로 돌아가는 길, 인적이 드문 골목을 지나면서 양팔을 들어올려 보았다. 울퉁불퉁한 돌길의 선을 따라 발을 내디뎠다. 균형을 잡는 데에는 양손의 힘을 빌리는 편이 더 좋다. 우리 모두 양손잡이가 되어야 할 시간이 있다. 그리고 양팔을 벌리는 데에 필요한 건 이만큼의 공간이다. 마음껏 욕망해도 쫓기지 않을 수 있다고 안심하자 상상의 폭은 한껏 넓어졌다. 조급하게 내몰리지 않을 만큼 넉넉한 공간을 확보하자 과감하게 다가서고 싶어졌다. 다음에 만날 때면 나는 그 앞에서 좀 더 도발하는 여자가 될 것이다.

당 신 의
꿈 속 에
내 리 는
빗 소 리

•   유독 추위를 타는 나는 파리의 음습한 겨울을
잘 견뎌내지 못했다. 이틀에 한 번꼴로 온몸을 뚫고 지나가는
소름에 잠에서 깨어나곤 했다. 난방비를 절약하기 위해 히터
를 트는 일은 거의 없었고, 있는 대로 옷을 껴입은 뒤 이불로
몸을 말고 잠을 청하는 날이 대부분이었다.

양손잡이 남자의 아파트는 추운 겨울날들의 아늑한 도피
처가 되어주곤 했다. 에릭 사티의 '짐노페디'를 들으며 거실의
노란 소파에서 꿈을 꾸듯 사랑을 나눈 날을 기억한다. 소파 뒤
편으로 나 있는 유리 창문에는 파리의 잿빛 하늘이 그림처럼
걸려 있었다. 맞은 편 거실 벽에 놓여 있던, 파란 하늘 밑 지중

해를 가르는 하얀 돛단배 사진을 바라보며 그가 말했다. 백색
으로 타오르는 도시를 면한 바다를 흰 돛을 달고 항해한 적이
있었노라고. 나는 그가 없는 밤이면 그의 방 창문과 마주하던
사진을 생각했다. 잿빛의 젖은 하늘을 등에 지고 마주친, 하얗
고 마른 빛을 떠올렸다. 뜨겁게 내리꽂는 정오의 햇살 속을 더
듬어 눈부신 백색 돛에 다다르면 하늘도 바다도 푸른빛을 잃
고 하얗게 지워지곤 했다. 화이트 아웃. 찬란한 암전. 그가 못
견디게 궁금했었다. 그 사람의 마음과 고독과 정신의 어느 지
점까지, 탐험하듯 추적하고 싶었다. 그의 서재를 뒤지고 그의
글 한마디 한마디에 집중하고 그의 세계로 들어서는 문을 살
폈다. 문이 조금씩 열리는 순간의 황홀함을 아는가. 광활한 세
계가 눈앞에 펼쳐지고 그곳에 발을 디디는 순간 무한한 자유
와 영원을 단 한 발자국에 누리게 된다. 과거와 현재, 미래까
지도 모조리 의미를 잃고 경계는 무의미해진다. 백색의 암전
이 찾아온다. 그가 내게 보여준 알랭 타네 감독의 영화 〈백색
도시〉(1983) 속 맹렬히 내리쬐는 햇살에 하얗게 증발된 리스
본의 풍경처럼.

　　나는 당신이 안내한 도시의 체류자가 되었다. 도시의 골
목, 바닷가 짠 내가 촘촘히 박힌 대기 속을 거닐면서 끊임없이
속삭였다. 신이라도 내린 듯 속삭임을 멈출 수가 없었다. 당신

을 알고 싶어요. 더 많이, 더 깊이, 누구도 도달할 수 없을 만큼 더 멀리.

복층 아파트 아래층에는 침실과 화장실 그리고 넓은 거실이 있었다. 거실 한가운데 놓인 나선형 계단을 따라 올라가면 책과 영화 테이프, 음악 CD로 삼면 벽을 빼곡하게 메운 서재에 이르렀다. 그 한가운데 놓인 매트리스 위에는 하얗고 정갈한 시트가 깔려 있고 가볍고 포근한 담요가 덮여 있었다. 그곳에서 우리는 많은 일을 해결했다. 사랑을 나눴고 고레츠키의 교향곡 3번이라든가 뒤라스의 '인디아 송' 사운드 트랙이라든가 아폴리네르의 육성으로 거칠게 녹음된 '미라보 다리'는 물론 바바라의 노래를 함께 들었다. 천장 위 하늘을 향해 나 있는 창문으로 희미한 달빛이 스며들었고 비가 오는 날이면 유리창은 찰박찰박 소리를 냈다. 천창을 두드리는 빗소리에 취해 아무 말 없이 누워 있기도 했고 서로의 몸을 달래듯 어루만지다 잠이 들기도 했다. 평소 쉽게 잠이 들지 못하는 나도 그의 품에서는 달고 긴 잠을 잤다. 어쩌다 잠에서 깨어나면 노곤히 잠든 그의 모습을 묵묵히 바라보기도 했다.

추운 겨울날이면 그는 잽싸게 아파트에 들어가 난방기를 작동시켰다. 고양이처럼 살금살금, 민첩하게 방을 가로질러

나갔다. 귀를 기울이지 않으면 기척도 느끼기 어려운 움직임이었다. 난방기 소리가 텅 빈 아파트의 적막을 채우고 잠시 후훈훈한 온기가 감돌았다. 그 옆에서 잠이 들 때면 실오라기 하나 걸치지 않아도 춥지 않았다. 그의 침대 속에서 격렬한 섹스를 마친 뒤 그의 체취에 흠뻑 젖어 아이처럼 잠을 잤다. 언제였을까, 그의 곁에 잠들어 그가 꾸는 꿈 곁으로 다가가는 꿈을 꾸었다. 시야는 칠흑처럼 어두운데, 그의 소리가 들려왔다. 설명하지 않아도 알 수 있었다. 나는 그가 꾸는 꿈으로 들어가는 중이었다. 어느덧 그의 꿈속 구석진 어귀에 웅크리고 앉았다. 그때 내 귓가에 후두두 세차게 쏟아지는 빗소리가 들렸다. 그의 꿈은 헤아릴 수 없는 마음처럼 먹먹한 어둠뿐이었지만, 어느새 암흑을 꽉 채우는 빗소리에 나는 흠뻑 젖었다. 우두커니 일어서서 중얼거렸다.

"네 꿈에는 비가 내리는구나. 소리만으로도 나는 젖을 수 있구나."

그 전에도 소리로만 이루어진 꿈을 가끔 꾸었다. 그러나 누군가의 꿈을 엿듣고 들어가버린 적은 처음이었다. 돌아가고 싶지 않다고 생각했지만, 눈을 뜨고 말았다. 곤히 잠든 그의 눈이 열리기 시작했다.

침 대 의
풍 경,
사 막 의
풍 경

ㆍ　　　　언제부터인가 수요일과 금요일 저녁이면 남자
는 나의 아파트 앞에 택시를 불러 놓았다. 엘리베이터를 나와
벨을 누르면 문이 열리고 조금은 피로한 얼굴이 나를 맞았다.
사랑을 나누는 것은 문지방을 넘지 않고서 시작될 때도 있었
고 침실을 넘어 정중히 들어설 때도 혹은 거실, 주방 때로는 2
층으로 올라가는 계단 위에서 이루어지기도 했다. 어쨌든 그
밤들의 격렬함이 쌓여 평온과 고요를 이루었다. 나의 몸은 수
요일과 금요일 아침이면 미리 준비라도 하듯 젖어들었고 때
로는 허벅지 안쪽이 뻐근해질 정도로 그의 몸을 기다렸다. 사
랑의 행위는 제의를 닮아간다. 자신의 세계를 송두리째 조공
하면서도 아무것도 알지 못하는 자들의 의식. 제의의 공동 주

재자는 의식의 경건함에 함께 취해 있는 자, 그 안의 고요함과
지극함에 다가서는 자들이다.

사랑이 끝난 뒤 적요해진 아파트를 벗어나면 곧바로 북적
대는 거리가 터지듯 시야에 들어왔다. 우리는 붐비는 거리를
지나 늦은 저녁을 먹을 만한 식당을 찾았다. 종종 옆 테이블의
커플들을 관찰하며, 그들의 첫 데이트가 성공적인지 오늘 밤
잠자리를 같이 하게 될 것인지 내기를 했다. 저녁을 먹고 근처
의 영화관으로 걸어가는 날이면 산책의 밤은 걷잡을 수 없이
깊어졌다. 늦은 가을의 늦은 밤, 클레르 드니의 영화 〈아름다
운 직업〉(1999)을 보고 나온 뒤였다. 검고 인적 드문 거리 위
적당히 떨어진 우리 사이로 바람이 지나갔다. 그에게 말했다.
　"영화 속 사막의 풍경을 보면서 드니 라방(갈굽 역)의 얼굴
과 닮았다는 생각을 했어. 바람이 불어 헝클어진 풍경에 둔덕
이 생기고 그러다가 다시 바람이 불어 스러진 얼굴 같은 것 말
이야."
　그는 나를 보며 조용히 웃어 보였다. 그의 얼굴 위로 지나
가는 바람이 느껴졌다. 손을 들어 스러지고 다시 솟아오르는
얼굴 속 광경을 훑어보고 싶었다. 차마 나서지 못한 손은 외투
주머니 속을 헤매었다. 시간은 차분하게 흘러갔다. 건조한 사
막의 둔덕처럼 띄엄띄엄 이야기가 이어졌다. 대화 사이로 우

리의 날숨과 들숨이 얽혀갔다. 그가 말했다.

"글을 써 보면 어때? 지금 하는 이야기를 글로 옮겨 봐."

나는 가만히 어깨를 움츠리고 반걸음쯤 그를 앞서 나갔다. 남자는 새로운 세계로 이어지는 열쇠 구멍과도 같았다. 그를 통해 세계를 열고 그곳으로 난 길을 걷고 쓰다듬다 돌아가는 일밖에 생각하지 않았다. 그 열쇠를 받기 위해 내 안의 길을 열고 주문을 속삭이는 일 말고는 아무것도 할 수 없었다. 모든 것은 쓰다듬기와 속삭임으로 마감되었다. 너무도 충분해서 글이 되지 못했다.

밤바람이 스산하게 차오르는 길을 지나 다시 그의 집에 도달했다. 의식처럼 옷을 벗고 사랑을 나누고 잠이 들었지만, 여전히 손을 들어 그의 얼굴을 만져볼 수 없었다. 눈을 감으렴. 네가 눈을 감으면 네 얼굴의 풍경을 내 손으로 더듬어서 촉수를 타고 넘어드는 신경의 끝까지 너를 기억할 텐데.

하지만 언제나 의식이 끝난 후면 빠져들듯 잠이 들었다. 기다리지 못하고 매번 잠이 들다가 새벽에 부름이라도 받듯 눈을 뜨곤 했다. 그곳에는 반짝이는 눈이 있었다. 어둠 속이었지만 알아볼 수 있는 하나의 시선이 내 얼굴을 부드럽게 훑고 있었다. 나 역시 가만히 그를 바라다보면 지난 흔적을 모조리 감아버리듯 그는 눈을 지웠다.

풍경이 낯설어지는 것은 바람이 불어서일까. 남아 있는 것은 사막처럼 펼쳐진 침실의 텅 빈 감각과 하얗게 떠 있는 침대의 모습뿐이다. 다시 떠올릴 때면 흐트러졌다 매번 다른 모양으로 솟아오르는 둔덕과도 같은 기억. 기이할 정도로 평온한 나날이 이어졌다. 그렇다. 그 기이함이라니. 관계에 어쩌다가 찾아오는 평온하고 고요한 절정이라니. 마치 태풍의 눈처럼, 완벽하다 한 치만 흐트러져도 이 균형은 끝장임을 아는, 서글프도록 감사한 풍경, 완전해서 공간을 잃고 시간을 지워버린 제의의 풍경.

금 지 된
매 혹

•   여느 때와 그리 다르지 않은 데이트였다. 시네
마테크 영화 시사회에 참석했고 저녁을 먹었고 와인을 조금
곁들였다. 무슨 까닭인지 둘 사이에 싸늘한 기운이 감돌았다.
아, 어쩌면 시사회에서 마주친 그 남자 때문일까. 의도한 바는
없었는데, 별 생각 없이 불쑥 말이 튀어나왔다.

　"이런 식의 관계는 좀 피곤한 것 같아."

　내가 말하자,

　"헤어지자는 이야기야?"

　그가 대답했다.

　이런 질문에는 또 뭐라고 대답해야 하지? 자동적으로 말
을 이었다.

"응."

그가 계산을 치르는 동안 생각했다. 지갑에 현금이 있었나? 가방을 슬쩍 열어 지갑 안을 들여다보니 자정이 넘은 이후 택시 값을 대기에는 부족한 액수였다.

"돈을 좀 뽑아야 해."

그에게 말하고는 성큼성큼 골목 모퉁이에 있는 은행 건물로 걸어갔다. 조금만 걸어가면 그의 아파트임에도 나는 반대 방향으로 걷고 있었다.

"택시 타려는 거야?"

"응."

기계에서 돈을 세는 소리가 경쾌하게 들려왔다. 돈을 뽑아 들고 돌아서기 직전, 그의 목소리가 등 뒤에서 들렸다.

"자고 가. 너무 늦었어."

나는 돌아서서는 별일 아니라는 듯 대답했다.

"그럴까?"

손을 잡지도 않고 평소보다 먼 거리감을 유지하며 그의 집으로 걸어가는 길 내내 생각했다. 그냥 돌아가도 될 것을 왜 자고 간다고 말했을까. 구차하고 바보 같은 일이라고 생각하면서도 이제 와서 변덕을 부리고 싶지는 않았다. 아, 왜 내가 읽고 본 로맨스에서는 이런 자잘하면서도 결정적인 순간은 묘사하지 않았을까. 내가 당황하는 지점은 항상 비슷했다. 식사가 끝날 무렵, 이번에는 내가 내야 하지 않을까 생각한 순간, 가끔씩 그의 얼굴이 어색할 정도로 낯설고 못생겨 보이는 순간, 그의 화장실에서 소변을 볼 때 수도꼭지를 틀고 물을 미리 내리면서까지 내 배설의 소리를 의식하고 마는 순간 등등. 망설이고 주춤거리는 순간들이 연애의 많은 시간을 차지하는데 왜 로맨스에서는 그것들을 말해주지 않는 걸까. 아마도 로맨스라서?

우리는 헤어졌다 만나기를 반복한 사이였기에 이별의 말도 쉬웠고 간편했고 어쩌면 당연했다. 그래, 또 그때가 온 모양이지. 헤어졌지만 헤어지지 않은 관계로 어정쩡하게 또 몇 달을 견디겠지. 아니면 이번에는 정말 헤어졌다고 여길 수 있을 거야. 제대로 마음에 드는 새 연인이 생길 거라고. 그때가 되면 당신 따위는 남김없이 잊어주겠어.

그의 욕실에는 아직 나의 칫솔과 몇 개의 화장품이 놓여 있었다. 대강 씻고 그의 침대에 들어가며 말했다.
"티 하나만 줘. 입고 잘래."
평소와 달리 옷을 입고 잠들 생각이었다. 그가 건네준 셔츠에는 익숙한 체취가 났다. 잠이 들 때까지 그의 팔도 베지 않았다. 곁에 누워 눈을 감았다. 침묵. 정적. 곁에 있지만 안기지 않은 상태. 기묘한 방식으로 살아나는 육체성. 닿을 듯 가까이 있는, 그러나 온전히 느끼지는 않을. 익숙하지만 이제는 멀어진.

　그와 처음 보낸 첫날밤이 생각났다. 만약 누군가에게 몸을 느끼기도 전에 사랑한다고 말했다면 그건 다 거짓이었다. 나는 구체적인 몸을 알기 전에 사랑을 느낀 적이 없었다. 내 앞에서 도드라지는 욕망의 형태에 전율했고 그것을 감싸 안는 촉감으로 구분했고 절정에 오를 때 변화하는 표정을 복기하고 또 복기하는 과정에서 사랑에 빠졌다. 그의 탄식들이 모이고 모여 사랑의 중력을 형성했고 내 몸의 떨림과 무너짐으로 사랑을 지탱했다. 내가 그에게 온 마음을 다하게 된 건 그가 내 안에 들어올 때의 느낌이 무엇보다 특별했기 때문이었다. 절정의 순간 그가 지었던 표정이 한숨이 나올 만큼 아름다워서였다. 게다가 나를 욕망할 때의 시선이란.
　"퇴폐적이야. 네 시선은 정말 퇴폐적이야."
　나는 이렇게 중얼거리곤 했다. 곁에 있어도 공중을 나는 새처럼 수직으로 꽂히는 시선이었다. 한시도 감을 수 없는 천 개의 눈동자처럼 피로하되 빽빽한 시선이었다. 명징한 감각만큼 조만간 깨어날 걸 알아 허무한 시선이었다.

정사가 끝날 무렵이면 그는 눈을 감았고 미간에 약간의 주름이 그려졌고 입술이 반쯤 열렸고 탄식이 흘러나왔다. 나는 그 모든 구체적인 반응과 사랑에 빠졌다. 아름다운 몸, 오만한 페니스, 둔중한 고환, 작고 둥근 엉덩이를 숭배했다. 그리고 그 모든 것을, 투명한 유리벽 너머 바라보듯, 다가갈 수 없는 명백한 거리감으로 찬미했다. 저 너머에 그것이 있다. 그러나 다다를 수 없다. 차츰 잠으로 빠져들었다. 몇 차례의 자각몽을 지나 또다시 수십 개로 늘어나는 방을 지닌 저택을 방문하는 꿈을 꿨다. 언제나 돌아가는 곳. 자꾸만 늘어나는 방. 방은 모두 아늑했다. 침대가 있고 나는 그 침대에 들어가 편안한 잠을 잘 것이다. 새로운 방은 가슴을 뛰게 했으므로 또 다른 방을 찾아 나서야만 했지만.

　　그 역시 잠시 뒤척이다 잠이 든 듯했다. 꿈과 꿈 사이 눈을 떠보면 바로 곁, 그러나 먼 그곳에 그가 잠들어 있었다. 그의 돌아누운 등이 규칙적으로 흔들렸다. 그 역시 오늘은 옷을 입고 자는구나.

　　다음 날 아침, 그는 일찍 강의에 나가야만 했다. 그는 아직 잠에서 헤어나오지 못하는 내 귀에 속삭였다.

　　"일어나지 않아도 돼. 수업 다녀올게. 아침 사올 때까지 자고 있어."

그가 돌아올 때까지 꿈을 헤맸다. 지금쯤 강의실 문을 열고 있겠지. 아침잠에 여전히 혼미한 학생들을 마주하겠지. 낮고 마른 목소리가 퍼져가겠지. 그의 몸이 가로지를 거리의 공기와 끼이익 소리를 내며 열릴 강의실 문과 오른손으로 써내려갈 칠판, 왼손으로 써내려갈 메모들이 꿈속에서 뒤엉켜갔다.

그가 아침을 차리는 소리가 어렴풋이 들려왔을 때에야 자리에서 일어났다. 큰 대접에 담긴 커피, 아침의 빵들. 침묵 속에서 잼을 바르고 버터를 얹고 크루아상을 씹어 삼키고 쓴 커피를 넘기고. 나는 언제쯤 돌아가야 할까 생각한다. 밥을 먹고 나면 간단히 세수를 하고 나가는 거야. 하지만 세수를 하고 난 뒤에도 그의 집을 떠나는 일은 까마득하기만 했다. 발걸음이 떨어지지 않았다. 그는 새로 산 책꽂이를 조립해야 한다며 자리에서 일어났다. 체리 빛이 감도는 짙은 갈색 판자들이 상자를 빠져나올 때쯤 그의 목에 팔을 감았다.

"이제 안기고 싶지 않은 줄 알았는데."

그가 시선을 옆으로 돌리며 중얼거렸다.

"마지막이야."

내가 대답했다.

내 아랫배에 닿는 그의 성기는 이미 팽창할 만큼 팽창해 있었다. 그가 출장을 다녀올 때에도 제일 먼저 인사를 건넸던

친구. 안녕, 그동안 보고 싶었다네. 잘 다녀왔는가. 그대도 내가 보고 싶었는가. 조금 괴상한 말투로 무릎을 꿇고 그 친구에게 인사를 보낼 때면, 그는 가만히 내 턱을 쥐고 내 고개를 들어올렸다. 그의 얼굴이 보였고 다른 손으로 그의 머리를 가리키며 내게 말했다.

"이곳에서 너를 더 보고 싶어 했어."

나는 대답 따위는 아랑곳하지 않고 성기에게 말 걸기를 계속했다. 종종 섹스는 거칠기도 했지만, 행위의 모든 부분을 일일이 기억하기 위해 나를 다잡고 또 다잡았다. 헤어진 뒤 집에 돌아와서 다시 만날 때까지, 수없이 리플레이해야 하는 일이었으니까. 그게 내가 그 없는 시간을 견디는 방식이었으니까. 그는 망설임 없이 나를 안아 올렸다. 침대까지 걸어가는 발걸음이 조금 흔들렸다. 너의 발걸음은 참 조용하지. 고양이처럼 사뿐사뿐, 아무런 소음도 내지를 않아. 마지막 섹스라고 명명한 것답게 격렬한 행위들이 이어졌다. 몇 차례 절정에 오른 뒤 그의 귀에 속삭였다.

"여러 번이었어."

그가 대답했다.

"그건 금지된 일이야."

금지되었기에 다시 벌어져야 했다. 모든 금지된 것에는

아찔한 매혹이 따르므로. 비로소 그를 떠나 집으로 돌아올 수 있었다. 그리고 떠나지 않는 묵직한 통증을 간직하고 복기했다. 수없는 밤과 낮을 채운 것은 행위의 기억들이었다. 사랑은 이토록 구체적인 것들. 감각들, 탄식들, 접촉들, 고통들 그리고 환희들. 그러나 막상 돌아가려 하면 결코 돌아갈 수 없는 자리들.

포르노그래픽
어페어

•　　　　　벨기에 출신 프레데릭 폰테인 감독의 〈포르노
그래픽 어페어〉(1999)라는 영화가 있다. 20대의 어느 날, 영화
관에서 단 한 번 본 영화이다. 다시 찾아보고 싶었지만, 실망
스러울지 모를 재회가 두려워서 두 번째는 없었다. 만남의 잔
상을 오래도록 음미하고 싶어 다시 만나지 않는 연인과도 같
다. 재회보다 기억이 더 소중해지는 경우는 이렇게 생겨난다.

영화는 40대 초반의 남녀가 신문 개인광고로 만나는 지점
에서 시작된다. 일주일에 한 번, 섹스를 나누기 위해서다. 정
보는 일체 나누지 않는다. 서로의 이름도 정확한 나이도 직업
도 결혼 유무도 알 수 없다. 그들의 육체관계는 별 탈 없이 진

행되는 듯하지만, 균열은 어느 틈엔가 생겨나고 만다. 남자는 여자에게 저녁 식사를 제안한다. 침실을 나와 거리로 나서는 순간, 그들은 어쩔 수 없이 세상의 사건을 함께 치르게 된다. 몸과 몸이 반응하고 공명하는 영역이 확장된다. 펼쳐진다.

아마 침실에서의 섹스 역시 균열을 포함했을 것이다. 누군가의 몸을 알아가는 과정은 단순히 성기의 조합만으로 끝나지는 않으니까. 몸이 닿고 부딪치고 열리고 전율하고 확장되는 과정은 몸을 넘어선 파장을 갖고 있다. 절정의 순간을 함께 나누는 일은 함께 죽었다가 살아나는 것과 비슷해서 뒤돌아선 순간 희미한 전우애를 남긴다. 그리고 그 균열을 타고 세상이, 일상이, 구체적 삶이 들어서는 찰나, 관계는 선택의 기로에 선다. 낭만적 사랑과 자본의 이념이 만나는 자리에서, 육체의 자유를 강조하나 마음은 오히려 갈 곳을 잃은 현 사회에서, 섹스는 불안하다. 다시 만날 것인가, 안정적 관계를 향해 나아갈 것인가, 깔끔하게 돌아서야 할 것인가, 섹스의 끝은 지극한 불안을 내포한다. 이토록 위태로운 자리를 쉽게 넘어가기 위해 사랑의 허무함쯤은 이미 지독하게 겪었을 40대 초반의 남녀는 계약을 들고 나선다. 몸과 몸만이 만날 것. 관계를 거기에서 끝낼 것. 그 이상은 지울 것. 그러나 사고는 언제 어디서나 벌어진다. 계약은 영원히 갱신되지 않는다. 더 이상 유지될 수 없는 계약을 두고 기간을 갱신하는 어리석음은 자행하지

않는다. 연장은 있어도 수정은 없다. 시작부터 그들은 손상될
수 없는 경지를 맛보았기에 차마 그 관계를 일상으로 편입시
킬 수 없었다. 아니, 없음을 알았다. 현명하기에, 사랑보다 허
무를 더 믿기에, 어쩌면 가장 어리석은 결정을 내렸다. 그들이
정기적으로 사랑을 나누던 방은 이제 다른 이의 차지가 될 것
이다. 그들의 체취는 휘발하여 대기를 불안하게 떠돌다가 사
라질 것이다. 침대의 시트는 하얗게 세탁될 것이고 새것인 양
다른 몸을 받을 것이다.

　　오래전 그날 영화를 보고 나오던 오후, 어두운 상영관을
벗어나 맞이한 한낮의 햇살이 유난히 어리둥절했던 순간, 거
리를 메운 간판들과 어지럽게 흩어진 광고 전단 속에서 불현
듯 생각했다. 위험은 삭제되고 쾌락에의 약속만이 소비를 부
추기는 세상이란 얼마나 포르노그래피적인가. 그들의 침대
속을 관음하러 돌아가고 싶었다. 그곳은 '포르노그래피'를 내
세운 평온과 안락의 자리였다. 아주 잠시뿐이었다고 해도. 언
젠가 끝날 것을 예비하였다 해도.

한 여 름   밤
남 자 의   취 향

•   뜨겁고 습기 찬 한국의 여름에는 과잉의 미덕
이 있다. 사계절 중 여름에 가장 매혹되는 이유는 감각의 한
계치를 최대한으로 끌어내는 기후의 직접성 때문이다. 며칠
전 어느 술자리에서 누군가 내게 물었다. 날씨 좋은 캘리포니
아를 떠나 무더운 여름철마다 한국을 찾는 이유를. 나는 대답
했다.

"저는 한국의 여름이 좋아요. 무덥고 끈적거리잖아요. 낮
보다는 밤이 좀 더 매력적이기는 하지만요."

밤이 찾아오는 도시의 한풀 꺾인 열기는 여전히 습기로 촘
촘하다. 얇은 땀이 베일처럼 맨살로 드러난 팔다리를 감싼다.
땀구멍들이 일제히, 그러나 각기 다른 포즈로 조금 더 열려버

린 기분이 든다. 동시에 감각이 더 열린다. 구멍이란 신기한 것이라서 좀 더 열릴수록 좀 더 깊이 빨아들일 것만 같다. 여름밤과 몸이 소통하는 방식이다.

사람들이 조금씩 들썩이기 시작한다. 각본은 없다. 날씨의 변화처럼 언제일지 알 수 없으나 다가오고 있다는 사실만은 알 수 있다. 때로는 폭풍 전야의 불길함처럼 어수선한 순간이 온다. 폭우가 쏟아지기 직전의 하늘을, 그리고 터질 듯 습기를 머금은 대기를 떠올려보라. 어디선가 남녀가 혹은 남남이 혹은 여여가 눈 맞아 일을 벌일 것 같은 날씨가 아닌가.

날씨의 취향이 성적 몽상과 연결되어 있다 보니 한여름을 떠올리면 남자의 취향을 되돌아보게 된다. 성숙한 몸과 마음을 지닌 남자다. 가능하다면, 성정은 건조함을 유지하되 감각의 과잉을 누릴 줄 아는 남자와 여름을 보내고 싶다. 자의식의 과잉은 자주 사람의 눈을 흐려 자신과 상대방을 보지 못하게 한다. 반면 감각의 과잉은 관계 속 둘만의 스타일을 창조하는 방식이 될 수 있다. 그 안에서 함께 누릴 수 있는 자유를, 어디까지 밀고 나갈 수 있는가를 실험해보는 기회가 된다. 다만 감각의 과잉에 이르기 위해서는 건조하리만큼 명징하게 상황을 인식해야 한다. 아이러니하게도 절제 없이는 과잉에 이를 수 없다. 절박함에 압도되는 순간, 침실은 주어진 답을 내지 못할까 전전긍긍하는 시험장이 되고 만다. 언제 다가올지 모르는 상실과 도달해야 할 목표에 휩쓸리는 순간, 행위는 지루한 서사의 답답한 틀 안에 갇히고 만다. 잠자리는 숱한 실망과 욕구의 어긋남이 오가는 자리이다. 자잘한 실망을 딛고서도 즐거움을 얻을 수 있는 길은 배려와 소통, 용기와 도발에 있다. 지적인 성찰 능력 없이 배려와 소통은 쉽지 않은 일이다. 정확한 판단과 순발력 없이 용기와 도발은 힘을 잃는다.

언젠가 남자의 취향을 고백하는 자리에서 다음과 같은 말을 꺼냈다. 우리에게는 여러 명의 남자가 필요한지도 모른다고. 우정을 나눌 남자, 잠자리를 함께할 남자, 정신적 교류를 나눌 남자. 오해를 피하기 위해 덧붙인다면, 이 모든 말 앞에 '안정적으로'라는 수식어가 들어가야 한다. 비용의 낭비를 방지하기 위해서다. 그리고 이 세 가지 요건을 모두 만족시키는 남자를 기다리기에는 우리 인생이 너무 짧으니 그 가능성을 분리하는 편이 실용적이라고 말했다.

"우리는 자주 바라는 것을 한꺼번에 뭉뚱그려 생각하는데, 건조하게 바라보는 것만으로도 상황은 홀가분해져. 세 남자가 주변에 있지 않더라도, 그중 한 남자만 가까이 있는 현실에 어느 정도 만족할 수 있잖아? 한 남자에게 세 가지를 모두 원하지 않고서 말이야. 아무도 없다손 치더라도 셋 중 한 남자는 만날 수 있을 거라는 희망이 세 가지를 모두 갖춘 남자를 만날 희망보다는 더 실현 가능성도 있고 말이야."

이것은 사계절을 각기 그 모습대로 사랑하고 기다리는 자의 마음과 비슷하다. 대한민국의 사계절은 이렇게 나를 균형 있게 키운 셈이다.

20대 중반을 달려가던 시절, 나는 그 누구의 여자로도 살고 싶지 않았다. 내 삶에 오롯이 내가 있고 지나치는 길목에서 남자들을 만났다. 커다란 짐 가방을 들고 파리에 도착했던 나는 지하철을 수차례 갈아타며, 엘리베이터 없는 6층 건물을 엉금엉금 올라갔다. 친구들을 만났고 도움을 나누며 함께 삶을 꾸려가는 일을 배웠다. 날로 튼튼해지는 팔다리와 함께 내가 그 삶에서 얻은 것은 짐을 적게 만드는 홀가분함이었다. 덜 가지고 덜 원하되 내 삶을 더 누리는 일을 배웠다. 내가 가벼워지자 나를 누르지 않았다. 내 무게를 지탱하기 위해 타인에게 절박하게 기대는 일도 줄어들었다. 한때 연인이었고 오랜 친구가 된 양손잡이 남자와 뭉쳤다 흩어지기를 반복하며 잠자리를 나누는 사이에서 우정을 나누고 감정적 교류를 나누는 관계로 변화를 거듭했다. 그는 동시에 세 남자일 때도 있었고 두 남자 혹은 단지 한 남자일 때도 있었다. 수년이 흐른 뒤 그에게 물었다. 우리는 왜 남들처럼 사랑하지 않았을까. 그가 대답했다.

"인생에는 너무도 가벼워서 부유하듯 떠돌 수밖에 없는 시기가 있는 듯해. 우리는 운 좋게 그 시기를 함께 살았어. 대기를 떠도는 투명한 거품처럼."

만났다 흩어지고 투명하게 사라지는 흔적들. 내 젊음을 떠올릴 때 그려지는 풍경이다. 내가 받아들이는 여름의 느낌과 비슷하다. 아름다움은 시각적인 것만은 아니다. 가벼이 터지는 감각 혹은 쥐었던 것을 잃은 뒤 더욱 간명해진 나를 발견하는 기쁨에도 있다. 때때로 실연은 인간이 누릴 수 있는 가장 황홀한 자기긍정의 계기가 된다. 세상 전부와도 같았던 관계가 마감되어도 마침내 살아남고 더 성숙해진 나를 자랑스러워할 수 있다. 세 남자는 한 남자가 되기도 하고 혹은 무수히 부서지고 분열을 거듭하다 사라지기도 한다. 어쨌든 나는 그 남자들의 존재와 부재를 거치되 그 누구의 여자도 되지 않는다. 나는 이미 나로서 모자람이 없는 존재임을 받아들일 때 남성/여성을 바라보는 취향은 즐거워진다. 올바른 상대를 선택하는 것이야말로 자신을 구원해주리라는 오래된 서사에의 믿음을 버리고서 말이다.

선택이 우리를 완성시켜주지 않는다. 삶은 생각만큼 절박한 선택의 연속이 아니다. 언제나 배타적 선택이 필요하지는 않다. 때로는 지나가는 계절처럼 누리되 취향을 가미할 뿐임을 알게 되면서 선택을 누릴 수 있는 힘이 생겨난다.

운 명 의
휴 가

•   "요즘 나는 운명의 휴가에 대해 생각해."

　작년 여름 K가 이 말을 꺼냈을 때, 나는 그녀 뒤편으로 갑자기 쏟아지는 비에 잠시 정신이 팔려 있었다. 창문은 넓었고 반쯤 열려 있었다. 창가 테이블이 금세 젖어버릴 것 같아 주변을 둘러보던 참이었다. 그녀는 기존의 삶과 맥을 끊고 정해진 기간을 살아보고 싶다고 말하는 중이었다. 일상에의 복귀를 염두에 두지 않고 휴가 이후의 책임에 얽매이지 않는 일탈을 꿈꿀 때가 있다고 했다. 그것을 반드시 '운명의 휴가'라고 불러야 한다고 강조했다. 운명과의 비밀 계약 같은 것, 그래서 운명을 제외한 누구도 운명을 벗어난 자신의 행보를 알 수 없어야 한다고. 필요하다면 자신도 모든 것을 잊고 돌아올 수 있으면 좋겠다고. 나는 내 앞에 놓인 술잔을 남김없이 비운 뒤 대답했다.

"운명의 휴가라는 말은 너무 비장하게 들리는 걸. 어쩐지 죽음의 냄새가 나. 애초에 인간에게 운수와 명수가 정해져 있다고 하는 게 운명인데, 거기에 휴가를 얻을 수 있다는 건 본래 의미 자체를 부정하는 거잖아. 한 운명을 끝내고 다른 운명으로 들어서지 않는 이상 운명에는 휴가가 개입할 여지가 없어."

K의 삶은 지금까지 한 치의 비틀거림 없이 순탄했다. 중산층 가정에서 태어나 모범적인 학창 시절을 보냈고 대학 졸업과 함께 직장에 들어갔다. 대학 때 만난 남자와 긴 연애 끝에 결혼했고 두 사람 모두 성실한 일상을 이어갔다. 아이를 낳고 착실히 승진했고 작은 집도 마련했다. 아이는 유치원을 졸업하고 초등학교에 들어갔다. 그녀는 자신의 삶이 정해진 학제를 따라 초중고 교육과정을 마치듯 진행되어 왔다고 했다. 자신에게 운명이란 지난날 닥치고 따라온 학과 과정 같은 거라고 비유하기도 했다.

"학교에는 방학이라도 있지. 이놈의 운명에는 휴가도 없어."

얼마 전까지 반짝이던 K의 눈빛은 어디로 갔을까. 생각해보니 휴가 내용조차 묻지 않았다. 도대체 휴가를 어디에 쓰고 싶은 거지?

"남편이 아닌 사람과 죽도록 섹스만 하다가 돌아올 수 있으면 좋겠어."

갑자기 터져 나오는 웃음을 막지 못했다. 운명의 휴가를 고작 남편이 아닌 남자와의 섹스에 쓰겠다니. 내가 아는 한 K의 남편은 그녀의 두 번째 남자였다. 두 사람이 함께한 시간은 어느덧 20년이 되어갔다. 서로가 상대의 부재를 상상할 수 없는 단계라고 그녀는 남편과 자신의 관계를 설명하곤 했다. 언젠가 그녀가 홀리듯이 했던 말을 기억한다. 첫눈에 반한 두 사람이 마침내 잠자리를 하게 되었을 때, 도무지 멈출 수가 없어 꼬박 사흘을 여관방에 갇혀 지냈노라고. 자신의 삶을 통틀어 그때만큼 온전한 느낌이 들었던 적이 없었노라고. 나는 고개를 끄덕이며 말했다. 무엇을 말하는지 안다고. 수그러들 것 같지 않은 들뜸에 몸을 맡기고 소진하고 또 소진한 뒤에 찾아오는 평온함을 안다고. 인생에서 그와 같이 순하고 나른한 평온감이 얼마나 드물게 찾아오는지조차 알고 있다고.

'운명의 휴가'라는 그녀의 표현은 잘못되지 않았다. 운명의 휴가에서 내가 죽음을 떠올린 것 또한 이상한 일이 아니다. 죽음만큼 궁극의 휴식을 주는 것이 어디 있겠는가. 우리를 뒤흔드는 욕망과 갈등, 긴장과 고통, 권태와 타성을 완전히 소멸하는 길은 죽음밖에 없다. 죽음에의 유혹은 죽음에의 공포만큼 강렬하다. 인간의 본능을 사랑의 신 에로스와 죽음의 신 타나토스로 나누어 이름 붙인 프로이트의 예를 떠올리지 않더라도 이해할 수 있다. 그리고 얼핏 보면 대치되는 두 본능이 극적으로 만나는 순간이 있다. 오래전 그것을 '작은 죽음La petite mort'이라고 부른다는 말을 읽었을 때 무릎을 쳤다. 섹스의 끝, 절정에 도달한 직후에 찾아오는 암전. 주체할 수 없는 떨림이 휩쓸고 간 후 찾아오는 경계를 알 수 없는 추락. 그 아득함이 주는 것이 공포가 아닌 평온함이라는 사실을 맨 처음 오르가슴에서 느끼고 얼마나 당황했던가. 언제부터인가 낙원을 상상할 때면 폐허의 광경을 떠올리곤 했다. 죽음 같은 고요와 폐허의 아름다움에는 통하는 것이 있다. 모조리 소진된, 지극을 넘어선 뒤의 평온함이다.

"그렇게 내 마음을 들뜨게 했던 사람이었는데 말이야. 이제는 다른 단계에 접어들었고 그래서 뿌듯하고 행복하기도 해. 긴 시간을 헤쳐온 서로가 고맙고 대견하지. 잠자리도 나쁘지 않아. 가장 적합한 상태로 온도가 설정된 방 같다고나 할까. 아무리 매혹적인 상대가 나타나도 그 온도를 맞출 수 없기 때문에 나를 유혹하는 데 실패하겠지. 이 안락함을 벗어날 의사는 없거든. 그런데 가끔은 죽을 날만 기다리는 시한부 인생처럼 허탈해져. 이제 더 이상 온몸이 닳아 없어질 것 같은 열정의 순간은 찾아오지 않는 걸까 싶어서. 남편이 나를 바라보는 시선에서도 비슷한 심정을 짐작할 수 있어. 이 사람, 나를 많이 사랑하는구나. 하지만 가끔은 초조하구나. 마지막 사랑이라는 심정으로 나를 마주하며 살기에는 앞으로 살날이 까마득하다고 느끼는구나."

인생의 한때를 휩쓸고 간 정념의 대상이 자신 앞에 있는데도 그 안의 어떤 연속성은 세월 앞에 동강 난 다리처럼 덜렁거린다. 그래서 가끔은 휴가를 꿈꾼다. 잠깐 떠났다가 돌아올 수 있다면, 일상을 뒤흔들지 않고도, 어느 누구에게도 고통을 주지 않고도, 거듭되는 작은 죽음들 뒤 살아남아 나와 나의 세상으로 돌아올 수 있다면. 이런 이야기를 털어놓는 친구에게 해서는 안 되는 말이 있다. "남편 입장에서 생각해봐. 그 또한 다른 여자와의 열정적 섹스를 꿈꾼다면 어떻겠어?" 세상의 평범한 아내에게도 죄책감을 넘어 자기혐오까지 겪어내면서 누군가에게 말하고 싶은 속사정이 있다. 실행에 옮길 수 없으니 주절거리고라도 싶은. 고해성사처럼 늘어놓고 떨쳐버리고 싶은.

K는 지난여름 이국의 도시로 출장을 다녀왔다. 유독 습기가 높은 그 도시에 들어서자마자 덮쳐오는 축축한 열기에 숨

을 쉬는 것조차 버거웠다. 바쁜 사흘을 보내고 마지막 저녁 그
녀는 여행가방 구석에 챙겨둔 서머 드레스를 입고 호텔을 빠
져나왔다. 낯선 얼굴, 적막한 시선, 소란한 거리를 헤치고 나
가서는 누구도 마주칠 것 같지 않은 식당으로 들어갔다. 마음
같아서는 멋들어진 술집 하나쯤은 찾아가보고 싶었지만 용기
가 나지 않았다. 주문을 받는 이도, 주문을 하는 그녀도 어색
한 영어를 구사해야만 했지만, 그 모든 설정이 한 편의 단편영
화처럼 완벽하다고 느꼈다. 바닷가에서 그리 멀지 않은 식당
의 야외 테이블에 자리 잡고 간단한 음식을 먹고 맥주를 마셨
다. 온몸에 베일처럼 감기는 땀을 식히는 밤바람이 간간이 불
어왔다. 가만히 눈을 감고 집중이라도 하면, 쉴 새 없이 파괴
되고 재생되는 수십만의 신체 세포들이 알갱이처럼 느껴질
것 같았다. 시차 때문인지 맥주 한 잔만으로도 취기가 올랐다.
화장실로 걸어 들어가는 동안 발걸음을 헛디딜까 몸에서 긴
장을 한시도 풀지 않았다. 사람들의 시선이 느껴졌다. 조금은
다르게 생긴 이국의 여자, 혼자인 여자가 나른한 밤 식당을 가
로질러 걸어간다. 화장실 거울 저편의 여자는 낯설었다. 밝고
건강하고 씩씩한 서른아홉 주부이자 열두 살 아들의 엄마 대
신 여전히 매끈한 어깨선을 드러낸 한 여자가 거울 속에 서 있
었다.

"내 눈빛인데도 낯설더라. 맞아, 그랬지. 장난기 어리고 유쾌한 눈빛으로 남편을 유혹했었지. 도무지 어떻게 조절해야 할지 알 수 없는, 결과를 예측하기가 힘들었던 아슬아슬한 권력이었어. 누군가는 나 때문에 눈물을 흘리기도 했고. 어떤 사람은 내가 먼저 자신을 도발했다며 다가서기도 했어. 당황하며 그런 적이 없다고 하자 오히려 화를 내었지. 의도하지 않았어도 누군가는 나를 유혹이라는 죄명으로 몰아세우는 걸 보며 배웠던 것 같아. 함부로 욕망하지 않아야 하고 무작위로 매력적이어서도 안 되는 거라고. 남편을 만나 모든 관계를 정리하고 걸었던 안정된 연애의 길은 나를 참 평안하게 했어. 단한 사람의 여자인 양 살아가면 그런 문제에서 벗어날 수 있으리라 믿었거든. 실제로도 그랬고. 한동안은."

창밖으로 내리는 비는 점점 더 거세졌다. 둘 다 술기운에 얼굴이 발갛게 달아올랐다. 나는 말을 바꿔 K에게 이런 제안을 했다.

"그냥 특별한 티켓을 선물 받는다고 생각하면 어떨까? 승차권 같은. 왕복권이지. 표를 내고 버스에 올랐다가 한 바퀴 돌고 집 앞으로 멀쩡히 돌아올 수 있는 정도로 해두자."

그리고 앞에 있는 냅킨에 볼펜으로 꾹꾹 눌러썼다. '티켓: 기한-마음대로. 장소-닿는 대로. 제한-운명이 변하지 않는 한.'

"자, 여기 있어. 내가 누군가를 대신해서 너에게 전해주는 티켓이야."

여름에 다시 K를 만났다. 각자 바쁜 일정 때문에 술은 마시지 않고 점심만 먹고 헤어졌다. 티켓 사용 여부는 묻지 않았다. 고백하지는 않았지만, 그녀 앞에서 사용하기 꺼렸던 '운명의 휴가'란 말도 받아들이기로 했다. 이제 곧 백세 시대가 도래한다는 이야기를 들었던 탓도 있다. 어쨌든 한 운명으로 살아가기에는 평균수명이 너무 길어지지 않았는가.

초대의
편지

○   당신이 언젠가 했던 말, 온종일 머릿속을 맴돌아요. 남자에게 섹스는 정신적이라는 것, 여자처럼 육체적이지 못하다는 말. 남자는 섹스라는 관념을 해소하기 위해 욕망하고 돌진하고 소진된다고. 관념이 떠난 자리에는 텅 빈 공백만이 남아 있다고. 단 몇 초의 감전 같은 전율을 위해, 마침내 섹스하고 있다는 인식을 소비하기 위해 지나치게 많은 노력을 기울여야 한다고. 그리고 그 노력은 언제나 헛되었다는 인상을 지울 수가 없다고. 그런 면에서 여자는 운이 좋다고. 출렁이는 쾌감에 온몸을 맡겨 보다 지속된 절정을 누릴 수가 있다고. 그녀들의 길고 강렬한 쾌감만큼 당신을 소외시키는 건 없다고. 당신은 종종 참을 수 없는 질투를 느낀다고.

돌이켜보면, 내 연애는 보다 극적인 쾌감에 이르려는 여정의 일부였어요. 마음에 드는 남자를 만나 욕망을 다듬고 부추기고 터뜨려서 정신이 혼미해질 때까지, 밤과 낮이 뒤섞일 때까지, 온몸이 너덜너덜해질 때까지 뒹굴 수 있으리라는 예감만큼 나를 연애로 달려가게 한 것이 있었을까요. 몸이 받아들인 기억은 자꾸만 같은 자리로 되돌아가기 위해 나를 정처 없이 헤매게 해요. 욕망이 사라진 후 더 도드라지는 자국은 새로운 욕망을 끌어들이기 위한 지도가 되지요. 새로운 상대가 나타나고 관능의 영토가 확장되고 소진된 섹스의 끝에 누릴 수 있는 장엄한 우울을 남김없이 누리고만 싶지요. 온몸의 체액을 증발시킬 듯 맹렬한 기세로 뒤엉키는 나날 속에 몸은 존재를 극명하게 드러내요. 쇠락과 재생의 반복, 모든 것이 휩쓸리듯 지나간 자리, 허무가 쾌락을 삼켜버린 뒤 우리는 모든 것이 끝났음을 보다 쉽게 받아들이지요. 결국 모든 것이 멈춰야 한다는 것, 연애도 혼돈도 절정도 마침표를 찍는다는 것을요. 깨달음은 밀려오는 물결처럼 당연해서 발끝이 젖어도 불운하다고 느끼지 않지요. 다독이는 손짓처럼, 이제 돌아가야 할 시간이라는 토닥임처럼, 그리고 나는 말 잘 듣는 아이처럼 뒤돌아설 수 있지요. 숱한 뒤돌아섬 뒤에도 내 몸에는 누구의 것인지 분별할 수 없는 쾌락의 물결이 남아 있어요. 몸속 내장기관을 넘실거리게 하다 때로는 꼿꼿한 흔적기관처럼 남아 두툼한 살덩이를 파고 나오는, 꼬리뼈처럼 단단한 기억이 되어.

당신을 만나고서 나는 얼마나 기뻤던가요. 사멸한 줄 알았던 출렁임이 꿈틀거렸고 흔적인 줄 알았던 기관들이 다시 자라났으니까요. 당신을 앞에 두고 육즙이 뚝뚝 떨어지는 고기를 베어 물었을 때, 붉게 물드는 내 입술에 당신의 동공이 열리던 순간 내 가슴을 조이고 있는 속옷의 끈이 탁, 소리를 내며 튕겨 나갔답니다. 욕망이 부풀어 오르는 만큼 내 가슴은 숙성된 반죽처럼 솟아올라요. 어디에 있든, 무엇을 하든, 당신의 팽팽해질 대로 팽팽해진 욕구를 발가벗겨 무너뜨리듯 쥐고 삼키고 받아들이고 싶어지지요. 그러기 위해서 나는 아주 강해져야 해요. 왜냐면, 그 뜨거운 시간이 얼마나 허무하고 처절하게 마무리되는지를 배워서 잘 알고 있으니까요. 그것을 넘어설 만큼 강해지고, 폐허를 짓밟고 나아갈 만큼 용감해져야 하니까요.

당신이 지금 얼마나 복잡하든 얼마나 허무하든 상관하지 않아요. 내 앞에서 몸으로 살아나와 반응할 수 있다면 그것으로 충분해요. 당신이 무너질 때까지, 지쳐서 움직일 수 없을 때까지, 당신을 누리고 지나가고 싶어요. 종종 정해진 기간을 생각해요. 일주일이면 어떨까요. 그만큼만 당신의 몸을 빌려주세요. 그다음은 미리 상관하지 않아요. 때가 되면 알 거예요. 이 열정이 얼마짜리였다는 걸. 몸으로 확인하지 않고서는 포기할 수 없을 뿐이에요. 확인의 시간이 올 때까지 내가 아는 모든 유혹의 말로 당신을 불러들일 거예요. 제안은 여기에서 멈춥니다. 대답을 주세요. 시간이 촉박해요. 나는 아직 기다리는 일을 배우지 못했답니다.

제 4 부

특별하되,

．　．　．　．

딱 그만큼만

.　.　.　.　.

경계를 침범하는 일에 너무나도 당당하면
침범당한 자는 위축되기도 한다.
빈자리를 채우는 것은 죄책감과 수치심이었다.
그를 의심하지 않은 죄,
그와 술을 마신 죄,
그를 따라 아파트까지 올라간 죄.
그리고 그 모든 일을 멍청히 방관했다는 수치심.

욕망을
핑계 삼아
함부로
넘어서지
말 것

•   "마음에 드는 여자를 앞에 두고 아무 짓도 하지 않는 놈이 남자냐?"라는 말을 들었다. 나는 술에 취해 비틀거리는 걸음으로 그의 아파트를 뛰쳐나왔다. 온몸을 압박하는 공포감에 무작정 거리를 걸어나갔다. 몸을 숨길 곳을 찾고 싶었지만, 날은 화창했고 거리는 사람들로 붐볐다. 지하철역 옆 대로 한복판에서 울음을 터뜨렸다. 울기 좋은 곳은 때로는 좁은 방구석보다 익명의 사람들 틈이란 걸 그때 알았다. 쏟아내듯 울어버리고 벌떡 일어나 주위를 둘러봤다. 그제야 내가 있는 거리의 모습이 눈에 들어왔다. 파리의 17구, 21세기가 막 시작되던 여름이었다.

가난한 유학생으로 산다는 건 그만큼 더 많은 위험에 노출되는 일이었다. 행사 관련 통역 일을 몇 차례 맡으면서 출장 온 남성들이 외국을 방문하는 것, 그것도 파리라는 도시에 머무는 상황에 어떤 환상과 해방감을 느끼는지 목격했다. 중년의 남성이 나이 어린 아르바이트생을 상대로 벌이는 일은 가벼운 로맨스를 의도했으나 실체는 성급한 성추행에 가까웠다. 문제는 나에게는 명백하나 남들의 시선으로 어떻게 해석될지 자신할 수 없다는 데 있었다. 지레 겁을 먹고 미리 수치심에 시달렸다. 나는 1년 전 그의 성추행을 한 차례 눈감아준 적이 있었다. 정확히 말하면, 화를 냈고 사과를 요구했고 그가 한 사과가 진심 어린 것이었다고 믿어버렸다.

우리는 제법 호흡이 잘 맞았고 함께 일하는 동안은 아무 문제도 일어나지 않았다. 소개의 자리에서 벌어진 성추행은 가벼운 해프닝으로 끝나는 듯했다. 나는 그를 용서했고 좋은 친구가 되었다고 믿었다. 일이 마무리된 이후 다시 파리를 방문했던 그를 대가 없이 도왔다. 사건이 벌어진 날은 함께 술도 마셨고 잠시 가져올 물건이 있어서 아파트에 올라가야 한다는 그의 말에 아무런 의심 없이 따라가기까지 했다. 그가 입맞춤을 시도하는 순간까지 나의 상상력은 단 한 번도 그의 욕망에 닿지 못했다. 욕망을 불러일으키지 않는 상대를 두고 미리 방어하는 일은 생각만큼 자동적으로 벌어지지 않는다. 완력으로 거듭하여 나를 끌어안는 상대를 밀쳐내고 고래고래 소리를 질렀을 때는 모든 것이 한 발짝 늦어 보였다. 그의 정중한 사과는 다시 반복되지 않았다. 오히려 내가 들은 말은 자신은 수컷이니 들이댐은 당연하다는 것이었다. 경계를 침범하는 일에 너무나도 당당하면 침범당한 자는 더 위축되기도 한다. 그 뻔뻔함에 화가 나면서도 공포를 느꼈다. 도망치듯 방을 빠져나가 길을 걷는데 아득함이 사라지자 빈자리를 채우는 것은 죄책감과 수치심이었다. 그를 의심하지 않은 죄, 그와 술을 마신 죄, 그를 따라 아파트까지 올라간 죄. 그리고 그 모든 일을 멍청히 방관했다는 수치심.

지금은 그 순간을 또 다른 죄책감과 수치심으로 기억하고 있다. 그때 제대로 대응했어야 했다. 그의 행동이 엄연한 성추행이라는 것을 어떤 식으로든 알렸어야 했다. 나를 자책하던 에너지를 다르게 사용했어야만 했다. 이후로도 끊이지 않는 그의 성추행 소문이 바람처럼 흘러들었다. 씁쓸한 기분으로 소식을 외면했다. 어쩐지 공범이 된 기분이었다.

어릴 적 언니와 함께 썼던 방은 가족 누구나 함부로 열고 들어설 수 있는 공간이었다. 내가 개인으로서 존중받을 수 있는 사적 공간이란 어디에도 없었다. 공간은커녕 내 몸조차도 호기심에 들춰지고 까발려지는 세상이었다. 아이스케키를 하는 남자아이의 행위는 짓궂은 관심의 표현으로 해석되었다. 당한 여자아이는 적당히 소리 지르고 한 번 꼬집는 정도로 사태를 마무리하는 것이 관행이었다. 화가 나서 소리를 질러대도 주변 사람은 대수롭지 않게 여겼다. 은밀하든 노골적이든 각종 성희롱을 받는 일은 일상이 되었다. 날마다 곳곳에서 상대가 남성이라는 이유로 공포를 느꼈다. 후미진 골목, 인적이 드문 계단을 걸어갈 때 낯선 남자의 등장은 끔찍한 상상의 원천이 됐다. 이성애자라는 사실이 원망스러울 때도 있었다. 때로 매혹되는 존재를 잠재적 공포와 불쾌의 대상 속에서 발견하는 피로함을 아는가. 쫓기고 지키는 일로 점철된 성장 과정 속에서 여자인 내 몸을 알고 고유한 욕망에 익숙해질 공간적, 시간적 여유는 주어지지 않았다. 경계에 관한 인식조차 배우지 못하며 성장했다. 이중적 성윤리를 내면화하면서, 몸은 성숙했으나 철저히 외면당한 채 정신은 성숙한 여성이 아닌 소녀의 단계에 머물렀다. 천진하다 못해 무지한 여자아이로 남는 것이 매력적인 여성이 되는 길이라고 믿었다. 그것이 힘겨운 버티기임을 깨달은 때는 이미 상처투성이가 되고 더는 감내할 수 없다고 느낀 뒤였다. 주도권을 잃은 채 욕망의 대상으로 소비되는 것이 부당하다는 걸 알기까지 청춘의 빛나는 시간을 낭비했다. 가끔은 생각한다. 나는 그때 가장 아름다운 몸을 두고도 행복하게 누리지 못했다고. 사용법을 모르는 채로 남아야 '좋은 여자'가 되는 길이라고 믿었다고. 내 욕망은 검열되기도 전에 삭제되었다. 왜곡된 해석에 길든 몸을 다시 이해하고 받아들이는 길은 멀리 돌아가는 여정이었다. 그리고 욕망은 험난한 지형 속에서 실종되기도 한다.

내가 최초로 남자의 몸에 먼저 반응했던 순간을 기억한다. 중학교 때였다. 이사를 갔고 만원 버스에 올라 학교로 향하는 길이었다. 나는 버스 앞문 쪽에 가까스로 자리 잡았다. 잠시 후 한 남학생이 올라탔다. 짧게 깎은 머리에 희고 갸름한 얼굴을 한, 수줍은 인상의 소년이었다. 동네 서점에서 몇 차례 마주친 적 있는, 그가 읽던 소설을 어쩐지 따라 읽고 싶었던 골똘한 눈빛의 남자였다. 우리는 이리저리 밀리지 않으려고 애타게 손잡이에 매달렸다. 같은 손잡이에 의지하던 터라 그가 나를 뒤에서 감싸 안는 자세를 취할 수밖에 없었다. 필사적으로 거리감을 유지하려는 그의 노력이 등 뒤에서도 또렷이 느껴졌다. 흔들리는 버스 안, 몸과 마음이 까무룩 잠겨서는 돌아올 생각을 하지 않았다. 넉넉한 품 안에 잠긴 듯 아늑한 기분이었다. 5분이 넘지 않은 시간 동안 우리의 몸은 단 한 차례도 부딪치지 않았다. 비로소 상황에서 벗어났을 때에는 내 몸의 반응을 이해할 수 없어 당황스러웠다. 둘 사이의 좁은 공간이 남기고 간 감각이 한동안 등 뒤에서 어른거렸다. 뒤늦게 깨달았다. 둘 사이에 또렷이 자리 잡은 경계와 거리에 대한 의식이 나를 욕망하게 했다는 것을. 우리는 가까이 있으나 분리되어 있다는 인식, 경계를 짓고 있는 개체라는 인정, 하지만 그 경계가 출렁이는 순간 유혹이 탄생한다는 사실을(오해하지 마시라. 그 이후 수백 번은 벌어졌을 만원 버스와 지하철의 경험 중 단 한 번도 유사한 느낌을 받아본 적은 없다. 의도했든 의도치 않았든 불시에 벌어진 접촉은 불쾌감을 동반했다).

유혹은 독립된 개체로서 상대의 영역을 존중하고 인정하는 것을 전제로 한 행위다. 당신과 함께 나 역시 존중받아 마땅함을 알고서 벌이는 놀이다. 명징한 경계를 의식하고 벌어지는 상호작용이다. '유혹'이 즐거운 이유는 다른 인간에게로 다가가는 다양한 루트를 탐험하는 과정이기 때문이다. 무작정 침입하여 자신의 욕망을 드러내는 행위를 인간의 본능인 양 눈감아주는 것은 오히려 그릇된 사회적 가치해석을 강화시키는 일이다.

아직도 곳곳에 경계인식장애인이 들끓는다는 소식을 듣는다. 그나마 몇몇 사건이 사회적 이슈화되고 법적 대응이 늘어난다고는 하지만, '운 나쁘게 걸렸다고 믿을' 녀석을 조지는 것으로 상황이 축소된다는 인상을 받을 때도 있다. 상대방의 욕구를 배려하되 내게로 이끄는 과정을 습득하지 못한다면 나의 다가감은 폭력적 난입에 불과하다. 이는 남성에게만 해당하는 일이 아니라, 욕망만으로 다가설 수 있다고 믿는 자에게는 모두 적용되는 사실이다.

욕망 역시 단련된다. 욕망하고 유혹하고 비로소 가까워지는 희열을 배우면서 나의 욕망 또한 구체적이고 정확해진다. 소통과 배려의 여정 속에서 두 사람 사이에 명확했던 경계가 유혹의 서사에 의해 새로운 영토로 재편되었음을 깨닫는 순간이 찾아온다. 경계는 있되 움직이는 것임을, 때로는 겹치고 넘나드는 것임을, 유혹의 지도는 끊임없이 다시 읽히고 쓰이고 있음을. 지도를 다시 쓰기 위해 우리는 오래전부터 정확하게 유혹받고 싶었음을.

버스에서 만난 이후 그다음 날도 등굣길에서 소년을 마주쳤다. 학교를 졸업할 때까지 아침이면 그를 기다려 만원 버스에 올랐다. 매일이 설레었던 성장의 날들이었다.

정념의 순간이
지난 뒤
친구로 남을 수
있을까

•　　　　사랑이란 감정을 느끼지 않으면서도 성적 긴장
감이 팽팽해지는 상대가 있다. 평소에는 별다른 느낌조차 없
다가 강렬한 이끌림에 빠져들 때가 있다. 나갈 곳이 보이지 않
을 만큼 막막한 느낌으로.

H를 만난 것은 J를 통해서였다. 20대 중반을 막 넘어서던
시절이었다. 파리 생활 1년 차부터 친하게 지내던 J의 소개로
햇살이 쏟아지는 6월의 어느 날 만났다. 영국에서 영화를 공
부하고 있고 대학원 과정을 파리에서 보낼 계획이라고 했다.
학교를 선정하는 데 도움을 받고 싶다는 것이 만남의 첫 번째
이유였다. 당시 우리에게는 각자 애인이 있었다. 그는 학교 문

제를 핑계로 파리에 가끔 들렀고 덕분에 몇 차례 어울릴 기회
가 있었다. 만나면 별일 없이 함께 하루를 보냈다. 정오 무렵
에 만나 점심을 먹고 차를 마시고 거리를 걷다가 지치면 카페
에 들렀다. 그러다 보면 저녁 시간이 되었고 함께 식사를 했고
또 정처 없이 걷다 보면 밤이 되었다. 만나려 애쓴 적은 없었
는데, 막상 만나게 되면 헤어지기 힘든 상대. 지루하고 무료한
나날이면 그가 나타났다. 하루쯤 낭비해버리고 싶은 날을 보
내기 좋은, 어쩐지 위안이 되는 사람.

　오가는 대화 내용은 흥미진진했다. 그의 좌충우돌식 연애
담과 적나라한 남성 심리 묘사는 내 귀를 발기하듯 곤두세웠
다. 영화와 문학, 예술을 넘나드는 허세 없는 박식함은 덤이었
다. 자기풍자적 유머감각도 좋았다. 나는 그의 자기복제식 연
애담을 살랑살랑 핥듯이 놀려대곤 했다. 그는 동양 남자는 수
줍음이 많다는 유럽인의 선입견을 가볍게 무시하며 카페에서
든 공원에서든 맘에 드는 여자가 있으면 접근했다. 그의 시도
는 상당한 성공률을 자랑했는데, 성취의 단맛을 안겨주는 여
성 대부분이 출중한 미모의 소유자라는 점은 의외였다. 안타
깝게도 시작된 관계를 유지하는 데는 놀라운 실력을 발휘하
지 못했다. 애교 섞인 푸념에 가까운 편이었지만, 관계에 대한
그의 불평은 끊임없었다.

그와의 연애 가능성을 염두에 둔 적도 있었다. 그를 만날 때면 나는 주로 잘 풀리지 않는 연애로 지쳐 있거나 사랑에 빠졌으나 쉽게 다가가지 못해 가슴앓이를 할 무렵이었다. H와는 마음만 먹으면 넘나들 수 있을 듯한 관계를 왜 이미 사랑하는 사람과는 진전시킬 수 없는지 혼란스럽기도 했다. 당시 나의 결론은 다음과 같았다. 유혹은 이미 빠져버린 사랑 앞에서는 속수무책이 되기 쉽다고. 내 감정에 빠져 허우적거리다 보면 상대방은 해독할 수 없는 암호처럼 느껴졌다. 미궁 속 길을 잃고 헤매는 나는, 내가 보아도 매력적이지 않았다. 자신감을 잃으니 나를 드러내는 일보다는 숨기기에 급급해졌다. 혼자 하는 사랑의 미망에 사로잡히기 전에 유혹을 시작했어야 했다. 사랑은 유혹과 함께 길을 찾고 몸과 함께 깊어지는 편이 좋았다. 물론 동시에 벼락 맞듯 찾아오는 경우도 있지만, 이는 운명에 감사해야 할 영역이었다.

유혹과 섹스에는 유희적 측면이 있다. 봄바람처럼 살랑거리는 여유도 없이 뜨거운 열기로만 다가설 수는 없다. 각기 다른 두 존재가 놀이를 하려면 적당한 배려와 협상이 필요하다. 내 감정에 눈이 멀면 멀수록 관계는 시작도 전에 비틀거린다. 지나친 방어나 섣부른 공격으로 이어지기도 한다. 상대방을 중심에 두고 이루어져야 할 유혹은 더더욱 불가능한 과제가 된다. 절박하면 할수록 쉽지 않아지는 연애를 두고 우리는 함께 한탄하곤 했다. 가끔은 마주 보며 의아해했다. 우리는 왜 연인이 되지 못할까.

우리에게는 충분한 유혹의 순간들이 있었다. 알맞은 거리 감도 있었다. 하지만 결정적인 순간, 서로를 붙잡을 만한 동기도 의욕도 부족했다. 이미 맺은 관계에 만족하고 있었다. 이성과의 만남이 이만큼 좋았을까 생각했을 정도로. 무너뜨리고 싶지 않은 균형이 귀하고 소중했다. 섹스의 가능성은 우리 사이를 구름처럼 떠돌았지만, 축복 같은 비를 내리지는 않았다. 그래도 생각한다. 우리에게 섹스는 축복이었을까. 우리는 서로가 섹스를 매우 좋아하는 존재임을 알고 있었다. 그리고 섹스를 좋아하는 만큼 까다롭다는 점도. 구두를 좋아하는 사람 중 최대한 많은 구두를 신어보고 충동적으로 사들이는 이도 있겠지만, 착용감과 디자인, 첫 만남에서의 느낌까지 면밀하게 고려해서 신중히 구입을 결정하는 이도 있다. 마음에 드는 구두는 몇 켤레 사재기하기도 한다. 오래오래 신기 위해서다.

어느 늦가을, 우리 사이의 나른함이 팽팽한 긴장감으로 출렁이는 순간을 맞이했다. 한동안 느슨했던 사이를 다시 묶어준 것은 비통하게도 J의 죽음이었다. 다시 만났고 J에 관한 이야기로 대화가 채워졌고, 불현듯 우리를 둘러싼 낯익은 풍경도, 서로의 존재도 달라 보이는 시간에 이르렀다. 그도 나도 잘 알고 있었다. 이토록 많은 말을 나눌 사람은 흔치 않음을. 존재만으로 위무가 될 수 있는 상대라는 걸. 그럼에도 부정할 수 없었다. 우리의 20대는 수차례 정념에 휩쓸렸지만 너무나 손쉽게 벗어났음을. 엘리베이터를 타고 내리는 것처럼. 폐쇄된 공간의 팽창하는 열기로 아찔했다가 문이 열리면 쏟아지는 해방감처럼.

빠져나온 뒤면 곧바로 아득해지던, 정념의 변덕만큼 괘씸한 것이 있었을까. 멀미는 뒤늦게 찾아왔다. 우리는 허탈함의 멀미를 오래도록 함께 나눴다. 숱한 정념보다 특별한 우정이었다. 그럼에도 발길은 돌아서지지가 않았다.

우리는 그날 밤을 함께 지냈다. 곳곳의 술집을 전전하다가 걷다 지쳐 나중에는 자전거에 올랐다. 그가 끌고 온 자전거 뒷자리에 내 몸을 실었다. 앞에 놓인 그의 등이 생각보다 높고 커다랬다. 힘차게 달리는 페달 소리와 함께 파리의 풍경들이 낯선 속도로 지나갔다. 새벽의 서늘한 공기가 뺨에 흩어지고 고요한 주변 풍경에 리듬이 솟아났다. 울퉁불퉁한 길 덕분에 우리의 몸은 또 다른 리듬으로 흔들렸다. 좌석 뒤를 잡고 있는 두 손에 매달린 내 몸의 균형이 아슬아슬해졌다. 나는 그와 사랑을 나누는 대신, 파리의 골목길들과 반응했다. 그것은 은밀하면서도 때로는 통증을 수반했다. 시선 속 흩어지는 새벽 풍경은 꿈처럼 아득했다. 상점들은 어두운 밤 속 잠든 듯 웅크리고 있고 거리를 지나치는 이들의 그림자는 좀처럼 보이지 않았다. 멀리서 밤 고양이의 울음소리가 어슴푸레 떠올랐다가 사라지고 길 저편을 지나가는 고독한 발걸음 소리가 띄엄띄엄 들려왔다. 우리를 둘러싼 밤을 가르는 소리는 자전거 페달이 돌아가는 소리, 바퀴가 지면 위를 불규칙적으로 스쳐 지나가는 소리 혹은 가볍게 차오르는 그와 나의 숨소리뿐이었다. 낯익은 골목길의 정경이 눈앞에 펼쳐지는 순간, 그들은 기이한 표정으로 우리를 맞이했다. 그렇게 새벽이 밝아왔다.

남녀 간의 우정이란 약간의 불안정한 상태가 존재의 매력인 경우도 있다. 사랑도 유지하기 위해 노력이 필요하듯 우정도 그에 마땅한 노력이 필요하다. 남녀 간의 우정을 사랑에 못 미치는 단계로 폄하할 이유는 없다. 우정이든 사랑이든, 관계란 끊임없는 협상이 필요하고 그래야 건강하다. 정념의 순간이 지난 이후에도 여전히 친구로 남을 수 있느냐고? 섹스 이후 연인이 될 수 있는지도 물어야 하는 세상에서 왜 친구가 될 가능성에는 더 까다로워야 하는가? 지나간 정념 이후 찾아오는 평온함을 누리지 않고 외면할 이유는 없다. 한때 유혹의 찰나가 오갔던 사이에서도 마찬가지다. 유혹이 거절당했다고 해서 당신이 매력 없는 존재는 아니다. 다만 상대의 거절을 받아들일 만큼의 여유가 필요할 뿐이다. 쉬운 사람과 어려운 사람이 있는 것이 아니라, 당신의 매력에 마침 반응하는 사람과 그렇지 않은 사람이 있다. 정중한 유혹의 제안을 마땅한 예의로 거절할 수 있는 겸손도 있어야 한다. 인연의 소중함에 감사하게 되면 우리는 배려를 통해 새롭고 고유한 사이로 맺어질 수 있다. 내가 H와 맺은 관계가 그러했다. 외롭고 허전한 나날 속 그의 존재는 위로가 되었다. 그와의 산책은 이후에도 즐거웠다. 우리는 정념이 지나간 자리의 넉넉함을 튼튼하게 누렸다.

　　다만 언젠가 맺어질 사랑을 위해 현재의 우정을 한쪽에서 일방적으로 감내하는 관계라면 권하고 싶지 않다. 나른한 기다림 정도라면 나쁘지 않겠다. 쾌보다 고통이 더 커지는 편이 한쪽으로만 이어진다면 우정의 미덕은 사라진다. 나는 쾌와 고통의 균형으로 사랑과 우정을 구분한다. 균형의 흔들림이 나를 긴장하게 하고 기꺼이 더 멀리 나아가고자 하게 한다면 그것은 사랑에 가깝다. 쾌와 고통의 균형이 애초에 중요하고 평안함의 미덕에 더 사로잡힌다면 우정을 맺기에 알맞은 순간이다. 그런 면에서 H는 적절한 우정의 인연이었다. 때로는 짧게 허물어질 수 있는 연애보다 긴 우정이 더 좋다.

• 낸시 마이어스 감독의 영화 〈인턴〉(2015)에서
는 마사지사 피오나(르네 루소 분)가 70살 인턴 벤(로버트 드니
로 분)의 굳은 목과 등을 부드럽게 마사지해주는 장면이 나온
다. 갑작스러운 신체 변화, 즉 바짓속 발기에 당혹해 하는 그
를 보고 곁에 있던 젊은 인턴이 접은 신문을 건네준다. 벤은
자신의 앉은 다리 위에 신문을 덮는다. 이 모든 장면이 유쾌하
다 못해 사랑스러운 해프닝처럼 벌어진다.

바쁜 일정에 쫓겨 점심시간을 놓친 영화 속 젊은 창업자
줄(앤 해서웨이 분)은 사려 깊은 인턴 벤으로부터 자동차 뒷좌
석에서 따스한 치킨 수프를 받아든다. 뚜껑을 열자 풍겨오는

냄새를 맡고 행복해 하던 그녀의 입안에는 침이 듬뿍 고였을 게다. 그녀는 한껏 돋운 식욕으로 오랜만에 만족스러운 식사를 한다. 이와 같이 신체의 반응은 즐거운 위안이자 소중한 축복일 수 있다.

입안에 침이 고일만큼 식욕을 돋우는 음식을 두고, 세상은 음식에게 잘못을 돌리지 않는다. 신체 반응의 원인은 될 수 있어도 반응 이후에 이어지는 행동은 철저하게 행동의 주체에게 귀속된다. 하지만 남성의 신체에 대해서는 매우 다른 서사가 적용되기 일쑤다. 여자의 옷차림이나 태도 등을 자극의 원인으로 나무라는 일이 허다하다. 음식 냄새가 너무 좋았으니 허락 없이 먹어도 어쩔 수 없었다는 식의 논리조차 적용되기도 한다.

남성의 욕구는 수컷의 본능이라는 신화 아래 어마어마한 껍데기로 포장되곤 한다. 뇌가 아닌 성기로 사고하는 남성이라는 틀을 내세울 때, 그리고 그들의 욕망을 비대하게 과장하여 물신화할 때, 어쩌면 사랑스러울 수 있었을 신체 반응이 폭력이자 억압의 가능성으로 돌변한다. 자극이 대상으로부터 나왔으니 대상에게도 잘못이 있다는 말은 책임 기피의 방편이자 남성 전체에 대한 적극적인 모욕이다. 우리는 너무 쉽게 남자는 동물이고 미성숙하니 누구보다 사려 깊게 다뤄야 할 존재처럼 이야기한다. 남편을 또 하나의 아들이라는 말로 포장하는 것 역시 같은 맥락에 있다. 남편은 아내와 함께 한 가정을 이뤄야 할 성숙한 주체이지 무작정 돌보고 살펴야 할 대상이 아니다.

침이 고이고 성기가 젖고 발기하는(여자의 성기도 발기하고 남자의 성기도 젖는다) 일은 조롱당하거나 역겨워할 일 또한 아니다. 사회문화적으로 어떻게 해석되고 사용되느냐에 따라 그 의미가 어마어마하게 달라질 뿐이다.

20대 초반, 프랑스의 어느 지방 도시에서 어학연수를 할 때였다. 같은 반 남자애와 가까워져서 자주 같이 다녔다. 기숙사도 같았고 학교가 끝나면 다른 친구들과 어울려 파티와 술집을 함께 전전했다. 주말이면 여럿이서 여행을 떠났다. 두 달가량의 어학연수가 끝나는 날 그가 내 방을 찾아왔다. 헤어지는 일이 섭섭하기도 해서 우리는 새벽이 될 때까지 침대에 앉아 이야기를 나눴다. 인종과 문화가 다른, 비슷한 또래의 남녀는 서로에 대한 호기심에 어쩔 줄을 몰랐다. 우리는 궁금했으나 묻지 못했던, 남자와 여자의 몸에 관한 의문점을 질문하기 시작했다. 그는 직접 그림을 그려서 설명하는 일도 마다하지 않았는데, 어느 순간 갑자기 말을 멈추더니 깊게 숨을 들이쉬었다.

"잠깐만."

"왜?"

"좀 난처한 상황이 발생해서 말이야."

그는 다시 한 번 호흡을 가다듬은 뒤 말했다.

"이럴 때에는 말이야, 나는 미키마우스를 생각해. 아주 엉뚱한, 맥락 없는 무언가를 떠올리다 보면 금세 아무렇지도 않아지거든."

그리고 이어서 덧붙였다.

"아, 이제 괜찮아. 자, 어디까지 이야기했지?"

그는 그림을 마저 그려나갔다. 남자의 발기된 성기에 관해 설명해주던 차였다. 나는 아직도 그를 생각하면, 내가 보지 못했던 멋지고 단단했을 그의 페니스와 익살스런 미키 마우스의 모습을 함께 떠올린다. 그리고 발기한 성기와 미키 마우스의 시간에 그가 지어 보였던 듬직했던 표정도.

그 뒤로도 나는 꽤 여럿의 남자와 별 일 없이 침실에서 하룻밤을 보냈다. 기나긴 이야기를 나누었고 적막한 새벽을 가르는 웃음소리 이후의 침묵을 어색하게 견디기도 했다. 〈인턴〉 속 벤과 줄이 침대에서 섹스 없이 보냈던 기나긴 밤처럼 다정하고 친밀하면서도 약간은 어색하기도 한 밤들이었다.

섹스가 너무나도 좋아서, 결혼하면 매일 밤 수없이 섹스를 할 수 있다고 믿었던 20대의 나에게는 훗날을 다독이는 위안이 된 밤이기도 했다.

스무 살 많은
남자 친구

•   나에게는 스무 살가량 나이가 많은 남자친구
가 있다. 프랑스 유학 시절 전공 담당교수였고 한때의 기피 대
상이기도 했다. 학교에 입학하기 전, 영화 시사회에서 만난 그
의 첫인상은 좋지 않았다. 마흔을 훌쩍 넘긴 중년 남자가 20
대 여성들에게 눈길을 던지다니. 그것도 여러 명을 여기저기
서. 젊은 여성의 꽁무니를 뒤쫓아 다닌다는 말은 그의 명성에
주석처럼 달렸다. 문화의 차이인가 싶어 혼란스럽기도 했다.
다행히 그는 상대 여성에게 자신의 지위를 이용하여 호의를
강요하는 일은 없었다. 낯 뜨거운 과시도 없었다. 어떻게 아느
냐고? 주변 여성들 대부분이 한 번쯤은 그의 관심 대상이었기
때문이다. 여기저기 주고받은 정보에 따르면, 그는 손 한 번

잡으려 한 적도 없었고 무례한 행동을 저지른 적도 없었다. 끊임없는 찬사, 어쩌다 보내는 이메일이 전부였다. 호감을 느끼는 제자라고 해서 좋은 점수를 주는 일도 없었다. 수업 평가는 다른 교수들보다 까다로울 정도였다.

나는 그의 연락을 무시하기도 하고 딱 잘라 단 둘이 만날 의사가 없음을 밝히기도 했다. 다가오는 남성에 대한 거절의 표시였다. 거부 대상인 그가 담당교수임을 의식할 만큼 부담스러운 상황은 발생하지 않았다. 그는 거절당한 남자답게 물러설 줄 알았다. 일정한 시간이 흐르면 예전 모습으로 돌아왔지만.

연정을 표시할 때 그는 나와 수평한 관계의 남성일 뿐이었다. 기꺼이 무릎을 꿇는 예찬자가 되었고 정중한 태도를 유지하는 일도 잊지 않았다. 한 번은 그가 초대한 시사회에 남자친구를 데려간 일이 있었다. 그는 젊고 건장한 나의 애인과 태연히 인사를 나눴지만, 그날 밤 이메일을 보내 자신의 신세를 가볍게 한탄했다. 당신이 어울리는 남자와 사귀는 것은 당연한 일이라고, 하지만 쓸쓸한 감정은 어쩔 수가 없노라고. 그에게는 나 말고도 또 다른 몇 명의 여자가 있었다. 그는 그녀들의 젊음과 아름다움을 아낌없이 예찬하고 거듭되는 거절에도 풀이 죽지 않았다. 어쩌면 그 모든 유혹의 과정이 그의 삶 속 에너지의 원천이었는지도 모른다. 아름다움에 감탄하고 경배를 보내는 일은 그에게는 당연한, 세상을 향한 감사인 듯도 했다.

　본격적으로 논문을 준비하며 목요일마다 그의 수업을 들었다. 그는 내게 제안을 했다. 목요일마다 점심을 먹자는 것이었다. 함께 있는 동안 논문에 대해 이야기를 나누기로 했지만, 차츰 사적인 대화가 끼어들었다. 그는 꽤나 현명한 인생의 선배였고 적절한 조언자였다. 따스한 위로를 줄 때도 있었다. 가난한 유학생에게 선생님은 학교 근처 식당들을 순회하며 점심을 사주었다. 식사를 마치고 카페에서 커피를 마시고 함께 학교로 걸어 들어가는 일은 목요일 오후의 일상이 되었다.

　유독 기억나는 오후가 있다. 보슬비가 내렸고 날씨는 쌀쌀해서 우리는 모두 외투를 입고 있었다. 내가 처음으로 어느 잡지에 글을 싣게 되었다는 것을 알고 그는 그 책을 꼭 가져와 보여 달라고 했다. 작은 꼭지에 불과하다고 거듭 강조했음에도, 시작은 마땅히 축하받아야 하는 일이라고 그는 우겼다. 한글을 읽지도 못하는 외국인이 내 손가락이 가리키는 지면을 바라보며 내 이름을 찾아내려 애썼다. 그의 권유에 따라 샴페인을 한 잔씩 마시기도 했다. 조금 알딸딸해진 상태로 거리를 나와 기분이 좀 좋아진 김에 그를 내 우산 밑으로 초대했다. 키가 매우 큰 선생님은 비를 맞는 것쯤은 아무렇지 않다고 사양하다가, 마침내 내 우산을 받아 쥐었다. 함께 조금 걷던 중

내가 팔에 끼고 있던 잡지를 땅에 떨어뜨렸다. 구정물이 튀겨 엉망이 된 책을 그는 부리나케 주워 들고는 외투 소매로 오물을 닦아냈다. 당황한 내가 그의 손에서 잡지를 뺏어내려고 하자 그가 말했다. 이건 당신의 첫 글이 실린 소중한 책이라고. 외투는 빨면 되니 걱정하지 말라고.

다음해 봄 그는 사랑하는 딸을 사고로 잃었다. 추락사였다. 아이는 즉사했다. 그는 그때 내게 자주 전화를 걸었다. 신에 대한 분노와 아이를 잃은 슬픔을 두서없이 털어놓는 허약한 사내의 목소리가 수화기 저편에서 들렸다. 조용히 듣는 것밖에 할 수 있는 일이 없었다. 흐드러진 슬픔의 봄이 지나고 여름이 왔다. 방학을 맞아 한국에 갔다 오는 길에 향을 사서 그에게 전했다. 며칠 뒤 긴 이메일이 왔다. 매일 아침이면 향불을 피워놓고 기도를 올린다고. 죽은 딸아이의 얼굴이 연기처럼 떠오른다고. 그런데 자꾸만 딸아이 얼굴에 당신의 얼굴이 겹쳐 보인다고. 그 뒤로 나를 대하는 태도가 달라졌다. 철없는 소년의 모습에서 어른의 모습으로. 예전에 종종 보이던 가벼운 질투 같은 것도 말끔히 사라졌다.

그리고 몇 년 뒤 그는 아름다운 이국의 여성을 아내로 맞았다. 그녀는 나보다도 다섯 살이 어렸다. 소식을 들었을 때

나는 두 아이의 엄마가 되어 미국 땅에 살고 있었다. 여전했을 그의 모습이 떠올라서 웃음이 났다. 안도의 웃음이기도 했다. 그의 존재방식은 끊임없이 아름다운 것을 발견하고 예찬하는 일이었다. 그러므로 나는 그가 유혹에 실패했는지 아닌지 판가름할 수 없다. 나는 수많은 여성 중 조금 특별하지만 아주 특별한 존재는 아니었고, 그는 거기에 걸맞은 유혹을 걸어왔을 뿐이다. 그는 딱 그만큼의 유혹으로 다가왔으나 '그만큼'에 정성을 다했고 나는 내 식으로 '그만큼'의 유혹에 응답했다. 차츰 서로에게 마음을 열고 어느덧 슬픔을 나누는 행위까지 이어졌다. 우정이 탄생했다. 그가 시도했던 각각의 유혹은 특별했고 유일했다고 믿는다. 다만 아내가 된 단 한 명의 그녀에게 그 특별함은 지극했으리라 짐작한다.

유혹은 종종 모럴을 무시하고 그 경계를 위태롭게 움직이는 행위이다. 아니, 애초에 금기를 넘나들고 경계를 위협하는 성질을 품고 있다고 할까. 인간 대 인간의 매력이 오가는 자리가 안정적일 수는 없다. 지나친 안전함의 추구가 우리를 서로에게 둔감하게 만들기도 한다. 존재와 존재의 만남은 '떨림'인데, 우리는 자주 그 떨림을 잊거나 인지조차 못한다. 만남의 감수성에 둔해졌기 때문이다. 유혹은 그 떨림을 인지하고 때로는 증폭하고 의미 있게 만들려는, 정성을 다하는 행위이다.

나와 상대, 그리고 우리가 함께 공존하는 현재를 위해서.

밀란 쿤데라는《소설의 기술》에서 지식의 진보, 문명의 발달과 함께 단순한 사물이 되어버린 인간을 언급한다. 그리고 구체적 존재로서 잊힌 그들을 발견하는 데 소설의 가치가 있다고 말한다. "앎이야말로 소설의 유일한 모럴인 것이다." 나는 여기서 소설 대신 유혹이란 단어를 집어넣는다. 구체적 존재로서 상대를 발견하고 탐색하고 알아가는 것, 그것이 유혹의 유일한 모럴이라고. 그러나 살아 있는 눈앞의 인간을 발견하는 유혹의 행위에는 까다로운 조건들이 전제된다. 섬세하고 예민하고 위태로운 것은 유혹의 감각뿐만이 아니다. 유혹의 존재 또한 그러하다. 유혹은 금세 유혹이 아닌 것이 될 위험을 내포하고 있기 때문이다.

성공하든 실패하든, 사회의 관습을 존중하든 넘어서든, 돈과 지위와 젊음과 아름다움의 지원을 받든 받지 아니하든, 상대를 향한 강요나 압박은 일어나지 않아야 한다. 희롱이 되지 않기 위해서는 상대의 욕망을 배려하고 존중하며, 관계를 수평적으로 인식해야 한다. 권력을 통해 누릴 수 있는 욕망에 길들여지는 순간 채울수록 더 넓어지는 결핍의 노예가 된다. 특별한 개인으로서의 인간은 지워지고 아귀 같은 공허만 남는다. 나는 더 알고 싶고 남김없이 빠져들고 싶은 상대 앞에 설

때마다 두려웠다. 나의 존재에 대해 확신할 수 없었고 이는 나를 겸손하게 만들었다. 매혹 앞에서 나는 당신의 처분을 기다리는, 한없이 미약한 존재가 되기도 한다. 그리고 그것이야말로 매혹의 신비이다. 그토록 강력한 척 무장했던 나를 해제하는 것, 상대의 반응에 예민해질 만큼 섬세하고 나약해지는 것이다. 젊고 아름다운 아내 앞에 한없이 나약해졌을 한 남자의 모습을 상상한다. 그는 적어도 아낌없이 낮아질 수 있는 사람이었다. 그것이 용기라는 것을 이제는 안다.

지난가을, 어느 영화제에서 우리는 다시 만나 차를 나눴다. "선생님, 이제 저도 마흔이에요"라고 운을 띄우자 그는 "아, 이런. 나는 어느새 예순입니다"라고 대답했다. 더는 말이 필요 없었다. 우리는 서로를 마주보며 웃음을 터뜨렸다. 조금은 쓸쓸했으나 그 쓸쓸함이 넉넉했다. 바닷바람은 온화했고 햇살은 눈부셨고 그 풍경에 깃든 조화에 감사의 마음이 들었다. 태양은 언제나 저렇게 자신의 존재를 다해 빛을 비추고 바람은 기압의 차를 따라 움직이고 파도는 달의 부름을 따라 달려가고 나와 그는 마음을 다해 웃는다. 우리는 이제 정성을 다하는 법이란 존재를 함께 누리는 일이라는 걸 어렴풋이 깨닫는다. 그는 그답게 빛나고 있었고 나 역시 그러했기를 바란다. 적어도 나는 행복했고 그 행복함에 편안했으니.

익숙한
품에는
서글픈
위로가 있다

·   연애는 피로하다. 연애는 가파르다. 연애에서
벗어나는 순간이면 안도감을 느끼기도 했다. 압도적 관계가
마무리되면 허탈한 자유도 찾아왔다. 가장 위험한 관계는 모
든 것을 내어줄 듯 사랑했던 관계가 아니었다. 그런 관계는 지
긋지긋함도 수반하기에 끝난 순간 해방의 쾌락도 컸다. 아쉽
듯 위태로운 듯 얼떨결에 이어졌던 관계일수록 미련이 많아
정리가 쉽지 않았다. 모호함은 관계를 끝내는 데 가장 큰 장애
요소였다. 모호함은 관계를 비틀거리게도 했지만, 그처럼 강
력한 환각제를 끊기란 쉽지 않았다.

   20대의 마지막 절반을 친구도 연인도 아닌 사람과 함께

보냈다. 그대로 익숙해져서 헤어지자는 말을 꺼내는 것조차 어색했던 관계였다. 서로의 존재에 남김없이 매료되었지만, 연인으로 남는 데에는 실패했다. 상대를 지나치게 많이 알고 있다고 생각했다. 덕분에 서둘러 짐작하고, 구체적 진실을 묻는 데에 소홀했다. 자주 오해했고 미리 상처받았다. 친구인 편이 낫다는 결론이 물 흐르듯 찾아왔다. 친구라는 거리감은 우리를 자유롭게 했고 둘 사이에 형성된 공범의식은 짜릿했다. 매력적인 청년이 은밀히 들려주는 그녀들의 어리석음은 나를 우쭐하게 했다. 그와 느긋한 저녁을 보내다가 얼마 전 헤어진 연인을 마주치는 날도 있었다. 설명조차 필요 없이 그는 나의 옛 관계를 바로 알아차렸다.

"저 남자, 여전히 너를 좋아하는 것 같은데?"
그의 속삭임은 악마의 혀끝처럼 귓가를 맴돌았다.

그런 관계에도 이별은 찾아왔다. 격렬하지 않았지만, 끝을 알리는 순간만큼은 명징했다. 관계 속 길을 잃는 피로함이 혼돈의 매혹을 넘어섰고 더는 소진할 것이 남아 있지 않았다. 그는 이별의 순간까지 알 수 없는 사람이었다. 미처 서른을 넘기지 않았던 그 시절의 나는 그를 둘러싼 모호함에 나의 이상을 채워넣곤 했다. 그를 대체할 누군가는 상상할 수 없었다. 그리고 당시 한 모임을 통해 알게 된 언니를 만나 식사를 하던 중 그의 이야기를 꺼냈다. 그녀는 나보다 열다섯 살가량이 많았고 마흔에 첫 아이를 낳은 뒤였다. 막 끝낸 연애의 서사를 풀어놓기 버거웠던 나는 듬성듬성 성긴 고리만 던져놓았다.

"4년 정도 사귀었다 말았다가 반복했던 사람인데 이제야 온전히 헤어졌어요."

"그리 집중했던 관계도 아닌데 좀 허탈하네요."

이런 식으로 말이다. 띄엄띄엄 이어지는 나의 이야기에 그녀는 정갈하고 차분한 말투로 대답했다.

"사랑은 또 찾아와요. 오지 않을 것 같은 순간에도 불현듯 찾아와요."

그녀의 말은 아득했으나 서글프도록 단단했다.

아마도 가장 준비되지 않았을 순간을 틈타 새로운 사랑이 찾아왔던 것 같다. 도망치는 대신 획 방향을 돌려 그 사랑에 뛰어들었다. 아무것도 따져보지 않고 조금도 모호하지 않게. 사랑이 선언이 되고 10년이 넘는 한 시절이 되고 책임이 되고 결과를 낳았다. 가끔은 나는 그 관계가 모호했으면 좋겠다고 생각했다. 그럼에도 현실은 지나치게 명료했다. 나는 한 남자의 아내로 10년을 넘게 살았다. 두 아이를 낳았다. 그럭저럭 행복하다고 정의하며 흥분과 설렘을 안정과 평안으로 대체했다. 격렬했던 욕망은 어느덧 일상 속 흐릿한 풍경이 되었다. 욕망의 풍경은 점차 사라질 듯 원경으로 파묻히고 나는 액자를 열고 그림을 빼내는 상상을 했다. 새로이 채색을 할까. 다른 그림을 걸어넣는다면 어떨까.

결혼은 종종 견디는 시간으로 채워졌다. 미리 패배하는 것이기도 했다. 그것이 은근한 항복이기를 원했으나 나는 마침내 당신 발밑에 무릎을 꿇었다. 아니, 여기서 더 명백해질 수 있다. 내가 꿇은 발밑은 당신이 아니라 결혼이었다고.

결혼 11년 차의 발렌타인데이었다. 남편과 예약된 레스토랑으로 가는 길이었다. 메일이 왔음을 알리는 벨 소리에 습관적으로 스마트폰 커버를 열었다. 익숙한 이름, 그러나 당장은 어색할 수밖에 없는, 한때 애인이었다가 몇 년을 애인과 친구 사이를 맴돌며 지냈던 그 사람의 이름이었다. 남편을 옆에 두고 메일을 읽기에는 지나치게 노골적이었다. 몇 년 만에 뜬금없이 보낸 메일이라는 점을 고려했을 때 더욱 당황스러웠다. 그는 자신의 무례함이, 결혼한 옛 애인에게 아무런 맥락 없이 낯 뜨거운 메일을 보내는 일이, 용인될 거라고 확신하겠지. 뻔뻔한 녀석. 그럼에도 그라는 인간을 너무 잘 알아서 피식 웃고 마는 건 여전히 남아 있는 관성 탓일까. 내 안에는 그만을 특별히 용서하는 기관이 어디선가 자리 잡아 필요할 때면 활동을 시작하는지도 모른다.

그러고 보면 한 남자를 만나 익숙해지고 사랑을 하고 미움마저 지나간 자리에 남는 것은 애증을 넘어선 용서의 흔적기관이다. 존재 전체를 뒤흔들지 않아도 될 만큼 가볍게 손을 털듯 당신을 용서하는 데에 익숙해지는 것. 그것은 일종의 쾌감을 동반하기도 한다. 네가 아무리 나를 뒤흔들려고 애를 써도 나는 쉽게 움직이지 않는다. 오히려 적당히 자극적인 선물이 된다. 여전히 매혹적이리라 예상되는 상대에게 하룻밤의 판타지가 된다는 건 딱히 나쁘지 않은 감정이니까.

나의 아름다운 옛 연인에게.

어젯밤 꿈에 또 네가 나왔어. 우리는 끝도 없이 이야기를 나누었지. 빨려들듯 서로의 이야기 속을 헤매다가 문득 네가 내게로 다가오기 시작했어. 네 입술이 내 입술을 훑고 어느새 네 몸은 나를 남김없이 빨아들였지. 너무 달콤해서 저항할 수가 없는, 생생하다 못해 고통스러운 감각이었지. 그렇게 절정에 도달하려는 순간 눈을 뜨고 만 거야. 몸이 차츰 현실의 감각으로 돌아오는데도 그 강렬한 쾌락의 감촉은 떠날 기미를 보이지 않더군. 터질 것 같은 아찔함 속에 가만히 눈을 감고 오래전의 네 몸을 주문을 외우듯 불러내었지.

어때? 너도 가끔 이런 꿈을 꾸니?

모두가 잠든 밤, 아래층 내 방으로 내려갔다. 책상 위 컴퓨터를 켜고 그의 메일을 다시 한 번 읽어봤다. 까맣게 잊혔던 감각이 색깔을 입고 형태를 갖춰가고 어느덧 눈앞에 나타날 듯 어른거렸다. 상처를 기억하는 본능처럼 쾌락의 본능 또한 비슷하게 반응한다. 희미해지더라도 유령처럼 되돌아온다. 돌아온 유령은 보내주는 편이 낫다. 그래야 다시 돌아오므로. 일상이 되지 않은 사랑이 하나쯤은 남아 있어 다행이라고 생각한다. 불현듯 내 삶의 풍경이 선명한 색깔을 덧입는다. 키보드의 삭제 버튼을 누른다. 이제는 누구도 내게 사랑은 또 찾아온다고 말해주지 않는다. 그러나 누군가 지나간 사랑에 절망하고 있다면 오래전 그녀처럼 비슷한 말을 전해줄 것임을 안다. 다만 사랑과 사랑 사이에 반드시 절망만이 자리 잡는다고 생각하지 않을 뿐이다. 지난 주말 남편과의 외출은 편안했고 그의 손은 따뜻했다. 잠시 찾아온 살랑였던 마음도 어디론가 떠나가는 중이었다. 사랑에도 욕망에도 여러 빛깔과 농도가 있다. 의식하지 않는 순간조차 풍경은 변화한다. 비가 오고 바람이 불고 햇살이 쏟아지는 날이 이어지는 것은 어색하지 않다. 삶의 리듬을 타고 현재를 산다. 삶은 예보로 이어지지 않는다. 그리하여 미리 절망하지 않는다.

남편이여, 나는 언젠가 당신을 다시 뜨겁게 욕망할 수 있을까. 오래전 가장 사랑했던 남자여. 함께 보낸 세월을 여전히 믿게 하는 그대여. 다시 침실 문을 열고 들어간다. 침대에는 그가 있다. 익숙한 품에는 서글픈 위로가 있다. 위안은 힘이 세다.

연애를 통해
모든 것을
바라지 않게
될 때

○　　　　　　　연애 중이라고 해도 상대의 정서적 보살핌이 항상 필
요한 것은 아니다. 정서적 충족과 감정적 의지는 다양한 관계 및 공동
체를 통해서 얻을 수 있다. 연인에게 너무 많은 것을 기대하지 않으려
면 적절한 집단들 속에서 원만한 관계를 맺는 편이 좋다. 세상과 사회
와 원활하게 연결되어 있을수록 한 사람과의 연애도 더 수월해진다. 결
핍이 적은 만큼 절박하지 않고 절박하지 않은 만큼 연애에 모든 것을
걸거나 기대하지 않는다. 원하는 모든 것이 한꺼번에 해결되는 관계는
없다. 섣부른 기대는 종종 폭력이 된다. 사람을 만나고 유혹하는 일은
절박하지 않고 적정의 온도를 유지할 때 수월해진다. 연애를 통해 모든
것이 해결되기를 바라지 않을 때야말로 연애가 가장 즐거워지는 순간
이다. 싱글로서의 삶도 만족스러워진다. 연애가 기쁨보다 고통이 되고

인생과 조화를 이루지 못한다면, 다음의 사항을 점검해보면 좋다.

1. 함께 성장할 수 있는 친구를 만들어라. 단, 한 명이 아닌 두어 명 이상을 각각 다른 집단으로부터 만들어라. 성장의 기쁨을 나누는 일은 인생을 풍요롭게 하고 행복의 원천을 삶으로부터 끌어내는 일이다. 타인으로부터 행복을 찾거나 의존하는 일을 막아주기도 한다.

2. 우정이든 사랑이든 배타성을 섣불리 요구하지 말라. 마음껏 사랑하되, 자신의 다면성은 물론 상대의 다면성 또한 인정해야 한다. 함께 성장할 수 있는 친구는 든든한 지원군이 될 것이다. 다양한 인간관계 역시 도움이 된다. 이를 위해서라도 세상으로 거듭 나아가야 한다.

3. 구원을 사람에게서 바라지 말라. 신도 못 이룬 구원을 왜 미약한 개인에게 원하는가.

4. 연애는 'All or nothing'의 문제가 아니다. 연애는 나의 일부분이 타인을 만나 영역을 확장하는 행위이다. 우리는 자신의 전부조차 알지 못한다. 상대방에게 전부를 요구하는 건 애초에 이길 수 없는 도박이다.

5. 함께 있는 사람으로 자신의 가치가 결정된다고 생각하지 말라. 나의 가치는 내가 만든다.

6. 연애는 삶의 일부이자 과정이다. 삶의 결론은 죽음밖에 없다. 연애를 통해 결론을 구하지 않는다.

7. 사람도 관계도 끊임없이 변화함을 잊지 않는다. 그 속에서 삶의

중심 역시 옮겨 다니기 마련이다. 지나치게 무게중심이 연애 쪽으로 이동했다고 생각되면, 의도적인 중심 이동이 필요하다. 내 삶의 중심을 타인의 처분에 내맡기지 않는다. 닻을 내리는 곳은 넓은 바다 속임을 잊지 말라.

8. 연애를 통해 매몰되지 말고 연애와 함께 삶의 영역을 확장해라. 노력해서 성취하고 발전하는 자신의 모습에 기뻐한다. 자신을 가슴 뛰게 하는 삶의 구체적 모습을 꿈꾸고 그에 맞는 자아상을 확립한다. 무력하게 머무는 자는 누구도 유혹할 수 없다. 나 자신마저 말이다. 자신을 사랑하고 끊임없이 유혹하라.

9. 행동을 하든 하지 않든 누군가는 나에 대해 근거 없고 부당한 평가를 내리기 마련이다. 차라리 행동하고 듣는 편이 덜 억울하다. 눈치 보지 말고 연애하라. 유혹하라.

제 5 부

마모되듯

· · · ·

이별이 온다

. . . . .

격렬한 이별은 차라리 추억이 된다.
심장을 도려내듯 아파도 명확한 자국을 남긴다.
살다 보면 우리가 경험하는 무수한 이별이란
슬며시 찾아와서 불현듯 깨달아지는 것이 대부분이다.
무너지듯 아파할 지점이 없다.
그냥 쓸쓸히 지나갈 뿐이다.

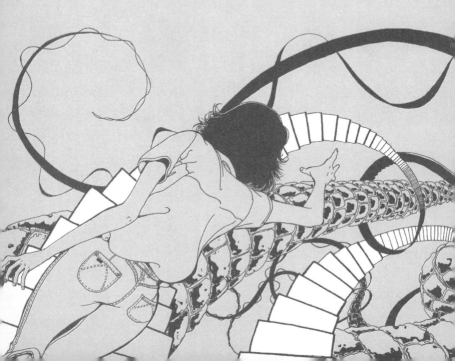

서 두 르 지
않 는 다

•　　　　　여러모로 운이 좋은 편이라고 생각하지만, 그
중에서도 가장 감사하게 생각하는 건 품성이 훌륭하고 영특
한 언니 밑에서 자란 것이다. 남을 배려하는 것이 일찍부터 몸
에 밴, 착하고 재주 많은 언니는 주위의 사랑을 듬뿍 받았다.
오만하게 굴기는커녕 겸손하게 행동하고 주변에 베푸는 일이
당연한 사람이기도 했다. 언니는 생김새도, 성정도, 잘하는 분
야도 나와 아주 달랐다. 개성이 다른 언니와 자라면서, 비교하
기보다는 서로를 인정하고 격려해주는 일이 당연해졌다. 섣
불리 경쟁하기보다는 칭찬하고 협력하는 편이 더 낫다는 것
을 언니와의 관계에서 배웠다. 이후로도 타인에 관한 빠른 인
정은 여러모로 유용했다. 내가 가지지 못한 능력을 가진 사람

이 있다면, 깨끗이 받아들이고 상대를 응원하는 편이 좋았다. 그 빛남을 진심으로 즐기고 좋아해주다 보면 나 역시 빛을 덧입고 당당해졌다. 기대보다 부족하게 느껴지는 타인의 사랑을 두고도, 비난하기 전에 상대의 다름을 수용하고 넘어가려고 애썼다. 그럴 수도 있다고, 당신은 나와 다르니 나의 기대를 벗어나는 것은 어쩌면 당연하다고.

하지만 몸과 마음이 마비될 만큼 좋아지는 상대를 만나서는 단 한 번도 보지 못한 내 모습을 발견하고 말았다. 가장 놀란 것은 누구보다 나 자신이었다. 쉽게 기대하고 스스로 다치고 지나치게 분노하는 내 모습이 낯설었다. 질투하고 의심하다 지레 지쳐버리는 과정에서 관계의 고통이 즐거움을 압도하고 있음을 깨달았다. 변해야 했지만, 어디서부터인지 알 수 없었다. 화낸 아이를 달래는 엄마의 모습을 보며 생각했다. 그래, 나도 스스로를 아이처럼 달래보자. 그 뒤부터 섣불리 상처받기 전에 집중한 것은 '나의 마음'이었다. 서투른 짐작과 기대는 손쉬운 의심과 실망을 낳았다. 상대의 마음을 배려하는 것이 아니라 쫓고 점검하는 일은 그만두는 편이 좋았다. 대신 나의 마음에 집중하다 보면 많은 것이 평안해졌다. 아이를 달래는 엄마처럼 나를 달래며, 나의 마음에 공감의 포용과 격려의 토닥임을 건네주었다. 누군가 좋아진다면, 상대방이 나를 더 좋아하는가 아닌가보다는, 내가 그를 좋아하는가 아닌가를, 좋아한다면 어떻게 좋아할 것인가를 더 고민했다. 그리고 그 고민은 지난한 머무름이기보다는 신속한 판단과 결심으로 이어졌다. 머뭇거리는 마음은 길을 더 쉽게 잃기에 고민은 기한을 정해놓고 했다.

　나는 당신이 좋다. 그러므로 당신에게로 향하는 그 길로 들어서겠다. 물론 당신이 원하지 않는다면 그 역시 받아들이겠다는 조건하에서. 거절의 두려움은 거부당할 때 잠깐 부끄럽고 마는 것이다. 그래도 사랑이 표면에 드러나 출렁이는 순간, 당신에게 조금은 긍정적인 에너지를 전달하고 싶었다. 불쾌하지 않게, 나만의 창조적이고 달콤한 방식으로.

　질투의 순간이 찾아오면 제일 먼저 나를 위로했다. 상대를 탓하기보다 나를 위로하고 달래는 것이 시급했다. 적어도 나에게만큼은, 가장 사랑받을 만한 녀석인 나를, 당장 그대가 가장 사랑하지 않는다고 해서 한탄하지 않았다. 내 마음도 이리 흔들리는데 어찌 네 마음이 흔들리지 않겠는가. 언젠가, 우리의 마음이 가장 눈부신 형태로, 가장 놀라운 자리에서 만날 날이 올지 모른다. 어차피 그 순간을, 그 형태를 짐작하려 하는 것은 당장 도움이 되지 못한다. 그러므로 인정한다. 내가 답을 알 수 없는 것은 모조리 삶에 맡긴다. 언젠가 삶이 내게, 뜻밖의 순간 답을 전해줄 것이다.

　한때 열렬했던 연인이 며칠에 걸쳐 아무런 소식을 전하지 않았다. 궁금해서 연락했더니, 다음과 같이 사과했다.

"정말 정신없이 바빴어요. 연락 못 해서 미안해요."

웃으며 대답했다.

"걱정 마세요. 많이 바쁜가보다 생각했어요. 나처럼 사랑스러운 연인을 보지 못하고 일만 해야 했으니 얼마나 힘들고 바빴겠어요."

그가 크게 웃었다. 그의 바쁨은 아주 복잡한 결을 지니고 있었을지도 모른다. 새로운 연인이 생겼을지도 모르고 인생에서 뜻밖의 고비를 헤쳐나가야 했는지도 모른다. 나는 그것을 애써 파헤치지는 않는다. 당신이 내게 말을 하지 않는다면, 그 역시 충분하다. 그래도 아픈 가슴은 어쩔 수 없다. 당신이 그립고 궁금하고 왜 내가 퍼붓는 사랑만큼의 보답이 없을까 서운하기도 하다. 그러나 그런 자리는 지루하다. 그러니까 잊고 일어선다. 나는 적어도 내가 가장 사랑하는 여자이다. 언젠가 이 마음은 편안하고 아늑한 사랑의 자리를 찾아갈 것이다. 서두르지 않는다.

우 리 는
공 중 누 각 을
짓 기 로
했 다

　•　　　　1980년대 어느 광고 음악에 관하여 희미하게
기억하는 도시 전설이 있다. 배경 음악이 금지곡이 되었다는
데, 그 사연이 특이했다. '웰컴 투 마이 월드'라는 제목이 암시
하듯, 듣는 사람을 유혹해 천국으로 안내하는 곡이라는 이야
기였다. 물론 그것은 선풍기를 틀어놓고 자면 죽는다는 괴담
처럼 근거 없는 이야기였다. 다만 원곡을 부른 짐 리브스가 이
노래를 마지막 히트곡으로 남긴 채 비행기 사고로 유명을 달
리했다는 뒷이야기는 야릇한 감상을 자아낸다. 마태복음 7장
7절을 배열만 바꿔서 인용한 뒤 근심 걱정은 버린 채 당신을
마음에 두고 세운 세상으로 들어오라는 가사가 반복되는데,
단순하고 몽환적인 멜로디가 주술처럼 아름다워 불길하기까

지 하다.

두드리면 문이 열릴 거예요

찾으면 발견할 거고요

구하면 얻을 거랍니다

나의 이 세계로 들어오는 열쇠를 말이에요

나 여기서 기다립니다

활짝 팔을 젖히고서

오직 그대만을 위해

Knock and the door will open

Seek and you will find

Ask and you'll be given

The key to this world of mine

I'll be waiting here

With my arms unfurled

Waiting just for you

— Welcome to my world, Jim Reeves

처음 국제선 비행기에 몸을 실은 것은 대학을 졸업한 해

/ 마모되듯 이별이 온다 /

여름이었다. 사랑하는 사람을 지상에 두고 마침내 하늘에 오른 뒤, 한동안은 눈물범벅이었다. 기약 없이 새로운 세상으로 떠나는 두려움과 그리운 얼굴을 오래도록 마주할 수 없으리라는 상실감에 압도되었다. 흐릿해진 시야로는 스크린에 맺힌 비행기 항로가 보였다. 간략해진 지구의 밑그림 위를 앙증맞은 비행기가 조금씩 이동했다. 다리를 쭉 펼 자리조차 없는 밀폐된 공간과 내가 이동하고 있다는 엄청난 거리와의 연관 관계가 믿어지지 않았다. 손목에 차고 있던 시계를 한국 시각에서 프랑스 시각으로 맞추어 놓으려다 중간쯤에서 바늘을 멈추어버렸다. 태어나서 처음으로, 공식적으로 어느 시간대에도 속하지 않는 셈 치자고 생각했다. 허공에 붕 떠서 끊임없이 지나가고만 있다는 느낌은 고통이라든가 불안 등의 감상으로 설명되는 것이 아니었다. 어느새 눈가가 말라버렸고 차츰 낯선 부유감에 나를 맡겼다. 파리에 도착하면 무언가 해결되리라 믿어보면서.

서울에 두고 온 연인과 공식적 이별을 한 것은 그로부터 1년 뒤였다. 한 사람을 5년 넘게 사귄 이후를 살아가는 일은 도무지 익숙해질 수 없는 상황의 연속이었다. 언제든 전화기를 들고 번호를 누르면 닿을 수 있던 사람이 갑자기 세상 저편에서 증발했다. 돌아갈 이유가 사라지니 내 몸은 조금 더 허공으로 붕 떠버린 기분이었다. 말을 타고 들판을 달리는 인디언들이 길을 멈추고 말의 속도를 따라잡지 못한 영혼을 기다려준다는 이야기가 생각났다. 하지만 말로 달려갈 수 없는 먼 공간과 시간을 비행기로 건너온 나는 어떻게 된 걸까? 기다림만으로는 따라잡을 수 없는 격차가 존재하는 것은 아닐까? 나도 모르게 스르르 분열되어버린 느낌 혹은 더는 어느 한 곳에 소속될 수 없을 것만 같은 불안, 어느 무엇도 나를 예전처럼 지상으로 굳건하게 끌어당기지 못한다는 중력의 상실감 같은 것이 찾아왔다. 돌아갈 수도 멈춰 서서 기다릴 수도 없을 만큼 너무 멀리 와버린 기분이었다. 적응될 수 없는 시차에 갇혀 서울이나 파리의 시간대도 아닌 어딘가에 시곗바늘처럼 멈춰 있는 느낌이기도 했다.

    그리고 그때 한 남자를 만났다. 무작정 들어선 도시 구석의 작은 영화관, 중간 자리에 몸을 파묻고 앉아 있는데 이미 시작한 영화의 화면을 가로질러 그가 도착했다. 나와 멀지 않은 좌석, 같은 열에 자리를 튼 남자를 두고 생각했다. 저토록 아름다운 남자는 멀리서 바라보는 편이 좋을 거야. 평면의 백색 스크린 위로 쏟아지는 빛의 환영처럼, 카메라 렌즈의 외눈박이 시선으로 재구성된 삼차원의 세상처럼.
    당시 영화관을 찾는 내 의식은 유령이 출몰하는 고성을

방문하는 여행자의 하룻밤과 비슷했다. 사랑과 복수와 죽음의 이야기를 매일 밤 되풀이하는 유령들과 한 시절을 보내다 보면 밤과 낮이 엉키고 이쪽의 삶과 저 너머의 시간이 경계를 풀고 흩어졌다. 휘몰아치는 총성을 뚫고 두 시간여를 지나 상영관을 나온 뒤, 놀랍게도 나를 기다리고 있었다는 극장 안 사나이와 마주쳤다. 잠시 이야기를 나눌 수 있느냐는 말을 선약이 있다는 말로 뿌리치고 나서는데, 그가 절박한 눈빛으로 말했다.

"나도 너처럼 이방인이야. 낯선 이에게 이야기를 나눌 수 있느냐고 묻는 것도 처음이고."

내 이름을 묻는 그에게 대답 대신 이름을 물었다. 내 연락처를 주는 대신 그의 연락처를 물었다. 이주일 뒤 나는 이사를 했고 짐을 혼자 정리했다. 전화선을 개통한 기념으로 누군가와 통화를 하고 싶었지만, 제일 먼저 떠오른 사람이 얼마 전 헤어진 연인이었다. 그에게 전화를 걸지 않기 위해 한참을 버티다가 미처 풀지 않은 가방을 뒤졌다. 그곳에는 까맣게 잊고 있던 극장 안 사나이의 전화번호가 있었다.

누군가에게 전화를 걸지 않기 위해 다른 이의 번호를 눌러본 경험이 있다. 그때였다. 어떻게 되든 상관없다는 심정이었다. 벨이 두 번 울리기도 전에 상대편 목소리가 들렸다. 바로 어제 일이라도 되는 듯, 극장에서 전화번호를 준 사람을 기억하느냐고 물었다. 우리는 한 시간 뒤 파리 14구의 카페에서 만날 약속을 잡았다. 함께 저녁을 먹었고 그가 얼마 전 주인과 안면을 텄다는 바를 찾았다. 그곳에서 그는 내게 흥미로운 제안을 했다.

"하늘에 누각을 짓는다는 표현을 아니? 무너질 것을 뻔히 알면서도 허공에 기반을 두고 헛된 일을 시도한다는 말이야."

그는 뉴욕에서 박사과정을 밟고 있는 학생이었다. 방학을 맞아 3개월 예정으로 파리 체류를 결정했는데, 그 이유 중 하나는 헤어진 연인과의 이별을 완수하기 위해서였다. 각각 5년과 3년이라는 시간을 함께 보낸 연인을 각자의 고국에 두고 우리는 파리에서 공중누각을 짓기로 했다. 3개월이라는 제한된 시간이 있다. 그는 떠날 것이다. 어쩌면 더 고통스러운 이별을 맞이할지 모른다. 그러나 그 고통은 반드시 예정된 것이 아니니, 걱정은 3개월 뒤로 미뤄두기로 했다. 우리는 리스트를 만들었다. 여행자의 리스트를. 파리라는 도시의, 그리고 기약할 수 없으나 끝날 것이 분명한 삶의 방문자로서의 리스트를. 매일같이 우리는 그 리스트 중 무언가를 시도했다. 완수할 때도 있었지만 그렇지 못할 때도 있었다. 하지만 정성을 다했다. 함께 있는 시간에, 서로에게, 우리의 리스트에. 때로는 평범한 연인처럼 질투와 의심에 휩쓸려 다투기도 했고 뜬눈으로 밤을 새우기도 했다. 다툰 다음날 아침 그의 전화를 받고 아파트를 뛰쳐나왔다. 만나기로 한 장소 근처 지하도 계단 끝에 올라서자마자 광장 저편에서 긴 팔을 활짝 펴고 우뚝 서 있는 그의 모습을 발견했다. 나를 위해 열린 팔, 나를 마음에 두고 지은 누각. 비록 언젠가는 무너지겠지만, 나는 그곳을 향해 달려갔다.

돌이켜보면 내 인생에서 가장 행복한 시절 한 조각을 그와 함께 보냈다. 우리는 곧 사라질 것이 명백해 더욱 매혹적인 연인 역할에 충실했다. 내가 될 수 있는 가장 매력적인 여자가 되어 누군가의 앞에 서는 일은 즐거웠다. 부단히 그의 마음을 읽고 상상하고 그것을 맞추고 가끔은 넘어서고 의외의 즐거움을 끌어들였다. 그 역시 두 팔을 활짝 연 채, 새로운 세계의 문을 여는 열쇠를 건네주었다. 그의 노랫소리에 홀려 기꺼이 문을 열고 들어갔다. 한여름의 독립기념일, 축제의 불꽃이 쏟아지던 밤, 그와 함께 넘치는 인파 속을 흘러가며 생각했다. 무너지는 것조차 황홀하구나. 너와 내가 지은 천공의 누각도 저 불꽃처럼 산산이 부서져서 아름다울 테구나. 정중한 두드림으로 문을 열고 들어가 마지막 역시 정중한 몸짓의 인사와 함께 마감했다. 이별의 가장 정중한 몸짓은 때로 한바탕의 흐느낌이 되기도 한다. 그와 헤어진 곳은 공항이었다. 이번에는 내가 지상에 남고 그가 창공을 가로질러 떠나갔다. 그가 떠난 도시 구석마다 미처 따라잡지 못하거나 떠나보내지 못한 그의 조각들과 마주쳤다. 생각만큼 고통스럽지는 않았다.

"설령 공중누각을 쌓아올렸다고 해도 모든 것이 허사로 돌아가는 것은 아니다. 그곳이 누각이 있어야 할 곳이다."* 헨리 데이비드 소로의 구절을 읽은 것은 그 여름을 보낸 후 수년이 흐른 뒤였다. "이제 누각 아래로 기초를 쌓아올릴 때"라는 다음 구절보다는 누각이 있어야 할 자리는 공중이라는 말에 머물렀다. 여전히 나는 남김없이 무너지고 낭비되는 것의 아름다움에 설득된다. 유혹은 낭비되는 아름다움이다. 혹은 낭비되고 낭비하여 아름답다.

• 《월든》, 헨리 데이비드 소로 지음, 홍지수 옮김, 펭귄클래식코리아, 2010.

지 구 의
탑 승 자 들

•   남성이 사정할 때 나오는 정액의 속도가 시속 45킬로미터라는 기사를 읽는다. 시속 45킬로미터의 속도로 멋지게 날아가는 정자의 모습을 머릿속에 그려본다. 연이어 무너질 듯 빠르게 진동하는 여자의 몸을 떠올린다. 멋진 조합이라는 생각을 한다. 자발적으로 경계를 허물고 무너뜨리는 행위에서 우리는 지극한 쾌락과 조우한다. 만일 운 좋게 수정란이 만들어진다면, 난관을 거쳐 자궁에 이르는 여정이 시작될 것이다.

그리고 여기, 빛의 절반 속도로 이동하는 우주선이 있다. 지구를 떠나 새로운 식민 행성에 정착하기를 결심한 5,000명의 사람들이 동면 장치에 잠들어 있다. 120년이라는 운행 시간을 견디기 위해 탑승자들은 냉동 상태를 감내해야 한다. 하지만 4,999명의 잠든 사람을 뒤로 하고 누군가는 깨어난다. 우주선 작동을 총괄하는 시스템은 애초에 헤아리지 못한 오류에 대응할 방법을 알지 못한다. 다시 동면에 들어가기 위해 온갖 방법을 시도한 끝에 그가 알아낸 것은 동면을 해제하는 방법뿐이었다. 이제 38세의 실버 클래스 승객 제임스는 거대한 우주선 속 인공도시에서 서서히 늙어가야 할 운명을 받아들여야만 한다. 지구를 떠난 지는 30년이 지났고 목적지까지는 90년의 여정이 남아 있다. 그는 홀로 우주선에서 일생을 마감하게 될 것이다.

무의미한 생존의 나날이 이어지던 중 그는 사랑에 빠진다. 수천 개의 동면장치 속 한 명의 여성에게. 결여가 절대적일수록 만남은 강렬해진다. 의미 또한 벼락처럼 쏟아진다. 우연은 필연이 된다. 차갑게 잠들어 있는 수많은 그녀들 중 단 한 명을 만난 것이다. 적어도 그에게는, 마주침이었고 압도적 이끌림이었다. 수많은 선택 가능성 중 최상의 상품을 쇼핑하듯 고른 것이 아니라, 어느 우연한 날 날씨가 바뀌고 갑자기 쏟아지는 비에 쫄딱 젖어버리듯, 몰아치는 회오리바람 속에 통째로 빨려 들어가듯. 그녀는 이제부터 고유명사가 된다. 대체될 수 없는 바로 그 '여자'이다. 그는 우주선 내의 도서관과 영상자료실을 뒤져 그녀에 관한 모든 자료를 찾아낸다. 골드 클래스 승객인 그녀의 이름은 오로라, 직업은 작가이다. 그녀의 인터뷰와 저작들을 접하면서 그는 그녀에게 더 깊이 빠져든다. 이제 그가 대면한 것은 끝을 알 수 없는 고독이 아니라, 상대를 더 알고 느끼고 사랑하기 위해, 자신의 존재를 드러내고 인정받기 위해, 앞으로 90년을 더 잠들어 있어야 할 그녀를 깨우고 싶다는 유혹이다. 그가 그녀를 깨운다 해도 그녀가 그에게 사랑을 느끼리라는 보장은 없다. 확실한 것은, 그는 그녀에게 또 하나의 고독한 죽음을 안기리라는 것, 우주의 적막한 공간 속의 속절없는 늙음의 시간을 부과하리라는 것, 그리고 120년의 동면을 치를 만큼 소중했던 또 다른 꿈을 말살시키리라는 것뿐.

1년이 흐른다. 마침내 유혹에 굴복한 사내는 여자를 깨운다. 그들은 서서히 사랑에 빠진다. 우주선에 남은 단 두 사람으로서의 어쩔 수 없는 선택이 아닌, 만남이 있었고 설렘의 순간과 운명적 조우라고 느낄 만큼의 강렬한 매혹이 일어났다. 함께 탈출을 모색하던 그들은 그 불가능 앞에 그들만의 세상을 설계하는 것으로 대답한다. 그러나 완전한 낙원은 없다. 그에게는 그녀에게 밝힐 수 없는 비밀이 있다. 그는 그녀에게 광활한 우주 속 탑승자로서의 삶과 죽음을 동시에 선물했다. 도착은 없고 이동만 있는 삶. 그리고 언제나 그렇듯 이야기 속 비밀은 밝혀지기 마련이다. 두 사람은 죽음보다 더 큰 고통과 대면한다. 내가 가장 사랑하는 사람은 내게 가장 큰 고통을 준 사람이라는 진실을. 내가 가장 사랑하는 사람은 내게 가장 큰 죄책감을 불러일으키는 존재라는 사실을.

이는 10여 년 전에 쓰인 존 스파이츠의 시나리오《탑승자들》의 전반부를 요약한 내용이다. 할리우드의 대형 제작사들의 관심을 받았음에도 우주선 내부만을 배경으로 하는 영화는 흥행에 참패한다는 당시 경향을 고려한 끝에 프로젝트는 사장되었다. 이와 같은 징크스는 2013년에 개봉하여 전 세계적 흥행을 거둔 알폰소 쿠아론 감독의 〈그래비티〉에 의해 깨졌고, 이 시나리오는 조만간 영화화될 예정이라고 한다.

그리고 여기 21세기의 광활한 인터넷 공간에서 한 여자가 한 남자를 발견한다. 뉴욕에 사는 그녀는 서울에 사는 그 남자를 '내일의 남자'라고 불렀다. 두 도시에는 14시간의 시간차가 존재했고 대체로 그녀가 그를 떠올리는 저녁이면 그의 시각은 다음날 아침이었다. 그녀는 그에게 어제의 여자였다. 달력상으로는.

SNS 공간을 채우는 수많은 얼굴 중에서 왜 그에게 호기심을 느꼈는지는 자신도 이해할 수 없었다. 누군가에 들킬까 조마조마한 마음으로 그의 글을 찾아 읽었다. 검색엔진에 그의 이름을 돌려보고 수많은 사진 속에서 그의 얼굴을 찾아내며 조금씩 더 가까워지는 기분에 빠져들었다. 자신의 고독이 만든 환상이자 욕구의 투영에 불과하다고 생각하면서도 저 멀리 내일을 살아가는 남자의 존재는 하루가 다르게 자랐다. 그리고 어느 봄날의 새벽 세 시, 두 사람이 함께 같은 날을 살아가는 그때 그 순간, 그녀는 인터넷의 창을 활짝 열고 그를 불렀다. 사무실에서 깜박 잠이 들었던 그는 메시지 전송 알림 소리에 눈을 떴다. 메시지 창을 열어보니 낯선 여자의 얼굴이 걸려 있었다. 그녀는 몇 달에 걸쳐 쌓아온 그에 대한 정보를 가지고 있었지만, 이제 막 알게 된 듯 태연함을 연기했다. 대화는 그녀의 직관과 두 사람의 공통 취향 덕택에 매끄럽게 진행되는 것만 같았다.

그해 여름 그녀가 한국을 방문했을 때는 한창 장마가 몰아치던 무렵이었다. 비가 그쳐 먹구름 사이로 해가 살짝 얼굴을 내밀던 순간 두 사람은 처음 만났다. 그녀는 10센티미터가 넘는 굽의 새 구두를 신고 나갔는데, 길들여지지 않은 탓에 자꾸만 왼쪽 발이 빠져나왔다. 숙소로 돌아가 굽 낮은 신발을 챙겨오느라, 약속 시간에 5분 정도 늦고 말았다. 그가 마음에 든다면 신발을 갈아신고 함께 거리를 걸어봐도 좋으리라 생각했다. 그리고 그를 만난 지 한 시간도 지나지 않아 가방 속 단화를 꺼내 신었다. 그가 화장실에 간 사이를 틈타서였다. 저녁 식사를 마치고 나왔을 때 그녀는 보다 간편한 걸음으로 그에게 말할 수 있었다.

"같이 걸어요."

이제는 낯설어진 서울의 밤거리를 그와 함께 거닐었다. 우주의 한복판을 배회하듯 가슴 뛰는 일이었다. 낮도, 밤도, 새벽도, 어제도, 내일도 아무런 의미가 없어졌다. 그녀는 문득 이기 팝의 노래 '탑승자'를 떠올렸다. 우리는 기막히게 어울리는 이 순간의 승객이라고 생각했다. 그녀가 오래도록 그를 깨울 순간을 기다려왔다는 사실은 그녀의 가방 속 바꿔친 구두처럼 은밀한, 그 순간의 승차권과도 같았다. 그리고 대부분의 여행이 그렇듯 끝이 있었고 고통이 따라왔다.

사랑의 유혹은, 어쩌면 나를, 너를, 환희보다 더 큰 고통 속으로 깨워 넣는 일일 수도 있다. 그러나 이 긴 삶의 여행 속, 때로는 진부한 순간들로 흩어진 여정 속에 함께할 탑승자를 맞이하는 일이기도 하다. 나와 당신의 삶에 증인이 되고 서로의 목격자가 되는 것이다. 기꺼이 누군가를 내 옆자리에 앉히고 현재를 달려가는 일이다. 운이 좋으면 시나리오 《탑승자들》 속 연인처럼 초신성의 폭발 같은 장관이라든가, 어제의 여자와 내일의 남자처럼 한강변의 바람 속 어지럽게 흩어진 불빛을 함께 헤아리는 순간을 맞이할 수도 있다. 지구라는 행성은 어쩌면, 세포가 진화를 거듭하여 호모 에로스로 오기까지, 그리고 그 이후의 아득한 진화의 나날들을 싣고 갈 거대한 탈 것인지 모른다. 우리는 모두 지구의 승객들이다. 도달할 수 없는 곳을 향해 출발하여 도중에 사라질 수억의 정자 같기도 하지만. 그래도 여전히 시속 45킬로미터의 달려감은 그 자체만으로도 그럴 듯하다. 운 좋게 수정란이 되든 아니든 간에.

그 의
서 재 가
사 라 졌 다

•   그가 떠나고 난 후의 아침이면 그의 서재에서
느린 오전의 일상을 보냈다. 아파트 안은 소란한 거리의 배경
음이 소거된 듯 일순 고요해지는 곳이었다. 우리는 언제부터
인가 외출을 자주 하지 않았다. 나는 그 고요와 평온이 좋았
다. 너무 아늑해서 돌아가기 싫어질까 두려울 만큼. 언젠가는
무너질 균형 같아 불안할 만큼.

그와 사랑에 빠지면서 나는 말을 잃었다. 그의 부재는 내
입을 열게 하지만, 함께 있을 때면 아무 말도 필요치 않았다.
그가 없는 날이면 끊임없이 하고픈 말을 속삭였건만, 그의 앞
에 서면 오직 몸으로만 있고 싶었다. 악기처럼 소리를 내는
몸, 동물처럼 교미하는 몸, 그러다가 아득한 죽음으로 떨어져

무기체의 평온을 누리고 싶었다. 그와 함께 있는 동안 옷을 입을 일은 별로 없었기에, 잠시 몸을 덮었다가 스르륵 떨어지는 껍질처럼 옷을 걸쳤다. 알몸이 된 그의 팔을 베고 알몸이 되어 잠이 들었다. 노곤한 잠은 달고 깊었다. 헤아릴 수 없는 밤의 한복판에서 눈을 뜨기도 했다. 그의 감은 눈, 짙은 눈썹, 길고 높게 뻗은 코가 만나는 자리를 안개처럼 떠도는 주름을 보았다. 날씨가 변하듯 달라지는 하늘을 바라보듯 그의 얼굴을 헤아렸다.

가끔 그는, 아침 일찍 침대를 나서며 속삭이기도 했다.
"아침 같이 먹자. 한 시간 반 뒤면 돌아올 거야. 그때까지 있어줘."
그의 말은 죄다 주문 같았다. 결국 따르고야 마는, 마법처럼 휘감아 나를 비상하는 새가 되게 하고 이슬 젖은 풀로도 만들고야 마는. 그를 사랑하게 되면서 이전의 모든 사랑과 이후의 모든 사랑을 지워버렸다. 만일 사랑이 폭력적이라면, 처절한 피투성이의 독재라면, 나는 그 잔혹함을 그를 통해 배웠다. 오직 유일한 사랑, 다른 모든 것을 파괴하고 폐허 위에 우뚝 선 사랑.

그를 기다리는 오전이면, 침대 맡에 그가 놓아둔 읽다 만

책을 따라 읽거나 위층에 있는 서재를 뒤적거렸다. 서재 한가운데에는 커다란 매트리스가 놓여 있었다. 그곳에 펼쳐진 책을 따라 읽는 날도 있었다. 그리고 그날 내가 본 책은 '포기하는 것을 배우기'라는 부제를 단 책이었다. 포기는 결코 실패와 동의어가 아니다. 기대하지 않을 곳에 기대를 접을 줄 아는 것, 칭얼거릴 자리가 아닌 순간 투정을 멈추는 법을 깨우치는 것, 다시 말하면 받아들일 줄 아는 용기와 지혜를 습득하는 것이다. 포기하는 것을 배우는 책, 상실을 받아들이는 법을 배우는 책이라니. 이끌리듯 집어 들어 책을 펼쳤고 집에 오는 길에 서점에 들러 품고 와야만 했다. 그 책을 읽는 것만으로 조금 어른이 된 기분이었다.

상실이라는 말은 유년기부터 20대를 지배하던 말이었다. 사라진다는 건, 공포였다가도 매혹이었다. 귀환과 실종의 테마를 반복하는 이야기에 취하곤 했다. 모든 이야기는 사라짐으로 마무리된다. 모든 이야기는 귀환으로 시작된다. 모든 이야기는 시작과 끝이 없는 고리처럼 돌고 돌아서, 그 귀퉁이마다 꽃을 피운다. 굴곡은 때로는 아찔하거나 완만하기도 하다. 그리고 나에게 그는, 바로 사라지는 사람이었다. 조금씩 지워지고 지워져서 어느새 투명해질 존재. 그래서 사랑할 수밖에 없는 사람. 그래서 온몸으로 맞닿고 또 맞닿아야 하는 자.

이제 그 책의 제목은 잊었다. 이제는 그를 사랑하지 않는다. 천공의 누각 같던 그의 서재도 사라졌다. 거품처럼 톡, 터지듯이 톡.

이 세상이 하나의 학교라면, 상실과 이별은 그 학교의 주요 과목입니다. 상실과 이별을 경험하면서 우리는 필요한 시기에 우리를 보살펴주는 사랑하는 이들, 또는 전혀 알지 못하는 사람들의 손실을 자각하기도 합니다. 상실과 이별은 우리의 가슴에 난 구멍입니다. 하지만 그것은 다른 사람들로부터 사랑을 이끌어내고, 그들이 주는 사랑을 담아둘 수 있는 구멍이기도 합니다. *

* 《인생 수업》, 엘리자베스 퀴블러 로스, 데이비드 케슬러 공저/류시화 역, 이레, 2006.

/ 마모되듯 이별이 온다 /

그 러 니 까,
　　뜨 거 운
　　　　포　옹
같 은　것

・　　　　　어느 영화를 보다가 뜨거운 포옹을 봤다. 봤다
기보다는 느꼈다. 뜨거운 포옹은 그런 거다. 보기만 해도 느낄
수 있는, 뜨거운 포옹은 그런 거다.

　　오래전 여름, 그르노블의 기숙사 앞. 먼저 떠나는 한 사람
을 보내느라 기숙사 친구들과 함께 나와 있었다. 모두에게 한
명씩 인사를 건네던 그가 드디어 내 앞에 섰다.

　　"여기서, 너를 안아봐도 되니?"

　　고개를 끄덕이자 그가 나를 힘차게 끌어안았다. 물론 그때
는 마지막이라고 생각하지 않았다. 마지막이 아니라는 생각
은 언제나 내 이별들을 조금은 수월하게 했다. 이제는 생각한
다. 모두, 어쩌면, 마지막이었다. 떠나는 발걸음을 조금 가볍

게 하기 위해 그의 질문에 다시 한 번 고개를 끄덕였다. 질문
은 그러니까, 이런 것이었다.

"6개월 뒤에 비엔나로 온다는 약속, 꼭 지킬 거지?"

아침 이별에는 특별한 느낌이 있다. 느슨한 아침의 공기가
이별의 슬픔으로 촘촘해진다. 습기처럼, 안개처럼 차오른다.
묵직한 이별의 무게가 심장을 짓누르지만, 아직 잠에서 덜 깬
아침은 미처 그것이 슬픔인지 모른다.

아침이 오기 전의 그날 밤으로 거슬러 올라간다. 아니다.
전날의 아침부터 이야기할까. 그는 나를 자신의 차에 태우고
무작정 달려갔다. 수업이 끝난 뒤, 주말마다 우리는 어디론가
찾아가곤 했다. 조금만 달려가면 까만 밤하늘과 넓게 펼쳐진
들판이 나왔다. 가로등 하나 없는 어두운 밤하늘과 밤의 들판
은 그 경계를 쉽게 들키지 않았다. 별들이 쏟아졌다. 밤하늘
로, 밤의 들판으로, 흐드러진 꽃처럼 날리고 떨어지고 빙글빙
글 맴돌았다. 나는 차에 올라타면 거리의 표지판에 적힌 지명
을 외치곤 했다. 저기로 가는 거야. 앞으로 15킬로만 달리면
되는 거야.

그는 그날 아침부터 서둘러 내가 외쳤던 지명 중 가장 멀

었던 한 도시로 달려갔다. 특별날 것 없는 작은 도시였다. 공원에 들러 산책을 했고 슈퍼마켓에 들러 함께 장을 보았다. 그는 도서관에서 빌려왔다는 릴케의 시집을 들고 우리가 자주 찾던 나무 밑 벤치로 갔다. 그가 시를 읽는다. 내가 무척이나 좋아한다고 고백했던 바로 그 시를.

그날 밤 우리는 함께 밤을 새기로 했다. 그가 내 방으로 올라왔고 나는 침대에 앉았고 그는 책상 앞 의자를 끌어 내 앞에 앉았다. 그가 잠시 후 더 가까이 다가왔다. 무릎을 꿇고 침대에 앉은 나를 물끄러미 바라봤다. 한참 잔인했던 그 시절의 나는 빙그레 웃으며 말했다.

"말해봐. 너, 나를 좋아하지? 좋아한다고 말해봐."

그가 고개를 저었다. 힘차게 고개를 저었다. 나는 웃음을 잃지 않고 되풀이했다.

"너는 나를 좋아해."

그가 다시 고개를 젓는다. 그만 그의 커다란 눈이 빨갛게 물드는 것을 본다. 이런, 장난이 지나쳤다. 나는 말을 멈춘다.

알 수 없는 일이 벌어졌다. 내 앞에서 울음을 터뜨린 남자를 두고 잠이 들어버렸다. 그때의 내 젊음은 밀려오는 졸음처럼 어쩔 수 없는 것 투성이었다. 사랑에 빠진 스물둘 청년을 앞에 두고 잠이 들었다. 새벽이 지나가는 소리가 들린다는 걸 그때 알았다. 화들짝 놀라 눈을 떠보니 먹물 같은 어둠 속 그의 흔적은 말끔히 사라졌다. 나의 졸음을 나조차 이해할 수 없었다. 너무 미안해서 그대로 문을 열고 뛰쳐나갔다. 그의 방으로 달려가서 문을 두드렸다. 이름을 불렀고 문을 연거푸 두드렸지만, 기척이 없었다. 상심에 가득 찬 채로 돌아왔다. 다시 잠이 들지는 않았다. 어쩌면, 앞으로 절대 잠 같은 건 잘 수 없을 것만 같은 기분이었다.

동이 틀 무렵 누군가 내 방문을 두드렸다. 문을 여니 그가 서 있었다.

"견딜 수가 없어서 짐을 싸서 떠났다가 인사도 없이 갈 수는 없다는 생각에 돌아왔어."

우리는 그렇게 영영 마주할 수 없었을 얼굴을 다시 한 번 마주했다. 마지막이라고는 생각하지 않았다. 다시 만날 약속을 했고 그 뒤로도 복도를 쩌렁쩌렁 울리는 벨소리에 달려 나가 그에게 걸려온 전화를 받았고 만 1년 동안 꼬박 편지를 받았다. 나의 답장은 차츰 뜸해졌다. 6개월의 약속은 지켜지지 않았다. 6개월이 오기 전, 그에게 너의 비엔나 아파트 옷장 속에 내가 숨어 있으니 문을 열어보라는 편지를 보냈다.

6개월이 지나갔고 1년이 흘렀고 그는 내게 마지막 편지를 보냈다. 이것이 마지막이 될 것임을 선언하는 편지였다. 인생에서 나와 함께 보낸 시간이 가장 행복했었다는 선언과 함께 이별을 고했다. 더는, 답장이 없는 편지를 쓸 자신이 없다고. 나는 그 편지에조차 답장을 보내지 않았다.

그러니까 뜨거운 포옹 같은 것은 가끔은 도무지 더 나아갈 곳이 없다는 걸 깨닫게 한다. 이미 뜨겁게 포옹했으니 이별해야 할 것만 같은. 당신을 다시 찾아가는 것보다 뒤돌아서 걸어가는 제스처가 더 어울리는. 두고두고 그 감각이 살아 오른다는 것은, 울컥거리나 미처 빠져나오지 못한 울음 같은 것은, 뜨거운 포옹의 부작용이거나 혹은,

뜨거운 포옹이라서.

‘사 랑’에 게
보 내 는
이 별 편 지

•　　　　　　　다시 5월입니다. 당신과 내가 사랑에 빠졌던 바
로 그 5월입니다.

　　우리의 첫 번째 데이트를 기억하나요? 칸 영화제의 아침,
정장 차림의 당신은 내게 무엇이 하고 싶은지 물었습니다. 나
는 바다에 가고 싶다고 했어요. 우리는 옷가게에 가서 옷을 사
서 갈아입고 당신은 구두를 벗어 손에 들고 맨발로 거리를 걸
어갔어요. 해변에서 하루의 절반을 보내고 숙소로 돌아왔을
때, 피곤해서 곯아떨어진 나를 당신은 옆방에서 내내 기다렸
습니다. 눈을 뜨자마자 방을 나와서 열린 문틈 사이로 우두커
니 앉아 있는 당신 모습을 보았습니다. 헤어질 시간이 다가오

고 있었어요. 당신은 쫓기듯이 물었죠. 나를 좋아하나요? 나는 고개를 끄덕였고 당신은 그대로 나를 꼭 안았습니다. 새벽 다섯 시가 되어 당신이 공항으로 떠나야 할 때까지, 우리는 입술이 부르틀 때까지 함께 있었습니다. 당신은 잘 모르겠지만, 나는 그때 당신 셔츠에 붙어 있던 단추 하나를 훔쳤습니다. 이별 뒤에도 내게 남을 만한 무언가가 필요했으니까요. 달라고 말할 수도 있었지만, 훔치는 편이 더 어울렸어요. 마음은 받기보다는 훔치는 편이 더 짜릿한 것처럼.

당신은 일주일도 못 견디고 내게 데이트 신청을 했어요. 머나먼 미 대륙에서 보낸, 유럽의 어느 도시에서 점심을 먹자는 제안이었지요. 이번 주 토요일에 점심 같이 할 수 있어요, 라는 질문에 나는 기가 막혀 웃기만 했는데, 당신은 정말 12시간의 비행을 거쳐 그 주의 토요일 내 앞에 서 있었어요. 그리고 2주 뒤 토요일에도 내게 돌아왔고요. 결혼 약속을 받아내고 일주일을 함께 보낸 뒤, 당신은 나 대신 짐으로 꽉 찬 내 이민 가방을 들고 떠나갔지요. 두 달 후 나와 함께 당신을 찾아갈 짐의 양을 덜어주기 위해서였습니다. 마침내 하늘을 날아 당신의 아파트에 도착했을 때, 옷장 절반에 가지런히 정리되어 있는 내 물건들을 보았습니다. 마치 오래전부터 당신과 함께 살았던 듯 그곳에 익숙해진 품새였어요. 그리고 거실 테이블에는 나를 맞이하는 꽃다발과 반지가 놓여 있었습니다.

　당신에게 더는 아무것도 훔치지 않게 되었다는 사실을 깨달았을 때, 얼마나 슬펐던지요. 우리가 서로에게 안겨준 수많은 물건들 속에서 마음이 차츰 희미해지고 있다는 걸 당신도 알았겠지요? 내 존재가 더 이상 당신의 인생에 기막힌 선물이 되지 못한다는 것, 때로는 부담스러운 짐처럼 거추장스러워진다는 것을 나는 잘 견디지 못했어요. 그래도 행복하다고 자꾸만 속삭이며 눈을 감고 귀를 막은 채 당신을 바라봤어요. 하지만 이미 텅 빈 눈과 먹은 귀였잖아요. 어느덧 끝난 시절을 우리는 차마 보내지도 못하고 부여잡고 있었잖아요. 뜻 모를 증오와 공포에 팔딱거리며, 고래고래 소리를 질러보기도 하며.
　사랑에 빠지는 건 순간이었는데, 이별을 받아들이기에는 참 많은 시간을 보내야만 했어요. 고통밖에 남지 않은 관계임을 인정하는 것이 더 고통스러우리라 생각했으니까요. 하지만 눈앞에 있는 상대야말로 내가 가장 사랑했던 한때의 증거라는 사실만큼 힘든 인정이 있었을까요?

　형량이 선고되듯 관계에도 기간이 정해진다면 차라리 나았을까요. 사랑을 시작하는 일보다 헤어지는 일이 더 힘들다는 걸 당신을 통해 알았습니다. 불행한 관계만큼 생생한 현재

진행형은 없다는 걸 배웠습니다. 불확실한 미래, 상대의 부재에 대한 두려움은 이미 마감했어야 할 관계를 악마의 계약으로 밀어 넣기도 하지요. 관계는 존재의 기반을 무너뜨리고 한때 열렬히 사랑했던 이들은 추락합니다. 함께 사랑했으되 추락은 철저히도 개별적이더군요. 파괴의 속도에 가속이 붙어 돌이킬 수 없이 손상되면서도 떨어지기를 멈출 수가 없었습니다. 사랑하라는 정언만큼 이별 역시 가정 없이 이루어져야 할 경우가 있다는 걸 그렇게 배웠습니다. 견디지 말아야 할 관계, 끝내야만 하는 관계에 익숙해질수록 고통을 감내하는 탄성은 엄청나지더군요. 아직은 괜찮다고 여전히 사랑한다고 이를 대체할 관계는 어디에도 없을 거라고 되뇌면서요. 불행한 사랑을 이어가는 자는 우리가 어떻게 불행한 운명을 만들어 가는가를 보여주지요. 빠져나와야 할 자리에 가장 오래 머무르다 어느새 사랑을 고통의 동의어쯤으로 믿고 말지요. 익숙한 불행을 이어가는 데 제 삶을 통째로 내어놓으면서요.

우리는 첫 만남부터 매혹의 덫에 단단히 걸렸던 것 같지요? 매혹의 주술이 풀리자 이해할 수 없는 낯선 이를 마주하고 있었습니다. 그때까지 엄청난 세월을 함께 보냈다는 건 우리가 얼마나 운 좋은 사람인지를 증명해주는 것이겠지요. 그렇지만 사로잡힌 주술에는 적절한 대가가 필요하지요. 나는 자꾸 훔쳐야만 했어요. 당신의 눈길을, 손짓을, 입술을, 단추를, 손짓을 그리고 계속되는 무언가를. 훔치는 법조차 잊게 하는 권태 속에서 차츰 우리는 삶을 제물로 매혹을 이어가려고 했지요. 당신을 만나 사랑한 것을 후회하느냐고요? 아니요. 호감이 상호적이란 사실을 알았을 때의 전율을 대신할 것이 있을까요. 주변을 떠다니는 불운한 기운쯤은 단번에 날려버릴, 태풍처럼 강력한 기운이었지요. 온몸에서 열정의 감각들이 눈을 뜨고 몸부림치다 세상 밖으로라도 튀어나갈 기세로 질주했고요. 그리고 서로를 향한 마음의 깊이가 다르지 않다는 것을 깨닫는 순간의 황홀함이란! 그 이후의 고통이 어떠했든지 간에 되돌리고 싶지 않아요.

이제 당신을 향해 열려 있던 촉수를 접었습니다. 마음이 스르륵 닫히고 '끝'이라는 푯말을 내걸었습니다. 누군가 마음을 흔들면 금이 가듯 틈이 열리고 나는 앙큼한 수집가답게 사소한 무엇 하나를 훔치곤 했지요. 알고 있나요? 틈이 아무는 순간은 먹먹한 새벽의 자락을 타고 불현듯 나타난다는 것을. 나는 닫히는 그 간극 사이로, 너무나 사소해서 당신은 기억조차 못할 오래전의 그 단추를 보기 좋게 던져버릴 거예요. 그건 나만의 이별 동작, 안녕의 몸짓일 테죠. 이제는 다 아물어버린 마음을 동봉해서 편지를 쓰겠죠. 수신인은 당신이 아닌 사랑입니다. 아마도 우편이 도달하는 순간, 내 심장은 당신의 흔적 따위 잃어버린 후일 거예요. 편지가 도착할 그곳은 늘 그대로일 마음의 창고랍니다. 갈라졌다가 아문 마음들은 모호한 그리움에 경쾌한 노래를 부를 테지요.

안녕, 안녕, 그대만을 향해 피어났던 마음. 더불어 그대도 안녕. 더 이상 훔칠 것을 주지 않는 이곳의 당신도 함께.

지 나 간
사 랑 을 향 한
지 극 한
인 사

• 　　　　　때로는 명징하게 찾아오는 끝도 있지만 그렇지
않은 마지막도 있다. 사랑이 저물었다는 사실이 돌연 찾아오
는 깨달음처럼 혹은 패전의 선포처럼 찾아올 때가 있다. 당장
의 인연이 마감되었다고 하여 상대방을 미워할 이유는 없다.
이를 두고 누군가는 제대로 사랑하지 않았기 때문이라고 하
지만, 나는 사랑했던 시간을 너무 사랑해서라고 답할 수밖에
없다. 함께 사랑했던 시간 속 우리가 존재하기를 멈췄을 따름
이다. 살아남지 못한 대신 새로운 우리가 탄생했을 뿐이다. 새
로운 탄생을 당장은 축복하기 힘들겠지만, 존재의 죽음을 애
도하되 미워할 이유는 없다. 왜냐면 소멸된 존재에는 내가 그
를 사랑했던 모든 이유가 함께 있기 때문이다. 새로이 생성된

/ 마모되듯 이별이 온다 /

존재를 미워할 이유가 없는 것은 그는 이미 나를 사랑했던 예전의 존재가 아니기 때문이다. 그래도 사랑했던 기억이 남아 있는 사람이 나와 아무런 인연을 맺지 않은 사람보다 소중하다. 그것이 내가 내 삶을 아끼고 긍정하는 태도이다. 변하는 것은 당연한 것이고 때로 우리는 시간의 흐름과 함께 사랑을 재생성하고 관계를 갱신하는 데 실패한다.

관계를 끝내는 것이 과거의 열렬했던 사랑을 무효화하는 것은 아니다. 지금 헤어진다고 해서 그때 사랑했던 일이 거짓이 되지 않는다. 사랑 역시 태어나서 자라다 죽음을 맞이한다. 죽은 자를 이승에 붙잡는 것은 그를 떠도는 원혼으로 만드는 일. 사랑을 '잘' 하는 자는 사랑을 '잘' 떠나보내는 자이기도 하다.

유혹에 치러야 할 비용이 있듯 이별 또한 그러하다. 유혹처럼 가슴 뛰는 일이 아닌, 고통스러운 시간과 당면해야 할 것이 명확해서 피하고 싶은 비용이다. 이별의 비용을 상대를 탓함으로써 치르려고 한다거나, 적당히 통보하거나 통보조차 없이 도망가는 일로 미루는 일도 흔히 볼 수 있다. 하지만 이별에도 의식이 필요하다. 이것은 상대방은 물론 관계에 대한 예의일 뿐 아니라 함께 보낸 시간, 그리고 그 시간에 몰두했던 자기 자신에게 선사하는 절차이다. 친절히 설득할 필요는 없지만 적어도 명확한 의사 표명은 필요하다. 사랑의 고백이 있다면 이별의 고백, 적어도 선포라도 있어야 한다. 상대방에게 그 이별에 저항하고 분노할 기회라도 주어야 한다. 당연히 그 과정은 고통스럽다. 일방적으로 이별을 선언하는 사람에게도 쉽지 않은 일이다. 성숙하지 못한 사람은 자신이 이별을 요구하는 입장이면서도 오히려 피해자인 양 분노를 표출하면서 자신을 정당화하기도 한다. 두려움의 또 다른 표현이다.

사랑했던 사람은 누구나 제대로 이별을 누릴 자격이 있다. 그것을 함부로 박탈할 권리는 관계 속 누구에게도 없다. 이별을 먼저 이야기하는 자도 이를 통해 제대로 상실과 애도의 과정을 밟아갈 수 있다. 아프고 지난하고 고통스럽더라도, 겪어야 할 과정이 있다. 그것은 당신이 마지막으로 할 수 있는, 지나간 사랑을 향한 지극한 인사이다. 제대로 이별한 사람이 새로운 사랑에도 온전히 들어설 수 있다. 이별 기피자들에게 사랑은 중첩되고 반복되는 후렴구에 불과하다. 이별과 사랑 사이에 오가는 것을 무엇이라 부르든, 썸이든 정념이든, 육체적 계약이든 관능적 우정이든, 누렸다면 대가를 치르는 편이 좋다. 비용을 치르면서 우리는 배우고 성숙한다. 그리고 성숙한 자만이 누리는 성숙한 관계에는 곡진한 즐거움이 있다.

그 립 거 나
사 랑 하 지
않 거 나

•   양손잡이 남자와의 이별은 지하철역 입구에서
어정쩡히 이루어졌다. 우리는 이미 헤어진 상태였고 전해줄
것이 있다는 말에 그를 보러 나갔다. 나는 그가 건네준, 곧 출
간될 계획이라는 원고 복사본을 들고 있었다. 스프링으로 제
본된, 꽤 묵직한 책이었다. 그가 문학 장르의 책을 썼다는 게
호기심을 자극했지만, 바로 열어보지는 않았다. 지하철 안에
서도 내내 책은 입을 꾹 다문 채 내 무릎 위에 놓여 있었다. 집
에 도착해서 차를 끓이고 책 몇 권을 뒤적이다 마침내 원고를
열었다. 몇 페이지를 넘기지 못하고 닫아버리고 말았지만.

    나는 마치 단서를 찾는 탐정처럼 그의 흔적을 읽고 있었
다. 얼마 전에 돌아가신, 사랑했던 할머니의 죽음이 첫 페이지

부터 실려 있었으니 어찌 흔들리지 않았겠는가. 그리고 그녀 혹은 그녀들일지 모를 여자의 이야기가 언급되자 곧바로 책을 닫아버렸다. 머릿속으로 소용돌이치듯 되살아 오르는 기억들을 그의 시점에 맞춰 정리해갈 자신이 없었다. 혼자 남아 그를, 어쩌면 내가 없는 그의 시간을 유추하는 내 모습이 비루하기 짝이 없었다.

원고는 잊혀졌다. 그가 외국 발령을 받아들일지 고민 중이라는 말에도 나는 반응을 보이지 않았다. 제안을 받아들였다는 말을 듣고도 그를 만나려 하지 않았다. 그가 파리를 떠나던 날 공항에서 전화를 걸어왔지만 받지 않았다. 응답기가 돌아갔고 나는 분주한 공항 소리를 현장 중계 듣듯 들었다.

그가 떠난 뒤 얼마 되지 않아 새로운 남자와 사랑에 빠졌다. 어처구니없을 만큼 쉽고도 어리석게. 남부의 휴양 도시에서 열리는 영화제 마지막 날, 우연히 만난 사람이었다. 꼬박 하루를 데이트했고 남자는 미국으로 돌아가야 했다. 집에 도착하자마자 남자가 보냈다는 꽃다발을 품에 안았다. 일주일도 지나지 않아 그가 부친 선물들이 줄줄이 도착했다. 남자는 매일 전화를 걸었고 이메일을 보냈고 거리를 두려는 나와 토요일 점심을 같이 먹겠다는 핑계로 12시간을 날아와 주말을 함께 보내고 갔다. 이주 후에는 일주일 예정으로 파리를 다시 방문했고 그로부터 열흘 후 남자는 나와 함께 한국을 방문했다. 나의 부모님께 인사를 드렸고 결혼 허락을 받았다. 누군가 좋아한 적은 있었어도 사랑에 빠진 적은 없었다고, 결혼은 생각해본 적 없지만 나와는 함께하고 싶다고, 자신은 선택에서 틀려본 적이 없는데 나를 만난 순간 확신할 수 있었다고, 자신의 인생은 원래도 멋졌지만 나를 만나고 나니 그것이 얼마나 기막히게 멋진지 알게 되었다고 말했다.

남자를 미국으로 보내고 다시 파리로 돌아온 나를 맞이한 것은 응답기 가득 남아 있는 양손잡이 남자의 메시지였다. 그가 떠나기 전 했던 말을 까맣게 잊고 있었다. 이미 수차례 만나고 헤어지는 것을 반복했기에, 어쩌면 그는 나의 단호한 돌아섬을 믿지 않았는지도 모른다. 그는 3개월마다 파리에 오겠다고 말했고, 약속대로 3개월 만에 파리에 도착했던 모양이었다. 그가 파리에 머무는 동안을 꼬박 한국에서 보냈다. 나는 응답기 메시지를 모두 지웠고 전화기와 함께 친구에게 응답기를 넘겼다. 이주일 뒤 미국행 비행기에 올랐다. 금세 돌아올 줄 알았는데, 도시를 다시 방문하기까지만 6년이 걸렸다.

남편은 양손잡이 남자와 정확히 대척점에 있는 존재였다.

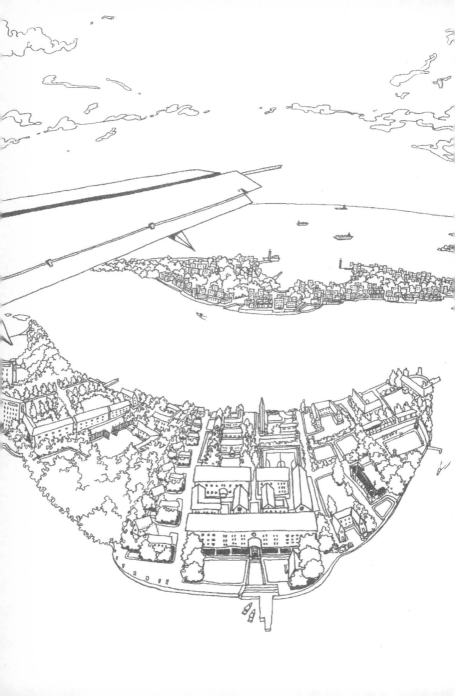

다정하고 열렬한 연인, 단순하고 명쾌한 삶의 논리로 무장된 사람. 삶에는 기쁨과 화, 무심함을 제외하고 다른 감정이라고는 있을 것 같지 않은 삼진법 감정의 사나이. 나를 이해하지 못해도 결핍을 느끼지 않고 안달하지 않는, 확신과 자신감으로 똘똘 뭉친 존재. 사랑하는 행위만으로 백 퍼센트 빛나는 이 순간의 남자. 그래서 내게 가장 넉넉한 피난처이자 숨을 동굴이 되어주었던 사람.

양손잡이 남자는 만남과 헤어짐을 반복한 4년이라는 시간 동안, 단 한 번도 내게 사랑한다는 말을 하지 않았다. 좋아한다는 말은 가끔 했을까. 아름답다는 말을 자주 내뱉기는 했다. 어떠한 수식어도 붙이지 않는, 담백한 문장으로. 너는 아름다워. 아름답구나. 너의 눈이, 코가, 입술이, 목선이, 어깨가, 가슴이, 허리가, 엉덩이가, 다리가. 그러나 아무리 기다려도 오지 않는 말이 있었다. 그에게는 밝히지 않았지만, 나는 그 말이 중요했다. 그는 내게 그 말을 하지 않았으므로, 그의 찬탄은, 황홀한 듯 바라보는 눈길은 모두 무효가 되었다. 그는 내가 첫 아이를 임신하고 결혼의 행복한 단꿈에 젖어 있을 때에야 비로소 그 말을 전해왔다. 정말 많이 사랑했었다고. 그러면 안 된다고 생각해서 무던히도 노력했지만, 사랑할 수밖에 없었다고. 이제 와서 해서는 안 될 말임을 알지만, 전하지 않고는 견딜 수가 없다고.

　그가 나를 사랑해서는 안 된다고 생각했던 이유는 내가 그를 사랑해서 안 된다고 생각했던 이유와 일치했다. 우리는 둘 다 긴 연애의 끝, 패잔병처럼 너덜너덜해진 채로 서로를 만났다. 그는 내가 여전히 옛 연인을 잊지 못한다고 생각했고 나 역시 그러했다. 나는 그가 나를 충분히 사랑하지 않는다고 생각했고 그 역시 그러했다. 우리는 인생에서 어쩌면 가장 찬란할 20대의 중반을 보내고 있었다. 그 시절의 빛은 우리를 또 다른 눈부신 사람들에게로 안내했다. 누리고 싶은 것이 많은 동시에 아무것도 누리고 싶지 않았다. 사랑의 허무로부터 도망치지 않고는 관계를 견디는 법을 알지 못했다.

　시간이 흘렀고 그의 소식은 잊힐 만하면 흘러들었다. 그중에는 예전에 내게 전해줬던 원고가 이제야 출판되었다는 것도 있었다. 나를 위해 특별한 삽화를 집어넣었다는 전언도 함께. 그의 말을 의심했다. 나를 위해? 도대체 왜 나를 위해서일까? 그제야 비로소 오래된 짐 꾸러미 속에 갇혀 있던 원고 한 더미를 기억해냈다. 아이들을 학교에 보낸 어느 오전, 옷장에 앉아 꼼짝도 하지 않고 원고를 읽었다. 그때는 알지 못했던 이야기들이 베일을 벗듯 모습을 드러냈다. 그의 쓸쓸한 일상이 있었다. 밤새워 사랑을 고백했던 이메일이 있었다. 그것을 읽지 못하고도 궁금해 하지 않는 한 여자가 있었다. 그는 한 달이 지나서야 물었었다. 지난번 보낸 이메일을 읽었느냐고. 두 달 전에 폐쇄된 계정이라 내용을 찾을 길이 없다고 대답했었다. 어떤 내용인지 암시조차 주지 않아서 찾을 생각도 하지 않았다. 평소와 다를 바 없는 안부 인사인 줄 알았다. 여자는 끝 끝내 그 메일을 읽지 못했다.

세월이 흐른 어느 날, 또 한 번 이메일 주소가 바뀌고 한참이 지난 후, 그는 다음의 구절을 인용한 이메일을 내게 보냈다. 정확한 출처를 밝히지 않아도 알아볼 수 있었다. 나 역시 읽으면서 귀퉁이를 접어놓은 곳이었으니.

제드는 그들 사이에 이제 더는 아무 일도 일어나지 않으리라는 것, 결코 아무 일도 일어날 수 없으리라는 것을 깨달음과 동시에 커져가는 슬픔을 곱씹으며 되뇌었다. 그는 생각했다. 삶은 때로 우리에게 기회를 주지만, 너무 비겁하거나 우유부단해서 그 기회를 덥석 움켜잡지 못하면 이내 거두어가 버린다. 인생에서 무언가를 할 수 있는 순간이 있다. 행복 속으로 들어갈 수 있는 어떤 순간이. 그 순간은 며칠 동안, 때로는 몇 주 혹은 몇 달 이상 지속된다. 대신 인생에 정말 단 한 번, 꼭 한 번뿐이다. 나중에 아무리 그 순간으로 되돌아가려 해도 불가능하다. 더 이상 열정과 신뢰와 믿음을 위한 자리는 없고, 희미한 체념과 서로를 향한 서글픈 연민과 뭔가 일어날 수도 있었으리라는 적확하고 무의미한 감정만이 남을 뿐, 우리에게 주어졌던 선물을 받을 자격이 없다는 것만 증명한 셈이 되고 마는 것이다. *

그는 덧붙였다.

'오래전, 읽으면서 너를 생각하며 접어두었던 글귀야.'

그와 함께 빛나는 20대를 지나가던 그 시절에 내가 그에게 보냈던 편지 한 장의 사진을 첨부했다. 다시 읽었다간 속이 불편할 것 같아 망설이다가 호기심을 누르지 못하고 읽어버렸다. 당시의 감정이 서투른 언어 속에 생생하게 살아 있었다. 그래, 그랬었지. 그때의 나를 사로잡던 건 바로 기원을 알 수 없는 어긋남이었지. 하지만 그렇지 않던 때가 있었던가. 살면서 많은 시간을, 내가 나임을 불편하게 여기며 살았다. 자신과 지독히 흡사한 적, 사도와 싸우기 위해 휴머노이드 에반게리온에 탑승한 10대 소년 같은 어설픔으로. 때로는 절박함으로.

나는 나 아닌 것을 조종하며 세상과 맞서야 한다. 때로는 저무는 해를 배경으로 그렇게 해가 지도록 끝이 보이지 않는 싸움을 한다. 내가 조종하는 에바는 나와 그리 다르지 않고,

내가 싸우는 너조차 나와 유사한 존재이지만, 이렇게 맞서고 함께 뒹구는 일 말고는 할 수 있는 것이 없다. 어둠이 먹물처럼 내려앉으면, 우리의 그리 다르지 않은 몸뚱이는 하나로 엉켜 보일 것이다. 대립이 처절한 것은 나와 네가 그리 다르지 않아서일 텐데, 우리의 싸움은 지루하고 멸렬하여 때때로 우리 모두를 낯설게 내던지고 만다. 싸움은 우리의 몸뚱이라도 겹쳐지게 하지만, 싸움의 끝은 우리를 분리시킨다. 그래서 나는 다시 피에 젖은 솜 더미처럼 무겁고 눅눅해진 몸을 일으켜 너에게로 달려든다. 차라리 다투면 서럽도록 외롭지는 않을 테니. 내가 세상과 너에게 다가가는 방식은 애초에 투쟁밖에 없었을까.

그에게 말했다. 너와 헤어진 이후, 너의 궤적을 더듬어 상상하며, 잃어버린 '나'를 꿈꾸듯 시간을 보낼 때가 있었다고. 세상을 반쯤은 떠돌듯 사는 남자는 내 흔적을 곳곳에서 발견했다고 말했다. 그리고 덧붙였다. 아직도 가끔씩 네가 그리워. 이상도 하지.

그래, 참 이상도 하다. 우리는 그러니까, 그립거나 근심하거나. 그러나 더 이상 사랑하지 않거나.

* 《지도와 영토》, 미셸 우엘벡 지음, 장소미 옮김, 문학동네, 2011.

리 바 운 드
관 계 에
관 하 여

• 　　　전화로 이별을 통보받은 적이 있는가. 나는 있
다. 문자로 이별을 통고받은 적은? 친구 K의 경우가 그러하
다. 이메일은? 음성 메시지는? 종전을 선포하듯 연애의 종말
을 일방적으로 공포하는 행위는 당하는 입장에서 보면 참 부
당하다. 사귈 때는 동의를 얻어 사귀었는데 왜 헤어질 때는 내
의사가 중요하지 않지? 더 기막힌 경우는 헤어졌는지 아닌지
조차 알 수 없이 멀어지는 경우다. 잠적하거나 연락을 씹거나
아무런 설명도 없이. 그의 대답을 기다리다 지쳐 문자로 한바
탕 퍼부어도 보지만, 그래도 감감무소식. 치사해서 그의 이름
을 주소록에서 지워보지만, 아뿔싸 망할 놈의 기억력이라니.
술 먹고 필름이 끊긴 후에도 뇌는 방뇨하듯 그의 전화번호를

싸지른다. 깨질 듯한 머리를 붙잡고 일어난 다음날 아침이면 절로 기도하는 마음이 된다. 떨리는 손가락으로 메시지 창을 열어보면, 그러면 그렇지. 과학기술의 폐해와 현대문명의 이기를 성토하고 싶어진다. 그에게 또 문자를 보내고 말았다. 폼 나게 잊어주고 싶었는데, 폼 나지 않게 버림받고 나면 수습조차 어려워서 제풀에 무너지고 또 무너진다.

몇 차례 후렴처럼 반복되는 이별 끝에 후배 A가 다다른 경지는 바로 이것이다. 사귈 때도 사귀지 않는 듯 헤어져도 그저 쿨하게. 썸녀의 탄생, 동시에 어장관리녀로의 변신도 가능하다. 그녀는 연락하는 남자만 해도, 30대 초반의 잘생겼으나 전망 불투명한 자유직 가 군, 40대 중반 잘나가는 유부남 나 씨, 그럭저럭 다 가져서 즐거운데 독신주의라 최강 갑인 다 오빠가 있다. 셋 다 다가올 듯 다가오지 않는 것을 보면 그들 모두 썸남의 단계를 배회하는 종자들로 보인다. 연애와 연애 아닌 지역 사이에 자리 잡은, 삶과 죽음의 중간 단계 림보와 같은 썸의 지역에는, 생각보다 많은 영혼이 떠돌고 있다.

그러던 어느 날, A는 깨달았다. 그녀는 아직까지 10년 전 열애로부터 회복된 것이 아니라고. 열렬히 연애했고 장렬히 이별했으나, 그 이후 연애의 온도는 쉽게 오르지 않았다. 열 받아서 열렬했던 이별이 두어 차례 있었고 그 이후로는 만남도 헤어짐도 미지근한 기온을 유지했다. 오늘의 날씨는 흐리지만, 춥지도 덥지도 않고 먹구름이 몰려왔으나 비는 오지 않을 것입니다, 를 반복하며 착실히 한 해 두 해를 보내고 30대 중반에 이르렀다. 대학 1학년 때 만나 6년을 사귄 사람과 헤어질 때는 세상이 두 조각나는 것만 같았지만, 해방의 기쁨도 함께 있었다. 태어나서 단 한 명과 섹스하고 죽어버릴 생각에 서글프고 억울했던 나날도 있었으니까. 헤어지는 과정에서 다른 남자들을 만나기도 했다. 가끔은 생각한다. 그때 진 죄가 커 이렇게 길고 꾸준히 벌을 받고 있는 걸까.

　나는 고민하는 A에게 리바운드 관계^{rebound relationship}에 대해서 말해주었다. 한국에서는 여기저기서 썸 타기와 썸남 썸녀 구분법에 관한 이야기가 나온다면, 내가 머무는 미국에서는 리바운드 관계나 리바운드 섹스에 관한 담론이 많이 형성된 편이다. 리바운드 관계란 주로 장기간 계속되었던 깊은 관계가 끝난 후 그 관계에서 벗어나거나 혹은 다시 돌아가기 위하여 갖는, 전 애인이 아닌 다른 누군가와의 새로운 관계를 일컫는다. 대체로 짧은 기간에 끝난다는 통설이 있으나, 리바운드 관계가 장기간의 연애로 이어지는 경우가 없지는 않다. 현재 만나는 상대가 자신과 리바운드 관계를 맺고 있는지를 구분하는 법이 각종 칼럼으로 소개되는 것을 보면, 세상은 이별

이후 재도약을 도모하는 인간들로 그득한 모양이다.

리바운드 관계를 맺는 사람들은 진지한 관계 사이 다시 뛰어 오르는 공과 비슷하다. 그리고 그들을 상대하는 사람은 지상에 깔린 돌멩이나 보도블록쯤 되는 것이겠지. 그들은 이 별의 상처를 치유하거나 무너진 자존감을 회복하기 위해 잠시 거쳐가는 중이란 걸 상대에게 밝히지 않을 수도 있다. 언제나 그렇듯 관계에는 원하는 것이 어긋날 때마다 피를 흘리는 자가 발생하기 마련이다. 머리 위 사과를 향해 쏜 화살이 심장에 꽂히는 수도 있고.

리바운드 관계의 효과에 대해서는 논의가 무성하다. 지난 관계로부터 충분히 회복되지 않은 상태에서 갖는 관계가 혼돈을 더 가중시킬 뿐이라는 이야기가 지배적이기는 하나, 적절한 도움을 받았다는 증언도 흘러나오고 있다. 실연한 친구를 다독이기 위해 동료들이 제일 먼저 하는 말 중 지금이 기회이니 마음껏 즐기라는 조언이 심심찮게 등장하는 것을 보면 더 명확해진다. 나 역시 그 주장에 일부 동의하는 편이다. 우선, 장시간 계속되었던 관계에서 벗어난 후유증은 생각보다 크고, 새로운 만남에 익숙지 않은 사람에게는 적응과 훈련 기간이 필요하다. 산 속으로 들어가 도를 닦고 돌아올 수도 없는 상황에, 충분히 혼자만의 시간을 가지며 자신과 먼저 화해하라는 조언은 지나치게 이상적이다. 지난 관계를 충분히 애도하고 준비된 상태에서 장기 연애에 돌입할 수 있다면 좋겠지만, '충분한 준비'란 도대체 언제 이루어지는 걸까? 우리는 관계의 끝, 누더기로 남겨진 채 원하는 것이 무엇인지 알 수 없는 지경을 헤매곤 한다. 리바운드 관계는 다양한 사람을 가볍게 만나 관계에서 원하는 것을 탐색하는 과정이 될 수도 있다. 단, 리바운드 상태임을 자각하고 이를 상대방에게도 알리는 게 좋다. 리바운드 중임을 잊고 새로운 관계가 당장 옛 연애를 대신하리라 기대했다가는 더 큰 상처를 입게 될 테니 말이다. 그리고 상대방을 또 다른 리바운드 관계로 몰아넣지 않기 위해서라도 필요하다.

A는 만성적 연애 재활 구역에 갇혀버린 것일까. 땅을 치고 튀어 오르지 못한 채, 바닥을 낮게 통통거리다 그대로 굴러가버리는 걸까. 그녀는 다음과 같이 말했다.

"첫사랑이 사랑의 기준이 되어버렸던 것 같아. 그 이후 만났던 사람들은, 그와 닮았거나 반대이거나, 그만큼 열렬하거나 그렇지 않았다고 판단했던 것을 보면. 그 사람을 극복하려고 정반대의 남자를 만났지만, 내가 원하는 만큼 연애에 집중하지 않았어. 그다음 남자는 또 그와 많이 다른 사람을 택했지만, 열정이 식자 종적을 감춰버렸고. 연애에 빠졌다가 헤어나오는 게 힘들어서 적당히 관심을 여러 사람에게 분산하는 식으로 해결했지만, 설레는 건 잠시이고 금세 시들해져."

리바운드 관계는 짧고 가볍고 즐겁게 지나가야 재활의 몫을 해낼 수 있다. A는 10년 전 관계에서 벗어나지 못한 것이 아니라, 리바운드의 도미노 상태에 빠진 것에 가깝다. 지난 관계의 리바운드로 다음 관계를 갖고, 이어지는 관계 역시 이전 연애의 리바운드라면 땅을 치고 더 높이 올라가는 일은 벌어지지 않는다. 오히려 장기적이고 안정적인 관계로 들어서는 감각조차 잃게 만들 수 있다. 썸도 마찬가지다. 가벼운 만남과 탐색의 과정은 필요하다. 그러나 그곳에 언제까지 머물 생각이 아니라면, 자신을 그곳에서 떠나지 못하게 하는 두려움이 무엇인지 돌아볼 필요가 있다. 자신의 가치를 연애 상대의 열렬함에 의존하여 판단했던 것은 아닌지, 처음부터 옛 연인이 충족시킨 모든 것을 새 관계에서 바랐다가 너무 일찍 실망한 것은 아닌지, 연애의 득실을 과히 따져 미리 겁먹은 건 아닌지, 지난 연애 끝에 맛본 고통과 허무함이 모든 연애의 본질이라 미리 설득당한 것은 아닌지.

실연을 잘 극복하고 다시 건강한 관계에 들어서는 사람들의 특징으로 높은 자존감을 든다. 자신이 개입된 관계를 함부로 펌하하지도 않는다. 상대가 떠나든, 내가 그를 떠나든, 그 여부에 매달리지 않는다. 사랑이 끝났다고 해서 자신을 실패했다고 규정하지 않는다. 한 생명이 죽었다고 해서 그 삶을 실패했다고 말하지 않듯, 사랑도 명을 다했거나 사고로 죽음을 맞이했을 뿐이다. 슬퍼하고 안타까워할 수는 있어도 끝났음을 부끄러워할 필요는 없다. 오히려 정성을 다해 사랑하고 사랑받은 기억을 얻었다면 그에 감사하는 편이 좋다. 그리고 썸 타기와 리바운드 관계는 본질에 충실하게 활용한다. 상대가 누가 되었든, 모두 새로운 연애로 잘 이어가기 위해서다. 쉽게 헤어지는 것이 아니라, 잘 헤어지기 위해서다. 이는 썸과 리바운드 관계 자체에도 적용되는 사항이다. 썸이든 재도약이든, 만나서 인연을 맺었으니 이별에도 응당한 대가를 치를 것. 그러니까 헤어짐의 의식에 서로 최소한의 예의는 차릴 것. 부디.

잘
헤 어 지 는
법

· 　　　　유혹의 이야기에는 또 다른 이야기가 있다. 이
별의 이야기다. 나를 사랑하지 않기에 더는 함께할 수 없다고
말했던 남자가 있다. 변심을 인정하지 못해 원망했다가 종국
에는 감사하단 말을 전했다. 사랑하지 않으면서 내 곁에 있지
않아줘서, 우리의 관계에 존엄을 지킬 수 있게 해줘서 고맙다
고 말했다.

　　침대 밑에서 다른 여자의 마스카라 통을 발견해서 헤어진
남자도 있다. 당장은 배신감에 치를 떨었지만, 억지로 이어갔
던 관계를 포기할 수 있어 다행이었다. 혼란했던 마음이 정리
되었고 명백히 헤어질 것을 선언할 수 있었다. 놀랍게도 그가
밉지 않았다. 이별을 진즉 말하지 못했던 건 둘 다 관계에 비

겁해서였다. 미련으로 어영부영 머물러 있었을 뿐 이미 끝난 연애임을 알고 있었다.

그리고 이 모든 이별의 남자들은, 앞선 글에 등장했던 멋진 연인들이기도 하다.

연애를 잘하는 법이 무엇이냐고 질문을 받을 때가 있다. 일반론적인 대답을 내놓기는 힘들지만, 몇 가지는 꼽을 수 있다. 불편한 소통을 잘하는 것과 쉽게 헤어지는 것이 아니라 '잘' 헤어지는 것이다. 편안한 소통은 어렵지 않다. 그러나 생각과 삶의 방식이 비슷한 사람을 만나는 행운은 매번 찾아오지 않는다. 동류의 사람들 속에서도 언급하기 불편한 부분이 있고 그것에 침묵하는 것으로 문제는 해결되지 않는다.

사회학자 앤서니 기든스는 투사적 동일시에 의존하여 장래의 파트너에게 매혹되는 낭만적 사랑을 넘어 합류적 사랑의 가능성을 제시한다. 두 사람의 다름을 인정한 위에서 사랑을 공유하고 새로운 정체성을 협상해가는 사랑이다. 합류적 사랑은 특별한 사람의 발견보다는 특별한 관계의 중요성을 더 부각한다. '그 이상의 통지가 있을 때까지' 관계를 지탱해주는 것은 관계를 지속할 만큼 혜택을 누린다는 쌍방 당사자의 인정을 바탕으로 한다. 바꿔 말하면, 관계 지속으로 누릴 수 있는 가치를 당사자 모두가 인정하지 못한다면 적절한 방식의 매듭짓기가 필요하다.

이별을 마주하는 일은 관계를 시작하는 일보다 몇 배의 노력을 요구하기도 한다. 가장 불편한 소통 중 하나일 수도 있다. 그러나 잘 헤어지는 사람은 잘 시작할 수 있다는 점에서 희망차다. 누군가는 헤어진 다음 서로에게 담담할 수 있음은 제대로 사랑하지 않았다는 증거라고 말한다. 그러나 제대로 사랑한다는 것이 헤어질 때 고통의 한계치를 경험하고 돌아보고 싶지 않을 만큼 상처를 남기는 것이라면, 우리는 상처투성이 패잔병처럼 여생을 살아야만 할 것이다. 실제로 실연의 트라우마는 전쟁의 상처만큼 강렬할 수 있다는 심리학적 보고도 있다. 그러나 연인 관계는, 억지로 호송되어 전쟁을 치른, 모두를 피해자로 만드는 사정과는 다른 서사를 쓸 수 있다. 마땅히 '애도'의 단계는 필요하다. '놓아주는 것' 역시 이루어져야 한다. 놓아주기와 함께 애도가 이루어질 때 의외로 평온한 비탄을 맞이하기도 한다. 슬픔이 반드시 존재를 무너뜨릴 만큼의 고통이 될 필요는 없다. 둘만의 관계에 함몰되어 잊었던 자신을 되살펴보는 성찰의 계기가 되기도 하고 한 발자국 성장할 수 있는 출발점으로 삼을 수도 있다.

수많은 연애 관련 서적은 자기계발서의 형식으로 우리에게 사랑과 유혹의 방법론을 깔끔하게 제시한다. 남자들은 여자와의 적절한 대화법을 권유받는다. 여자들은 동굴이 필요한 수컷을 이해하라는 조언을 얻는다. 이제는 연애담론의 고전이 되어버린, 존 그레이의 《화성에서 온 남자, 금성에서 온 여자》에서처럼 남성과 여성이 서로에게 외계인인 존재라는 설정은 이성 관계를 이해하는 기본처럼 통용된다. 남성과 여성은 애초에 다르게 태어났고 성적 차이에 따른 고정관념을 인정하는 편이 소통 문제를 해결하는 데 편리하다는 인식이 만연해 있다. 불편한 소통에 직면하기보다는 애초에 다르다는 사실을 인정하고 빠르게 다음 단계로 넘어가라고 도처에서 속삭인다. 여기서 다름의 인정은 타자성의 존중이라기보다는 때 이른 포기처럼 보인다. 넘쳐나는 조언 속에서 사랑의 문제는 개인의 영역으로 한정된다. 사회제도와 구조를 통해 떠안게 된 문제조차 개인의 책임으로 치환된다. 그러나 생각해보라. 신혼 첫날밤에야 처음 얼굴을 마주하고 대가족의 틀과 사회 관습, 전통에 지배받았던 그와 그녀들도 우리와 똑같은 문제로 고통 받았을까? 옛날 옛적 농경사회에서도 지금처럼 사랑과 연애에 관한 담론이 범람했을까? 우리의 연애 고민은 현 사회로부터 동떨어진, 나와 너 사이만의 문제일까?

자본주의와 핵가족제도 속 근대화된 자아는 그간 전통과 관습에 의해 결정되었던 것을 이제는 개인의 선택으로 떠맡아야 한다. 자신이 가진 것, 일련의 선택들이 자아를 규정한다. 나는 내 선택의 총합이고 선택의 책임은 내 몫이 된다. 선택할 것이 너무 많아 피로한 인생이다. 연애 역시 마찬가지다. 나는 선택받을 만한 사람일까? 저 사람은 내 선택에 마땅한 존재일까? 잠자리는 언제쯤 갖는 것이 좋을까? 좀 더 진지한 사이로 발전시켜야 할까? 헤어지는 편이 더 낫지 않을까? 질문은 끊임없이 이어지지만, 물어볼 대상은 보이지 않는다. 자기계발서류의 연애서적이 시장성을 갖는 이유이다.

가정과 학교의 틀 안에서 별 탈 없이 잘 자란 아이들에게 연애의 시간은 비로소 어른의 과제에 직면하는 시간이 된다. 부모나 선생에게 묻고 답을 구하기에는 은밀하다고 여겨지는 각자의 공간, 나아가 선택해야 할 것으로 가득 찬 영역을 품게 된다. 그렇지만 아이가 연애와 함께 성장하는 일은 쉽지가 않다. 오히려 연애라는 친밀함의 공간을, 아이의 시간을 연장 혹은 확장시킬 수 있는 자리로 오해하는 이들이 많다. 두 아이가 만나 함께 성장하지 못하는 연애는 상대방에게 일방적 구원을 구걸하는 관계로 맴돌 위험이 크다. 관계의 파탄 또는 자기 파멸로 마무리되기 쉽다. 이것이야말로 우리가 말하는, 뜨겁고 열렬하고 치명적이어서 이후에 회복이 힘든 사랑의 실체는 아닌가?

우리는 어쩌면 질문을 바꿔야 하는지도 모른다. 선택의 특별함을 묻는 것에서 실천의 특별함을 묻는 것으로. 나를 그대로 받아들이고 나아가 구원할 특별한 상대를 선택했는가 질문하는 대신, 서로 다른 개인이 만나 특별한 관계를 형성하고 그를 통해 성장하고 있는가 되물어야 한다. 질문은 자기성찰은 물론 관계의 성찰을 향한 것이 되어야 한다. 앞서 언급한 앤서니 기든스는 친밀성은 타자에게 흡수되는 것이 아니라, 그 사람의 특성을 아는 것 그리고 자기의 특성을 활용 가능하게 만드는 것이라고 말한다. 타자에 대한 개방은 역설적으로 개인적 경계를 요구한다. 각기 다른 개인을 대할 때 적절한 방법론은 도움이 될 수 있다. 그러나 그것은 나와 다른 타자의 경계를 민감하게 인지하고 마침내 합류의 지점을 찾아내는 감수성이 바탕이 되어야 한다. 대화의 끝마다 "진짜?" "정말?" 등으로 반응하고 상대의 끝말을 반복해주는 간편한 대화법에 그쳐서는 안 된다. 소통에 진정으로 필요한 것은 반응의 연속이 아니라 응답이기 때문이다. 그리고 그 응답은 나와 당신으로 이루어진 공간만을 향한 것일 수는 없다. 개인 생활의 영역은 사회와 제도 변화에 의해 재질서화되며 그 역으로 친밀성의 공간에서 이루어지는 변화는 사회를 뒤바꾸는 시작이 되기 때문이다.

얼마 전 한 남자에게서 도무지 사랑을 믿을 수 없다는 고백을 들었다. 열렬히 사랑했던 사람이 앞에 있는데, 무료하다 못해 소통마저 불편해진 일상을 믿을 수가 없다고 했다. 그는 한 여자에게 첫눈에 반해 상상 이상의 사랑을 쏟아붓고 결혼에 도달한 사람이었다. 그토록 특별했던 그녀가 이제는 지루해졌고 그 사랑을 앞에 두고 회의하는 자기 자신을 힘들어 했다. 그에게 대답했다. 사랑은 자꾸만 소통하고 갱신하는 행위라고. 한때의 열렬함에 머물 수 없는 일이라고. 당신 앞에 있는 그녀도 예전의 그 사람이 아니므로 이별하고 다시 만나고 다시 사랑해야 하는 새로운 사람이라고. 그를 돌려보내며 덧붙였다.

"그러니까, 사랑을 믿어도 돼요. 새로운 상대를 만나듯 다시 발견하고 관계를 갱신해야만 해요. 이전의 그녀는 물론 과거의 자신과도 잘 헤어지고 새롭게 만나서 사랑하는 일이기도 해요. 미리 포기하지 말고 시도해보세요. 드물지만 가능한 일이에요. 그래서 더 가슴 뛰는 일이기도 하고요. 어딘가는 그렇게 사랑하는 사람들이 살고 있어요."

어딘가를 바로 이 자리에서 시도하는 사람들이 곳곳에 있다. 다름의 불편함을 인정하되 마주하기를 두려워하지 않는 사람들이다. 그들은 소통과 응답을 통해 변화를 이끌어낸다. 때로 이별은 필수적이다. 관계에서도 이별과 재결합이 필요하다. 그와 같은 갱신의 행위는 개인의 삶뿐 아니라 세상을 변화시킨다. 어떻게 사랑할 것인가는 인간의 삶뿐 아니라 사회를 이끌어가는 질문이 되어야 한다.

사랑은
힘이 세다

。　　　　몸과 마음을 다해 사랑하거나 사랑받은 경험이 있는 사람은 막강하다. 삶의 어떤 시기를 지나더라도 사랑의 기억이 그들을 지켜주기 때문이다. 그것에 어떤 초월적 힘이 있어서가 아니다. 사랑하거나 사랑받은 기억은 우리에게 부당한 대우를 떨치고 일어서게 하기 때문이다. 사랑이 끝난 자리를 알게 하여 애도하며 떠나갈 수 있게 하기 때문이다. 사랑을 알기에 사랑을 떠날 수 있을 만큼 강해지는 것이다. 고난을 겪을 때에도 사랑으로 빚어진 높은 자존감과 충일함의 기억은 우리를 쉽게 무너지지 않게 한다. 사랑의 대상은 반드시 이성일 필요는 없다. 친구일 수도 있고, 아이일 수도, 부모일 수도 있다.

J.K. 롤링의 《해리포터》 시리즈는 사랑의 힘이 어떻게 세상을 바꾸

느냐에 관한 이야기다. 사랑한 사람들이 어떻게 사랑을 위해 떠나갔는지를 보여준다. 마법보다 더 센 것은 사랑의 힘이었다. 몰락 직전의 세계를 구원한 힘은 인간 출신 마법사 릴리의 사랑에서 시작되었다. 그녀가 마법의 세계로 들고 온 가장 큰 마법은, 그녀 역시 누군가에게 받아서 각인되었을 '인간의 사랑'이었다. 그녀는 그것을 다시 아이에게 주었고 아이는 그로 인해 살아남았고 그 사랑을 상처처럼 간직하며 성장한다. 해리포터의 이마에 새겨진 번개 마크는 그 사랑의 표지이다. 사랑의 흔적은 때로 너무나도 강렬하여 고통의 흔적과 구분되지 않기도 하니까.

사랑을 다하는 일은 상상을 초월한 인내를 부여하기도 한다. 호그와트 마법학교의 깐깐한 선생 스네이프의 릴리를 향한 사랑이 그러했고, 결국은 그것이 세계를 구원한다. 어느 구원의 이야기가 한 여자를 중심에 두고 일어났다. 그녀, 릴리는 사랑했고 사랑받았고, 그녀가 일으킨 사랑의 회오리가 세상을 구원했다. 존재를 다하여 사랑하는 일은 헛되지 않다. 사랑의 기억은 누군가를 변화시켰거나 변화시킬 것이며 (자기 자신이라도!) 그것은 사랑의 전이를 일으켜, 어쩌면 한 사람을, 어쩌면 한 세계를 구원할 수도 있다.

하지만 그렇게 대단한 사랑을 했으면서 우리는 왜 헤어질까. 인간의 삶이 유한하듯 인간의 사랑 역시 유한하다. 시시각각 변하는 것이 세상이고 사람인데, 어찌 영원하지 않은 것을 품었다고 나무랄 수 있겠는가. 다만 사랑의 기억은 누군가의 삶이 마감될 때까지 가지고 갈 수 있다. 크고 작든 삶의 여정 속 힘이 될 것이다. 사랑은 머물지 않고 전이를 통해 더 많은 것을 변화시킬 것이다. 만약 사랑이 영원하다고 한다면, 사랑이 이끌어낼 수많은 다른 사랑 덕택이다. 잘 사랑한 사람은 헤어짐에도 잘 살아남을 수 있다. 사랑이 끝났음을 애도할 수 있다. 제대로 사랑한 사람은, 사랑이 끝난 자리에 더 머물 수 없음을 안다. 사랑의 유령을 붙잡고 시간을 견디는 일은, 사랑을 환영의 허무함으로 대체하는 일이다. 견딜 수 없이 나약해지는 일이다. 그러므로 떠날 때면 떠나야 한다.

제 6 부

유혹은 세월을

품으며 깊어진다

. . . .

그녀는 자신의 마음에 드는
삶을 살고 싶어 했다.
자신을 유혹할 수 없다면,
내 삶이 나를 유혹하지 못한다면,
타인을 유혹하는 것은 반쪽짜리나 다름없었다.
그녀는 자신의 삶과 스스로에 대한 자부심을
바탕으로 세상으로 나아갔다.

봄 이
온 다,
사 랑 이
온 다

•   서른이 되기 전까지는 만남의 무게가 얼마나
이중적인지 몰랐다. 어디를 가든 누구를 만나든 이별을 잠깐
의 휴지기로만 생각했다. 다시 찾아올 것이고 다시 마주치리
라 믿었다. 타인을 우연히 만나 서로 알아가는 과정은 언제나
특별한 경험이었다. 낯선 삶이 내 안의 풍경으로 들어오는 순
간은 곱씹어볼수록 독특한 풍미를 풍겼다. 세상은 온통 예감
과 그 실현으로 이루어진 듯 보였고, 내 앞에는 무한한 가능성
과 이별이 찾아와도 회복할 시간이 남아 있는 듯했다. 당신과
나 사이에 자라났던 에너지는 결코 소멸하지 않아서, 멀리 반
짝이는 별처럼 궤도를 돌며 반드시 찾아올 조우를 기다리리
라 믿었다. 서랍 속에 남아 있는 낡은 일기장처럼 잠시 잊을

수는 있어도 사라지지는 않는.

이곳저곳을 떠돌다 보니 오래된 일기장마저 삶이 토해낸 거대한 짐 속에서 실종될 수 있음을 알았다. 이름조차 잊은 사람도 있다. 거리를 걷다 마주칠 일도 없을 것이다. 세상에 흩어진 사람들, 장소들을 생각하며 그들을 잇는 지도를 만들어본다. 별자리를 그리듯이 반짝이는 형상이 일어나기를 소원하며.

나의 사랑의 지도에서 프랑스 서쪽 도시 낭트도 반짝이는 자리이다. 오래전 초겨울, 양손잡이 남자와 함께 그곳에서 열리는 영화제를 찾았다. 영화제 첫날, 사무실에서 즉석으로 찍은 증명사진이 박힌 배지를 만들었다. 내 목에 걸어주며 그가 말했다.

"영화제가 끝난 뒤에 바꿔 가지자. 함께 왔다는 걸 기념해야지."

사진 찍기를 좋아하던 남자는 어디를 가든 카메라를 들고 다녔다. 렌즈가 나를 향할 때마다 차마 마주볼 수 없어 고개를 돌려버렸다. 몇 번의 시도 뒤, 그의 카메라는 나를 시야에서 잃은 듯 외면하기 시작했다. 그는 대신 내가 찍는 모든 증명사진을 골똘히 바라보거나 몰래 가져가고는 했다. 돌려달라고 해도 잃어버렸다고 말할 뿐이었다. 나중에 그의 서랍과 지갑

안, 사무실 책상을 옮겨 다니는 사진들을 발견했지만, 거짓말의 이유는 묻지 못했다.

그를 사랑하는 일은 외로웠다. 누군가의 손길을 애처롭게 기다리는 나약한 어린아이로 되돌아가는 기분이었다. 약속을 잡고 나면 남은 시간은 한 편의 부록처럼 사소해졌다. 약속장소에 도착할 때면, 반갑게 다가오는 그의 얼굴에 어리둥절했다. 마음속에 그려왔던 모습과 닮지 않아서였다. 아무리 바라봐도 그를 그리는 시간을 넘어설 수 없었다. 생소하기에 자꾸 보게 되지만, 익숙해지면 곧 헤어져야 할 얼굴이었다.

온종일 너를 보기만 기다렸다고 말하는 대신, 온종일 우울했던 표정을 지어버리곤 했다. 시큰하고 지루한 얼굴로 끝이 없는 그리움을 숨기려고 애썼다. 애타는 마음이 커져갈수록 그는 더욱더 예측 불가능이 되었다. 짐작하려 할수록 결과는 더 자주 어긋났다. 가늠할 수 없다고 생각하니 두려웠고 균형을 잃고 넘어져 바닥을 보일까 봐 무서웠다. 바닥이 드러나는 일을 가장 견디지 못하는 사람은 나 자신이라는 것을 첫사랑의 경험을 통해 알고 있었다. 돌아가고 싶지 않은 자리였다. 그리하여 필요보다 더 넓은 거리감을 둠으로써 나를 보호하고자 했다.

지금은 생각한다. 다시, 또다시, 사랑으로 바닥을 드러냈어야 했다고. 사랑은 그렇게 바닥을 탐사하는 행위라고. 상대가 달라짐에 따라 새롭게 드러나는 바닥을 함께 뒹굴면서. 때로는 혼자이더라도 바닥을 본 자의 겸허와 용기로, 온몸의 곤두선 핏줄처럼 나를 옭아매는 두려움으로부터 벗어났어야 했다고. 그렇게 떠올랐어야 했다고.

그래도 달콤함의 자리는 군데군데 남았다. 그 겨울의 낭트 또한 그러한 자리였다. 우리는 간만에 균형을 찾았다. 뒷걸음치다 우연히 맞닥뜨린 온전한 순간이었다. 차가운 겨울 공기에 서걱거리는 입술을 베어 물듯 입맞춤을 나눴다. 배지를 목에 걸고 영화제 사무실을 나와 걸어가는데, 익숙한 얼굴 하나가 반대편에서 걸어오고 있었다. 나는 자리에 멈춰 서서 남자에게 말했다.

"저 사람, 한국에서 유명한 영화 평론가야. 내가 영화를 하겠다고 마음먹게 된 계기 중에 저 사람도 있어."

그는 당연한 일이라도 되는 듯 내게 말했다.

"가서 인사해. 네 소개도 하고."

"모르는 사람인데?"

"네 삶에 영향을 준 사람이라며. 인사를 건네는 편이 좋아."

그의 말에 기운을 얻어 영화 평론가에게 달려갔다. 무작정 말을 붙였다. "안녕하세요. 선생님의 강연을 몇 차례 들었습니다. 파리에서 영화를 공부하는 학생이에요." 예상 외로 그는 나를 반갑게 맞아주었다. 잠시 카페에 들어가 이야기를 나누기까지 했다. 헤어지면서는 연락처를 주고받았고 나는 들뜬 마음으로 남자가 기다리고 있을 호텔로 돌아갔다. 문이 열리자마자 와락 그의 품으로 달려들었다.

"지금까지 그분이랑 이야기하다가 왔어. 강의를 몇 번이나 들었어도 인사조차 건네지 못했는데."

"봐. 말 걸기를 잘했지? 연락처도 받았어?"

"응."

"앞으로 네가 일을 할 때 여러모로 도움이 될 거야. 사람들을 알아둘 기회가 오면 놓치지 않는 편이 좋아. 영화를 공부하고 있다는 이야기도 했지?"

일과 관련된 이야기를 나눌 때면 그는 부쩍 어른스러워 보였다. 창가에 늘어진 하얀 커튼이 문틈으로 스며든 바람에 흔들렸다. 나는 대답 대신 길게 입을 맞췄다.

그를 통해 알았다. 벅찬 매혹은 혀를 앗아간다고. 너무 버거워서 말이 미리 허무해지는 법이라고. 인어의 목소리를 앗아간 건 마녀가 아니라 휩쓸리듯 찾아온 매혹이었다고. 매혹은 때로 두려움을 부르고 두려움은 말을 잃게 한다고. 그리고 언제나 그렇듯 말을 하지 않은 자는 사랑을 잃게 되는 법이었다. 어쩌면 시작조차 못하고.

　나는 단 한 번도 그에게 사랑한다는 말을 해보지 못했다. 그를 마지막 본 날마저도 잠깐의 이별인 줄로만 알았다. 언젠가 그를 다시 만나게 되리라 믿었고 그때면 내 입에서 사랑의 말이 물결처럼 흐르리라 꿈꾸었다. 봄이 오면 꽃이 피듯 그렇게. 그러나 사랑의 봄은 절로 찾아오지 않았다. 우리는 내내 겨울을 살다, 반짝 내려앉는 햇살에 봄을 그려보다, 겨울로 끝이 났다.

　지금은 생각한다. 그는 낭트에서 어쩌면, 내게 말하는 법을 가르치고 싶었던 것은 아닐까. 함께 있는 시간 동안 침묵 속으로 자주 침잠하는 나에게, 그는 이야기하곤 했다.

　"말을 하지 않으면 알 수 없는 것이 많아. 가만히 있는 것만으로도 좋은 시간도 있지만, 때로는 명백히 표현하는 일이 필요해."

　낭트의 나는, 나를 모르는 이에게 다가가 말을 걸었고, 받아들여졌고, 두려움 없이 이야기할 수 있었다. 아쉽게도 그 경험을 나의 연인에게 적용하는 데에는 실패했다. 네가 어떤 손을 내밀지 알 수 없어 두렵지만 그래도 사랑한다고 말하지는 못했으니까.

롤랑 바르트는 《사랑의 단상》에서 '말로 표현할 수 없는 사랑'에 대해 말한다. 당신에 대한 나의 사랑을 정확히 표현하기란 불가능하다. 젊은 베르테르가 로테의 초상화를 그릴 수 없었던 것처럼, 이곳의 말은 불투명성과 진부함 사이를 흔들거린다. 다른 어떤 언어도 필요로 하지 않는, 최초의 언어, 천국 같은 관능의 언어에 우리는 이를 수 없다. 그러나 바르트는 허무함의 자리에 머물지 않고 '선언의 중요성'을 이야기한다. "무언가 알려지려면 말해야만 하고, 또 그것은 일단 말해진 이상 일시적이나마 진실이 된"다고.˙ 또 다른 프랑스 철학자 알랭 바디우는 《사랑 예찬》에서 사랑의 선언에 우연을 운명으로 끌어들이는 힘을 부여한다. 사랑의 선언은 "단 한 번으로 끝나는 것이 아니라 길고 산만하며, 혼란스럽고 복잡하며, 선언되고 다시 선언되며, 그런 후에조차 여전히 다시 선언되도록 예정된 무엇"˙˙이 된다.

이제는 잘 알고 있다. 말을 하는 행위를 두고 미리 허무해져서는 안 된다고. 낯선 이에게 달려가 말을 걸듯 매번 낯설어지는 당신에게도 달려갔어야 했다고. 사랑은 표현하는 만큼 힘을 얻는다. 사랑의 말들은 주문처럼 우리 사이를 떠돌아야 한다.

다가오는 소리마저 사랑의 주문처럼 들리는 계절이 오고

있다. 입을 열어 주문을 읊조린다. 봄이 온다, 사랑이 온다. 이
제 달려가 인사를 건넬 차례이다.

• 《사랑의 단상》, 롤랑 바르트 지음, 김희영 옮김, 동문선, 2004.
• 《사랑 예찬》, 알랭 바디우 지음, 조재룡 옮김, 길, 2010.

/ 유혹은 세월을 품으며 깊어진다 /

스물아홉이
스물아홉에게

• 그때는 참 대단한 고민이었는데, 지금 생각하면 그때의 심각함이 슬쩍 우스워지는 것들이 있다. 어릴 적 원더우먼과 소머즈 중 누가 더 셀까를 고민했던 것이 이듬해면 태곳적 기억처럼 망연하게 느껴지듯 말이다. 그때의 1년은 나이 들어서의 1년과는 비교할 수 없을 만큼 도약적 단위이기는 하다만.

내 나이 스물여덟에서 아홉이 되던 무렵, 누군가와의 결혼을 염두에 두고 고민한 적이 있다. 결혼에의 꿈보다는 결혼에의 고민이 더 열렬했던 시기였다. 당장 결혼을 선택하지 않으면, 앞으로 내 인생에 결혼이란 올 것 같지 않았다. 하지만 사랑에의 확신과는 별개로, 그와의 결혼에 가슴이 뛰지 않았다. 결혼이란 시작 전부터 달라야만 했고, 행복하게 오래오래 살 았을 법한 낭만적 시작이 아니라면 불행할 게 뻔해 보였다. 그 때 내가 떠올리는 불행이란, 지루함의 동의어였다.

대학 1학년 때 만나 열렬히 연애했고 20대를 마감하기 직 전 다시 만났다. 이제 그만 돌아오라는 말 앞에서 돌아온 탕아 처럼 흐느끼고 말았다. 내 20대는 그로 시작하여 그로 끝내는 것이 옳다고 믿었다. 하지만 그를 옆에 두고도 다른 가능성을 가늠해보는 일을 결혼 생활 5, 6년 후면 다시 시작할 것 같았 다. 멋모르고 시작하는, 정념에 휩싸여 미래를 핑크빛 베일에 가려버리는 새로운 연애 상대와는 달랐다. 그는 내 처음이자 오래전 연애 상대였고 편안한 만큼 내 고약한 버르장머리를 고스란히 되돌려놓는 상대이기도 했다. 그가 기억하는 내 모 습에, 틀에 맞춰지듯 다시 들어맞는 내 자신이 당황스러웠다. 나는 이미 다른 사람이 되었는데, 그 달라진 시간들이 그와의 관계 속에만 들어오면 깡그리 증발했다.

누군가를 사랑하는 일이 내 전부를 다 하는 일이 되기 힘 들다는 것쯤은 알 만한 나이었다. 하지만 결혼 직전만큼은 그 와 같은 환상에 젖어보고 싶었다. 아니, 적어도 그런 시늉이라도 내어야 하는 거 아닌가 싶었다. 우리의 관계에는 환상이 낄 자리는 없었다. 다행이라고 여기고 보다 건설적 미래를 설계해볼 수도 있었건만, 스물아홉이라는 나이에는 환상에의 미련이 너무 많이 남아 있었다. 머리는 맞다고 하는데 가슴이 내키지 않았다. 그는 내게 이미 모든 패를 다 보여준 듯 굴었고 나 역시 그랬다. 연장전이 이어진다고 해도 지루한 매치의 반복일 것 같았다. 그가 없는 삶은 상상할 수 없었지만, 그가 전부일 듯 버티는 삶은 두렵기만 했다.

당시 내게 결혼이란 둘 중 하나가 죽을 때까지 이어지는 연애 독점 계약과도 같았다. 그 가능성이 다행이라고 느껴지기보다는 언젠가는 더 크게 서로에게 미안해질 족쇄처럼 느껴지다니, 암담하기 짝이 없었다. 그 같은 고민에 섣불리 결정 내리지 못하는 내가 남자에게 미안하고 또 미안했다.

파리에서의 유학 생활을 정리하려던 중 잠시 한국에 나와 가족과 함께 설을 지냈다. 며칠만 지내봐도 명확해지는 사실이 있었다. 서른을 앞두고 있다고 해도 한국 사회에서 미혼의 딸이자 여성이란 존재는 아버지로 대표되는 가부장제 질서에 편입되어 살아야 한다. 한때 유예되었던 나의 딸이자 여자로서의 의무와 제약이 또다시 부여될 것이 분명했다. 돌아갈 자신이 없었다. 그때의 좁은 시야로 봤을 때 아버지로부터 확실히 벗어날 방법은 오직 하나였다. 결혼해서 아버지가 아닌 다른 남자의 여자가 되는 것. 그렇지만 그곳에도 또 다른 복잡하고 부자유스러운 가족의 틀이 있었다. 오히려 새로이 바닥부터 올라가야 해서 더 아찔하기까지 한, 위계가족의 사다리였다. 살 집을 고르는 문제부터 결혼 예식에 관한 문제까지 일일이 새 가족의 허락을 받아야만 한다는 현실 앞에서 자꾸 무력해져 갔다. 그것은 내가 새로 맞이할 가족의 일원들이 너그럽고 따뜻한 사람이라는 사실과는 별개의 문제였다. 한국 사회에서 결혼이란 한 남자와 여자의 만남이라기보다는 가족과 가족이 맺는 계약에 가까웠고 내가 짊어져야 할 관계의 틀은 미혼일 때보다 더 무거워질 수 있다는 점은 시간이 지날수록 뚜렷해졌다.

과년한 나이가 되어 옛 연인을 다시 만나는 일은 결혼을 염두에 두지 않고서는 벌어질 수 없는 일처럼 생각되었다. 유학 생활을 마침과 동시에 결혼은 확정된 단계처럼 받아들여졌다. 좀 더 시간을 두고 만날 수 있다는 생각을 하기보다는, 당장 결혼을 선택할지 아닐지를 두고 답을 내리고자 했다. 한창 고민을 거듭하던 중 대학 시절부터 절친하게 지내던 동갑내기 친구를 만났다. 그는 이미 안정된 직장에 자리 잡았고 결혼도 앞둔 상태였다. 내 상황을 설명하자 그는 이렇게 답했다.

"네 애인만큼 너에게 잘 맞고 훌륭한 사람을 찾기는 힘들 것 같아. 게다가 네 나이를 생각하면, 새로운 상대를 만나 연애해서 결혼까지 가기에는 너무 막막하잖아."

새로운 상대를 만나는 것, 그것도 결혼까지 염두에 둘 누군가를 만나는 일이 얼마나 막막한 일인지는 동의할 수 있었다. 그래도 그와 같은 막막함에 나이의 초조함까지 보태야 한다는 것은 억울하기 짝이 없었다. 문제는 용기도 확신도 없는 내 모습이었다. 결혼 따위 급하지 않아, 라고 외칠 만큼 당당하지 못했다. 당장 유학 생활을 끝내고 돌아온다고 해서 빛나는 커리어가 보장되지 않았다. 이래저래 좌충우돌할 게 분명했는데, 이를 두고 한심하게 여길 부모님과 주위의 반응이 겪기도 전에 고달팠다. 그를 다시 만난 기쁨보다 만남의 의미가 나를 더 압도하자 관계는 삐거덕대기 시작했다.

나는 다시 프랑스로 돌아왔다. 그와 결혼하지도 않았다. 자기 환멸과 자학으로 얼룩진 시간들은 구태여 언급하지 않겠다. 그로부터 10여 년이 훌쩍 지났다. 돌이켜보면, 지난 고민의 절절함보다 어리석음에 얼굴이 화끈거린다. 고작 갓 스물 아홉이 된 나이에 놓치면 다시 못 탈 막차처럼 결혼에 안달복달했다니.

많은 경우 고민이란 그런 것이다. 당시에는 절체절명의 문제처럼 느껴지지만 시간이 흐른 뒤 돌아보면 이해가 되지 않는 것. 나로부터 연유한 것이 아니라 세상의 눈과 사회의 기준에 얽매여 삶을 결정하려 했던 것. 선택의 폭을 터무니없이 좁게 잡아놓고 그로 인해 시야조차 가려버리는 것. 외부로부터 얻는 조언도 마찬가지다. 살아온 경험이 특별히 다르지 않고 그것을 의심할 필요조차 느끼지 않는 자에게 받는 조언이란 관습의 앵무새 노랫말 같은 반복일 수도 있다. 스물아홉이 스물아홉에게 건네는, 그것도 삶의 경험치란 터무니없이 부족한 채 세상의 논리를 미리 깨우친 양 암송하는 조언이라니. 내게 진심어린 충고를 했던 친구를 비난하고자 하는 말이 아니다. 당시 우리의 제한된 시야와 어리석음이 안쓰럽게 느껴질 따름일 뿐.

내가 만일 그때의 나를 만나 조언을 한다면 이렇게 말할 것이다.

"선택을 급히 내릴 이유는 없다. 한꺼번에 문제를 얽어두고 고민하지 말고 하나씩 차분히 해결해가라. 한국 사회에 재진입하는 게 두렵다면 그 문제에 먼저 당면해라. 앞선 문제를 대면할 용기가 없어 또 다른 문제를 일으킴으로써 도피하지 마라."

우리는 너무 쉽게 조언을 구하고 조언을 전하는 경향이 있다. 많은 경우 엉뚱한 상대로부터 어처구니없는 대답을 전해 듣는다. 스물아홉의 고민은 때로 서른을 훌쩍 넘기면 애교스런 망상에 불과할 수도 있다. 적절한 인용이 아닐지도 모르지만, 웹툰 〈송곳〉에서 지적한 대로, 서는 자리가 달라지면 풍경 또한 달라진다. 가끔은 걱정과 고민에 매몰된 그 자리를 벗어나서, 움직이지 못한다면 시선이라도 돌려 문제를 생각해보면 좋다.

　　스스로 절박한 자여, 그 절박함의 노예인 자에게 길을 묻지 마라. 먼저 시야를 넓히고 자신이 보고 느끼는 바에 충실하게 길을 보아라. 이건 지금의 나에게 건네는 말이기도 하다.

유 혹 은
세 월 을 품 으 며
깊 어 진 다

•　　　　　연이은 새 생명의 탄생은 일상을 장악했고 정
신을 마비시켰다. 둘째 아이 수유를 마치고 한숨을 돌릴 무렵
에야 거울 속 내 모습을 쳐다볼 여유가 생겼다. 둘째를 유아원
에 입학시키고 약간의 시간이 주어지자 그동안 막아놨던 의
문이 터지듯이 쏟아졌다. 나는 아직 여자일 수 있을까? 엄마
가 아닌, 그냥 여자로서 누군가는 나를 바라봐줄 수 있을까?
두 아이의 엄마이고 30대 중반, 육아와 살림으로 보내버린 결
혼 6년 뒤 내 모습은 반투명에 가까웠다. 나를 지나쳐 남편이
보였다. 아이들이 보였다. 나는 그들이 통과해가는 경유로이
지 그 이상은 아닌 것 같았다. 혼자 바깥에 나가본 적은 헤아
릴 수 없이 아득하기만 했다. 그때 마침 어머니가 미국을 방문

했다. 내 모습을 찬찬히 살펴보시더니 말씀하셨다.

"바람 좀 쐬고 오거라. 아이들은 내게 잠시 맡기고. 프랑스 안 가본 지 벌써 6년이지? 한번 다녀오면 어떻겠니?"

귀환을 알린 친구는 단 세 명이었다. 함께 유학 생활을 시작했던 친구 N, 어느 곳인가 잠들어 있을 J, 그리고 J의 묘소로 안내할 H. 용기가 나지 않아 머뭇거리다가 미국으로 돌아오기 이틀 전에야 H를 만나 J를 찾아갔다. 그리고 우리는 어제 헤어진 듯 6년 후의 거리를 떠돌았다.

묘소를 지나 다다른 곳은 뤽상부르 공원이었다. 내가 기억하던 그곳은, 연둣빛이 돋아나는 봄이나 뜨거운 한낮의 여름이 배경이었다. 서른 중반이 되어 돌아와 보니 초겨울 무채색의 낯선 풍경이 펼쳐져 있었다. 흐린 잿빛 하늘을 담고 있는 호수의 물빛 위로 하늘을 갈라내듯 쭉 뻗은 앙상한 나뭇가지 행렬이 어른거렸다. 습기와 건조의 오랜 반복 끝에 껍질만 남아 굳어버린 듯 마르고 단단한 질감이 눈으로도 느껴졌다. 고개를 들어 아득하게 이어진 나무들의 빽빽한 율동을 바라보았다. 짙고 고집 센 고동빛으로 간략해져버린, 끝을 가늠할 수 없이 되풀이되는 음표들이 기묘한 화음을 자아내고 있었다. 춥고 눅눅한 날씨에도 공원 안을 거니는 사람들이 여기저기 눈에 띄었다. 어린아이를 데리고 산책하는 여인들이나 느린

걸음걸이로 풍경 안으로 사라질 듯 띄엄띄엄 나아가는 노인들이 대부분이었다. 어디를 가든 엄마와 아이들이 있었다. 파리라는 도시가 이토록 많은 아이와 엄마로 넘치는 줄을 오래전에는 알지 못했다.

"엄마가 된 이후부터는 세상 풍경마저 달라진 듯해."

어느덧 공원 안을 크고 둥글게 돌고 있었다. 나는 원을 그리다 잠시 멈춰 서서 H를 바라보았다. 그의 존재가 엄마가 된 나를 둘러싼 풍경 안에 들어 있다는 것이 낯설었다.

"엄마가 된 너를 옆에 두고 걷는 나에게도 파리의 풍경은 달라 보여."

"어떻게?"

"아, 이곳에 이렇게 엄마와 아이들이 많았구나. 그리고 세상의 엄마들이 얼마나 아름다운지도."

"진심으로 엄마들이 아름답다고 생각해? 온갖 영양분을 아이들에게 내주고 바싹 마른 나뭇가지처럼 거칠어진 그녀들이?"

"여성성이 엄마가 되면서 더욱 무르익는다는 생각은 하지 않아? 젊고 탄탄하고 무책임한 것만이 아름다운 것은 아니야."

"주변을 둘러봐. 나이 든 남자들이 젊고 아름다운 여자들을 어떻게 소비하며 살고 있는지. 선택권에서조차 소외되어버린 여자들이 세상에 얼마나 많은지 이제는 보여. 나이에 얽매여서 자신의 여성성을 의심하는 여자들이 얼마나 많은 줄 알아? 나도 어쩔 수 없이 두려워져. 나이가 드는 것이, 젊음을 잃어가는 것이 말이야."

"나는 완경 이후의 여자들이 못 견딜 만큼 유혹적이라고 생각해. 생식 능력을 덜어내고 온전히 성적 존재로 살아남은 거잖아. 어쩐지 순수하게 관능적이라는 생각이 들지 않아? 임신의 걱정 없이 자유롭게 섹스를 할 수 있다는 거잖아."

예상치 못한 H의 대답에 웃음을 터뜨렸다. 반박하고 싶지 않을 만큼 그럴듯한 대답이었고 덕분에 내 기분은 조금 유쾌해졌다. 그래도 추궁하기를 멈출 수는 없었다. 그는 이제 갓 서른이 된 청년이었을 뿐임에도.

"그래서 단 한 번이라도 완경 이후의 여성과 섹스해본 적이 있어? 그녀들의 저항할 수 없는 매력에 이끌려서 그들을 유혹해본 적이 있냐고."

"남자들이 네가 생각하는 것만큼 단순하지 않다는 것만 알아줘. 사랑에 빠지게 하고 욕구를 불러일으키게 하는 장치는 생각보다 복잡해. 나는 관념적인 메타포 없이는 사랑에 빠질 수가 없어. 사랑은 은유와 같아. 그래서 허상이 되기도 하지만. 아무튼 내 안에서 어떤 은유가 성립될 때에만 상대를 사랑과 정념의 시선으로 온전히 바라보게 된다는 거야. 그렇게 되기까지 혼란스럽기도 하고 가끔은 그게 고통이 되기도 하지만 말이야."

　헤어질 시간이 다가오고 있었다. 자꾸만 초조해졌다. 마지막 장을 미처 읽지 못한 책을 억지로 덮어 책장에 꽂아두는 기분이었다. 우리의 발걸음은 자꾸 빨라지고 있었음에도 공원 안을 벗어나지 못하고 출구 근처를 맴돌았다. 가까스로 공원 뒷문으로 빠져나와 라스파유 대로까지 걸어 들어왔다. 그를 보내야 했다. 나는 대단한 결심이라도 한 듯 길 한가운데에 멈춰 서서 작별인사를 고했다. 그는 웃는 듯 우는 듯 일그러진 표정으로 나를 바라보았다. 줄기차게 사람들이 지나가고 우리는 그 안에서 정지된 채 머뭇머뭇 이별을 했다. H가 말했다.

　"조심해서 다녀. 워낙 이상한 사람들이 많은 도시잖아."

　"너도 나도 충분히 이상하다고 생각하지 않아? 이 도시에 어울릴 만큼."

　그가 활짝 웃어 보였다. 그가 팔을 열어 내 어깨를 쥐고 프랑스식으로 인사했다. 그의 입술이 내 볼 위로 가볍게 닿았다가 떨어졌다. 매끄럽고 차가운 느낌이 간지럽게 지나갔다. 마지막 인사를 마친 뒤 그는 좁은 골목길로 빨려 들어갔고 나는 대로를 따라 걸어갔다. 뿌리치듯 단호하게 한 걸음 한 걸음 앞으로 나아갔다. 내 발걸음이 무거운 것은 파리의 초겨울이 한숨처럼 아름다웠던 까닭이었다. 거리는 빛을 잃고 어두웠지만, 가로등도 차의 주행등도 켜지려면 한참을 기다려야 할 것이다. 때를 종잡을 수 없는 오후, 두꺼운 구름 속에 꽁꽁 숨어들어간 햇빛은 밖으로 나올 기미를 보이지 않았다. 나를 둘러싼 풍경들이 정지된 관념처럼 다가왔다. 나는 자꾸 걸을 수밖에 없었다. 멈춰진 풍경 속을 뚫고 지나가야만 했다.

에릭 오르세나의 소설 《오래 오래》의 주인공인 원예사 가브리엘은 '군더더기 없는 기하학과 잠들어 있으나 오롯이 느껴지는 생명의 위대한 현존' 때문에 겨울의 정원을 가장 사랑한다고 말한다. 잎을 벗은 나무들이 알몸을 드러내고 그 뼈대와 굴곡, 뒤틀림과 상흔까지 볼 수 있는 겨울 정원은 경이롭다. 간략해진 선의 율동 속에서 창조자의 참뜻이 드러나는 장소이기도 하다. 라파엘전파의 매끄러운 그림보다 에곤 실레의 마르고 뒤틀린 형상에 매혹되는 나를 떠올려봐도 세상에는 생각보다 더 다양한 층위의 아름다움이 존재한다. 관능 역시 젊음과 연관된 아름다움 속에 한정될 필요는 없다. 오르세나의 소설 속 주인공 남녀는 긴 세월을 거쳐 노인이 된 이후 '순수한 관능의 향연'에 도달한다. 그것은 젊음의 향연보다 평안하고 겨울나무처럼 간결하되 본질적이다. 소설의 마지막 장을 덮으며 절로 나이 듦을 기대하게 되었다. 어쨌든 이토록 늘어난 평균수명에 우리가 젊다고 일컫는 나잇대는 너무 짧은 것은 아닌가. 좀 더 천천히 늙어가도 될 인생의 여정이다.

며칠 전 뒷마당에 앉아 가까운 후배와 와인을 마셨다. 초저녁 햇볕이 여전히 뜨거웠다. 나와는 달리 꽤 차이 나는 연상의 남자들과 데이트한 경험이 있는 그녀에게 물었다.

"나이 든 남자의 매력이 뭐야?"

"데카당한 부분이 있어요."

"나이 든 여자도?"

"그럼요."

나는 다시 에곤 실레의 그림 속 기묘한 아름다움을 떠올렸다. 마른 겨울나무의 위엄과 차가운 표면 속 뜨겁게 품은 생명을 생각했다. 나는 여전히 잎사귀가 우거진 40대이다. 언젠가 모든 것을 떨구게 될지라도 두렵지 않다. 간결해지는 중이고 그것은 새롭게 아름다워지는 과정이기도 하다. 우수수 떨어지는 것, 거칠거나 늘어지거나 주름지는 형상 위로도 유혹의 순간은 지나갈 것이다. 유혹은 때로 세월을 품으며 깊어진다.

오 래 된
봄 날

•   나른한 봄날은 힘이 세다. 학교 다니기를 좋아
하는 둘째 딸이 결석을 선언했다. 이마를 짚어보니 조금 뜨겁
기는 했으나 만 아홉 살의 생기는 미열마저도 볼을 반짝이게
했다. 그래도 봄을 앓는 것은 나와 다를 바 없는 듯하여 집에
붙잡아두었다. 식욕은 여전히 왕성하여 아침을 먹은 지 얼마
되지 않아 단골식당의 파스타가 먹고 싶다고 했다. 아직 정오
에 이르지 않은 거리로 걸어 나오니 햇살은 눈부셨고 바람이
따스했다. 도로를 달리는 차 소리보다도 바람에 흐느적거리
는 나뭇잎 소리가 더 요란한 거리를 지나 식당에 도착했다.

    여느 때처럼 봄비는 그곳의 한가운데 테이블에 앉아 식사
를 주문하는데, 좌편 비스듬히 앉아 있는 여인이 한눈에 들어

왔다. 젊고 활기찬 여인들 사이에서도 시선을 사로잡을 만큼 우아하고 아름다운, 70대를 웃도는 듯 보이는 여인이었다. 희고 투명한 피부에는 거침없이 주름이 잡혀 있었고 은발 머리를 어깨 너머로 늘어뜨렸다. 파란 눈빛에는 생기가 돌았고 앞자리에 앉은 또래 친구와의 대화에 몰입한 듯 표정에는 진지함을 넘어선 엄숙함마저 느껴졌다. 예전 같았으면, 그녀의 젊은 시절이 얼마나 눈부셨을까를 상상했을 것이다. 노년의 나이로 들어선 여인이 저토록 아름다울 수 있다면 예전에는 어땠을까 궁금해 하며, 주름을 지우고 늘어진 피부를 탱탱하게 잡아당겨 보았을 것이다. 하지만 그날은 지금의 아름다움이 얼마나 온전한가 생각했을 뿐이었다. 그녀는 길고 가는 몸 위로 연분홍색 가죽 재킷을 걸치고 있었다. 흐트러지지 않은 긴 목선에는 위엄이 감돌았다. 봄날 햇빛처럼, 그 빛에 피어나는 상의의 분홍빛처럼 감미로운 모습이었다.

불현듯 생각했다. 내가 만약 남자라면, 저 여인을 욕망할 수 있을까. 그녀의 머릿결을 가만히 쓰다듬고, 저 길고 가는 목에 입을 맞출 수 있을까. 내 침대를 감싸는 시트를 떠올렸다. 몇 년째 한 달에 서너 번씩 빨아대 부드러울 만큼 부드러워졌고, 지친 몸으로 파고들 때면 그 촉감만으로도 위안을 줬다. 그녀의 부서질 것처럼 연약한 몸도 그러할까. 알맞게 닳고 닳아서, 적당히 늘어날 만큼 늘어나서, 손으로 잡아 쥐면 그대로 녹아들 듯, 내 표피로 흡수되다 어느덧 사라질 것 같은, 미풍처럼 따스한 느낌일까.

　젊음이 공기처럼 당연하던 어린 시절, 나는 그 이상을 상상할 만큼의 지혜로움도 성숙함도 지니고 있지 않았다. 아니, 원치 않았는지도 모르겠다. 늙음과 오만과 권력과 지위를 동일시했고 그들의 방자함을 내 젊음으로 짓밟고 싶었다. 가진 것 없고 초라하기만 한 내가 할 수 있는 유일한 저항이라고도 믿었을까. 세드릭 클라피쉬 감독의 2008년작 영화 〈사랑을 부르는, 파리〉에는 드높은 명성의 역사학자가 젊고 아름다운 여학생에게 대책 없이 사랑에 빠지는 이야기가 나온다. 오십을 훌쩍 넘겨버린 그의 몸과 마음을, 그녀의 아름다움은 속절없이 사로잡는다. 그는 그녀가 가는 곳을 몰래 뒤쫓고 그녀에게 익명의 문자 메시지를 날리는 일까지 일삼는다. 그는 한탄한다. 젊음과 아름다움이 그토록 무심히 만날 수 있다니. 젊음과 아름다움의 조합이란 얼마나 외설적이고 부당한 일인지. 그의 어설픈 스토킹은 그녀에게 곧 발각된다. 악랄한 젊음은 그를 잠자리까지 끌어들일 뿐 아니라 주체할 수 없는 사랑에 빠진 그를 조롱하는 데에 이른다. 낡고 의심 많은 마음을 무장해제한 순간, 그녀의 젊고 무심해서 빛나는 세계는 그의 두 눈앞에 잔인한 진실을 드러낸다. 젊음과 늙음 사이에는 카페의 창문이 있다. 그녀는 늙은 남자 앞에서 젊고 아름다운 애인의 존재를 드러낸다. 그 투명한 경계를 사이에 두고 카페 밖의 그는 낡은 파리의 거리 한복판에 내버려진다. 젊음과 아름다움이 만나는 것, 그 놀라운 조합은 스스로를 경이롭게 여기지 않아 더욱 상스러워진다. 젊음과 아름다움의 조합에 자의식까지 더해진다면 그것은 더욱 부당한 것이 된다. 물론, 반쪽뿐인 자의식이어야 한다. 그것이 금세 무너지리라는 건 상상조차 못한 채 무심하게 낭비하고 당연하게 누릴 줄 알아야 한다.

그토록 당당했던 나의 젊음도 도무지 도달할 것 같지 않은 시절과 함께 스러지고 무너졌다. 그러나 시선만은 종종 찾아와 거울 속 낯선 나를 무참히 바라보다 지나가곤 했다. 지난 젊음은 현재의 나를 마음껏 조롱하다 돌아갔고 수치심에 어쩔 줄 모르는 나는 앞으로의 쇠락이 자꾸만 더 아찔해졌다. 그러나 나날이 더해가는 쇠락 속에서 내가 늙어가는 속도만큼 아이는 자라났다. 늙음은 성장만큼 찬란하지 않았지만, 사랑하는 이와 함께함은 쇠락을 눈부심으로 해석하는 힘이 되었다. 물론 그와 같은 힘은 저절로 얻어지지 않는다. 며칠 전 새끼 고양이를 키우고 싶다고 말하는 아이에게 사랑과 책임에 관한 이야기를 했다. 사랑은 함께 보낼 오랜 시간을 향한 약속이자 책임이라고.

"어리고 연약하고 애초에 사랑스러운 것을 사랑하는 일은 어렵지 않은 일이야. 사랑은 어쩌면 그 이후에 벌어지는 일일 지도 몰라. 더 이상 어느 누구의 눈에도 사랑스럽지 않더라도 그 존재가 얼마나 사랑스러운지 발견하는 일 같이."

하지만 모든 사랑이 이와 같은 자각과 결심을 전제로 시작되지는 않는다. 첫 아이를 낳아 키우는 일은 상상 이상의 노력과 책임을 요하는 일이었다. 헤아릴 수 있는 전부를 그녀에게 쏟았다. 누군가 이토록 사랑하는 일이 가능할까, 상상 이상을 행하는 일이었다. 우연찮게 둘째를 임신했다는 사실을 알고 남몰래 울었다. 이만큼 사랑하는 사람을 두고 어찌 다른 사랑을 맞이할 수 있겠느냐고. 시간이 흘렀고 둘째를 맞이했고 나는 또다시 미리 가늠치 못한 사랑을 알게 되었다. 두 아이를 향한 사랑은 양분되지 않았고 모순되지 않았다. 사랑에 필요한 시간만큼 내 삶은 풍부해졌다. 다만 그 속에서 길을 잃지 않기 위해 내게 묻고 또 물어야만 했다.

아이는 자란다. 사람의 변화는 때로 사랑의 속도보다 더 빠르다. 우리의 늙음 또한 그러하다. 놀랍게도 아이는 그들처럼 애초에 연약하고 사랑스럽지 않은 내 모습을 바로 거기에서부터 사랑해줬다. 거듭 상상을 넘어서는 나의 사랑은, 그들로부터 받은 사랑에의 작은 보답에 불과했다. 그리고 이 모든 감사함은 삶을 향한 하나의 결심으로 다시 이어졌다. 성장이든 쇠락이든, 변화를 끌어안고 오래도록 사랑하겠다고. 품고 뒹굴고 몸을 담았던 시트처럼, 낡고 닳고 바스러질 때까지, 얇고 희미해질 때까지 사랑하겠다고. 그를 통해 내 늙음까지 모조리 받아들이겠다고.

아이와 함께 집으로 돌아오는 길, 가벼운 현기증이 햇살처럼 나를 관통했다. 아득한 시간의 소용돌이 속, 아이 또한 나처럼 자라고 또 늙어갈 것이다. 우리는 조금은 다른 농도로 투명해진다. 햇빛과 바람과 빨래에 닳고 닳아 보드라워진 내 방 침대보처럼, 그러나 이렇게 함께 펄럭이고 있다. 봄날의 나른함에는 공평한 힘이 있다.

삶이란
교차편집과도
같은 것

　•　　　　가스통 멜리에스(1852~1915)는 영화의 기원
에 있어 가장 중요한 이름 중 하나인 조르주 멜리에스(1861
~1938)의 형으로, 그의 동생이 설립한 영화 제작사 '스타 필
름'의 미국지사를 세운 인물로 알려져 있다. 조르주 멜리에스
는 영화라는 장르에 각종 원시적 촬영기법을 도입하고 연출
과 특수효과, 서사의 힘을 실험했다. 그는 영화 속에 '허구', 즉
거짓말을 끌어들인 인물이기도 하다. 마술사 출신답게 〈달세
계 여행〉(1902) 등의 영화를 통해 판타지의 세계를 자신의 스
튜디오 안에서 만들고 실험했다. 동생 조르주 멜리에스가 프
랑스에 남아 영화사에 길이 남을 환상을 창조하고 있을 때, 형
가스통 멜리에스는 미국을 지나 타히티, 뉴질랜드, 일본으로

의 여행을 떠난다. 20명가량의 영화 스태프들을 이끌고 타히티에 이른 그는 이국적 풍경을 배경으로 영화를 찍는다. 허구에 바탕을 둔 그의 영화들은 차츰 사실을 기록하는 다큐멘터리를 닮아간다. 분장을 통해 타히티 사람을 연기했던 서양 배우들이 화면에서 사라지고 타히티 사람들이 연기하는 타히티 사람이 등장한다. 그들의 연기는 허구와 사실 사이를 가파르게 오가고 있고, 한 세기가 지난 우리의 시선에는 더더욱 분별하기 어려운 형상이 된다. 가스통 멜리에스가 기나긴 여행과 체류 중에 찍은 작품의 대부분은 상영을 목적으로 미국에 도달할 때쯤이면 심하게 손상되어 있거나 분실되기 일쑤였다.

연거푸 흥행에 실패한 뒤 파산에 이른 조르주 멜리에스는 작품 중 많은 양을 폐기했다. 관객들은 더 이상 멜리에스 식 환상 여행에 매혹되지 않았다. 제1차 세계대전 중 프랑스군은 필름 속 은 성분을 추출해서 사용하기 위해 그의 필름 400여 편을 녹여버리기까지 한다. 형 멜리에스의 여행 역시 엄청난 재정 손실과 함께 막을 내린다. 그는 다시 타히티에 돌아가지 못하고 프랑스의 섬 코르시카에서 죽음을 맞이한다. 영화사가 파산한 후 두 형제는 다시는 말을 나누지 않았다고 한다.

이 두 삶의 여정에서 나를 사로잡는 것은 떨어져 있으나 동전의 양면처럼 맞닿은 모습이다. 세트장에 스스로를 가둔 채 달과 해와 판타지의 세계를 꿈꾸었던 '거짓말'의 동생과 직접 몸을 움직여 '실재'의 이미지를 찾아 떠났다가 이국의 풍경 속으로 흡수되는 과정을 경험한 형. 삶이라는 여행에 대한 교차편집과도 같은 두 형제에 대한 단상이다. 이것은 특별한 인생을 살았던 두 남자에만 국한되는 이야기가 아닐지도 모른다. 우리는 모두 이와 같이 대조되는 삶의 단면을 함께 품고 가는 여정 속에 있는지도 모른다. 나는 가끔 내가 두고 온 도시에서 여전히 살고 있을 또 다른 나를 꿈꾸기도 한다. 내가 자주 찾던 카페가 있던 그 길모퉁이를 돌면 내가 두고 온 또 다른 내가 알맞게 늙은 채로 지나가고 있다. 영화로 치면 한 장면에서 만날 수 없고 끝끝내 교차편집으로 어긋날 수밖에 없더라도, 세상 저편에 살아가는 또 다른 나를 상상하면 기묘한 위안을 받는다. 그곳의 나는 그때 다다를 수 없었던 사랑의 아득한 품 안을 거기서 거닐지도 모른다. 지금 이곳의 나는 어느덧 프랑스를 지나 미국이라는 새로운 땅을 떠돌고 있다. 머나먼 고국에서는 허상과도 다를 바 없었던 이국의 풍경이 어느새 낯설지 않은 일상의 풍경이 됐다.

긴 꿈을 꾼다고 생각할 때가 있다. 그곳에 남은 내가 꿈을 꾸거나, 이곳을 떠도는 내가 꾸거나, 그러니까 각기 다른 삶을 사는 저편의 나를 꿈꾸는 것이다. 저편의 내가 눈을 뜨는 그날이 오면, 이곳의 나는 스르르 자취를 감출지도 모른다. 내 삶의 한순간에 가득 찾아왔다 감쪽같이 사라진 사람들을 생각하면 이와 같은 상상은 더 그럴 듯해진다. 미소만 남기고 사라진 고양이처럼, 증발하듯 내 인생에서 자취를 감춘 사람들이 있다. 떠나는 뒷모습을 보았다고 하더라도 그것은 내 시야에서는 어쨌든 증발이자 실종이었다. 눈앞에서 사라진 엄마를 두고 상실을 감당할 수 없어 우는 아이처럼, 보이지 않음은 완전한 부재로 남아버리기도 한다. 나는 그렇게 수없이 이별했다. 어린 시절 놀이터에서 만나 반나절을 함께 놀다 어머니의 부름에 달려가버린, 이름조차 묻지 않았던 아이로부터 그르노블의 기숙사 앞 인사를 나누고 사라진 이후 다시는 볼 수 없었던 그 남자의 실종까지, 셀 수 없는 증거를 가지고 있다. 언제부터인가 생각한다. 사라진 그들은, 바로 저편의 그들의 깨어남에 부름을 받고 돌아갔노라고. 다시 꿈을 꾸게 된다고 하더라도 같은 꿈을 꾸게 될지는 아무도 모른다고. 같은 꿈을 꾸더라도 다시 그 꿈속에서 우리는 마주칠 확률보다 기억조차 못할 확률이 더 높으리라고.

마음은
어디에
있는 걸까

•   7년 전부터 여름마다 아이들을 데리고 한국을 방문한다. 3년 전 여름 아이들은 그토록 원하던 귀뚫기를 감행했다. 친한 재미동포 가족을 만나 어울리다가 귀걸이 한쪽이 떨어져나간 것을 깨달은 첫째는 친구들과 놀이터를 샅샅이 뒤졌다. 사라진 금색 귀걸이를 모랫바닥에서 발견하기란 불가능했다. 그리고 불행의 사소함은 때때로 반복적이다. 복도를 조잘대며 지나가는 아이들에게 시끄럽다고 고함을 질러대는 이웃 할아버지에 놀라서 아이는 울음을 터뜨렸다. 집에 가고 싶다고. 한국이 싫다고.

옆에 있던 친구가 질문을 던졌다. 집이란 어디에 있는 걸까. 다른 친구가 대답했다. 집이란 마음이 있는 곳이지^{Home is} ^{where the heart is}. 나는 그들에게 되물었다. 그렇다면 마음은 언제 태어나서 어디에 있는 걸까. 20년의 세월 동안 고향을 찾아 떠돌던 오디세이의 여정을 생각하다 문득, 내가 고향을 떠난 지 20년이 되어간다는 사실에 등골이 서늘해진 적이 있다. 떠나던 자는 과연 돌아오는 자의 시간을 가늠할 수 있었을까. 젊음을 들고 나선 여행에서 모든 것을 소진하고 돌아와 결국은 죽음/귀환으로 안착하는 시간이야말로 20년이 아니었을까. 느닷없이 늘어난 평균수명 탓에 여분의 삶을 얻은 우리는 그림동화 속 나귀와 개, 원숭이가 살고 싶지 않아 내놓은 삶을 천진하게 받아든 낙관에 찬 서른 청년과 다를 바 없는 처지는 아닌가.*

집(자궁)을 떠나 세상으로 나온 순간은 영원히 기억하지 못하기에 우리의 고향은 돌아갈 수 없는 곳이며 애초에 다시 들어설 수 없는 곳이다. 잠시 몸을 빌려줬을 뿐, 어미는 아이를 키운 집 세간(태반)을 출산과 함께 핏덩이로 내버린다. 우리는 태어남과 동시에 집을 잃는다. 나는 돌아갈 수 없지만, 나의 형제는 들어설 수 있는 곳, 그곳을 과연 나의 집이라 부를 수 있을까. 모성은 도무지 충족될 수 없는 욕망처럼 우리를 비껴갈 뿐이고 떠도는 환영처럼 감미롭되 존재와 비존재를 오갈 뿐이다. 나의 친애하는 동포 친구가 대답한다. 마음은 엄마가 있는 곳이고, 너희들의 집은 엄마가 있는 곳이라고. 그녀의 말에는 분명 위안이 있다. 나는 여전히 불만에 가득 찬 첫째의 눈을 바라보며 대답한다.

"자신의 말과 습관이 만들어진 곳을 떠나 지낸다는 건 어려운 일이야. 네가 태어난 미국을 떠나 낯선 한국이란 환경에 적응하는 일이 얼마나 힘든지 엄마는 누구보다 잘 이해해. 엄마는 그런 생활을 18년째 하고 있거든. 나의 언어로 말하고 듣고 웃는 행복을 일상에서 지워버린 지 오래되어서 이제는 까마득할 지경이야. 가끔은 체한 듯이 슬픔이 심장 가운데에 얹혀서 가라앉을 기미도 보이지 않아. 엄마는 너희에게 엄마의 나라에서 평생 살아달라고 요구하는 건 아니야. 엄마의 이 느낌을 조금만 이해해주기를 바랄 뿐이지. 그래도 한 가지만 알아줘. 나의 마음은 너희가 있는 곳에 있어. 그렇지만 그곳이 나의 고향이 되지는 않을 거야. 엄마에게도 엄마가 있었고 그 엄마에게도 또 엄마가 있었고, 어쩌면 누구나 닿을 수 없는 곳에 고향이 있다고 느끼며 사는지도 몰라. 여행이 좋은 이유는 그 결핍의 당연함에 익숙해지는 여정이기 때문이기도 해."

나의 지워지지 않는 억양을 담은 영어는 식당의 어딘가를 떠돌았다. 나의 말은 너에게 얼마나 다가갈 수 있었을까. 먼지처럼 부서져서 어디론가 내려앉았을까. 우리는 그 말들을 조금은 마셔서 폐부에 싣고 다시 이 대기 속으로 내뱉을 수는 있게 될까. 너는 무엇을 생각할까. 과연, 너의 마음은 어디에 있는 걸까. 엄마의 여정은 그래서 계속된다.

• 이 글에서 인용되는 그림동화의 줄거리는 다음과 같다. 태초에 신이 수명을 정할 때 30년씩을 주었는데, 나귀와 개, 원숭이는 삶의 고단함을 호소하여 각각 18년, 12년, 10년씩을 줄여 받았다. 오직 인간만이 서른의 삶이 짧다고 불평하여 신은 다른 생명들이 버린 세월을 인간의 수명으로 주었다. 덕분에 70년의 수명을 얻게 된 인간은, 원래 수명인 30년을 행복하게 살다가, 나귀처럼 일하는 18년과 개처럼 으르렁거리는 12년과 원숭이처럼 어리석은 10년을 덤으로 살게 되었다.

나는
특별한
정아 씨를
사랑한다

• 　　　　　미국에서는 매해 5월 둘째 주 일요일이 '어머
니날'로 정해져 있다. 같은 달 8일이 '어버이날'인 한국과는 달
리 어머니와 아버지의 사랑을 각기 다른 날에 기념한다. 올해
에도 아이들은 어머니날이라고 직접 만든 카드와 작은 선물을
아침부터 내게 안겼다. 침대 곁에 있는 휴대폰을 확인하자 어
머니에게 문자메시지가 와 있었다. 돈이 들어와 있지 않다는
내용이었다. 매달 초에 용돈을 드리는데 이달에는 어버이날에
맞춰서 보내드렸다. 이미 보냈으니 다시 확인하시라는 답신을
드리니 바로 문자가 온다. '기다려라. 조만간 이번 사업 건이
해결되면 네게 생활비 달라는 소리는 안 하마.' 나는 제발 사고
만 치지 말아달라고 말씀드리고 싶은 걸 꾹 참아 누른다.

/ 유혹은 세월을 품으며 깊어진다 /

어릴 적 나의 고민은 한 가지 맥락으로 이어졌다. 왜 내 가족은 남들과 달라 보일까? 모난 구석 없이 평범하게 자라 달라는 아버지의 바람과는 달리, 우리 가정은 뾰족한 모서리 투성이었다. 돌출 부위는 드러났고 숨기려 할수록 더 부끄러워졌다. 남의 시선이 두려웠고 다르다는 이유로 손가락질 받을까 전전긍긍했다.

문제는 의외의 자리에서 해결되었다. 어머니는 일찍부터 나를 고민 상담자와 삶의 동반자로 여겨주셨다. 도움이 필요하면 요청하셨다. 우리가 각각의 문제 앞에서 나약한, 그래서 유대 관계를 맺을 수 있는 인간이라는 사실을 깨달으며, 나는 공감과 연민을 배워나갔다. 타자를 배제하는 평범함을 벗어나 개별성을 인정하고 받아들이는 연습을 가족으로부터 시작하니 나의 개별성 또한 당당하게 인정하게 되었다. 내가 평범하고 평균적인 아이로 자라지 않는다는 것을 받아들이면서 '정상성'에의 압박은 느슨해졌다. 톨스토이의 《안나 카레니나》의 유명한 첫 문장, "행복한 가정은 서로 닮았지만, 불행한 가정은 모두 저마다의 이유로 불행하다"는 그 뒤에 알았다. 그리고 그 닮음, 인간이 지향하는 '평균성'이란 것이 실제로는 얼마나 이르기 힘든 가치인지도 뒤늦게 깨달았다. 상상의 종합과도 같은 평균치를 향해 끝도 없이 달려가는 것보다 더 많은 각각의 다름에서 살아남는 법을 익히는 편이 좋았다. 어머니는 나에게, '저마다의 이유'에 적응하는 법을 가르쳐주었다.

어머니의 연애 고민을 고등학교 시절부터 들었던지라 자연스럽게 내 연애 상담도 그녀를 통해 제일 먼저 시작했다. 20대 중반, 한창 연애 문제로 골머리를 앓을 때 어머니에게 전화를 걸었다. 일견 복잡해 보이는 일이라고 생각했는데, 그녀의 대답은 간단했다.

"서희야, 네가 평범하게 살고 있다고 생각하니? 평범하게 살 수 없으면 평범한 사고방식은 버려라. 연애에서도 마찬가지야."

어머니의 말은 옳았다. 그날의 열렬했던 고민의 내용은 잊었지만, 그녀의 조언은 뇌리에 남아 있다. 어렴풋이 기억하기로는, 세상의 시선과 내 욕망 사이의 갈등에 관한 것이었다. 잊었으면서 어찌 아느냐고? 비슷한 고민이 20대 시절부터 지금까지도 후렴구처럼 반복되니까. 어쩔 수 없이 회귀하는 평균치에 대한 열망과 그렇게 살지 못하는 나에 대한 불안 사이를 시소 타듯 오르락내리락했다. 내가 마음 깊이 원하는 것은 정작 평균치를 향하지 않는다는 사실을 발견하고 경악하기도 했다.

어린 시절부터 보아왔던 어머니의 삶은 사건사고의 연속이자 좌충우돌 대응기였다. 그녀가 삶을 받아들이는 방식은 언제나 전면적이었다. 거침없이 불행했고 남김없이 행복했다. 행복과 불행의 화학작용을 자연스러운 삶의 운동으로 받아들이고 나면 변치 않는 낙천성이 남았다. 때로는 대책 없이 낙천적이라 난감하기도 했지만, 그녀가 여전히 살아남은 이유는 그 낙천성 때문이라고 믿는다. 아무것도 남기지 않고 빈털터리가 된 어머니는 내게 말했다.

"행복할 만큼도 불행할 만큼도, 누릴 수 있는 것은 다 누려 봤다. 그렇게 살았으니 후회는 없다."

그리고 덧붙였다.

"미안한 것이 있다면, 자식들에게 힘이 되어주지 못하고 짐을 안겼다는 거야. 뻔뻔해 보였겠지만, 어쩔 수가 없었다. 노력해도 안 되는 일이 살다 보면 있더라."

나의 대답은 다음과 같았다.

"우리 사이에 벌어진 일이 무엇이었든 간에 엄마가 평범한 엄마가 아니라서 좋았어요. 정성어린 도시락이나 비 오는 날 엄마가 가져다주는 우산 같은 것에 익숙해지지 않았기 때문에 이만큼 강하게 자랐어요. 엄마다움에 휘청거리지 않는 엄마라서 좋았어요. 덕분에 나 역시 남과 다른 내 모습을 일찍 인정하고 익숙해질 수 있었어요. 정아 씨, 당신처럼 뻔뻔한 여자가 내 엄마라서 좋아요."

　　모순투성이의 한 인간이었던 어머니는 삶이란 한치 앞도
내다볼 수 없기에 짜릿한 모험이자 여정임을 보여줬다. 말년
의 안정과 성공이야말로 제대로 산 삶의 증거라고 말하는 자
들에게 그녀는 어퍼컷을 날렸다. 청춘부터 노년에 이르기까
지 거침없이 욕망하고 솔직하게 살아왔던 자신의 삶에 대한
긍정으로써.

　　모두가 비참하리라고 말하는 현실 앞에 비참하지 않을 수
있는 당당함은 오래된 삶의 자세에서 나온다. 그녀는 다가올
지 모를 불확실한 미래를 담보로 현재를 유보하는 삶은 살지
않았다. 술집 작부부터 사기꾼까지 그녀 주변에는 차별 없이
다양한 인간상이 머물렀고 그녀 역시 성녀에서 쌍년까지의
다양한 스펙트럼을 구분 없이 살았다. 구분과 평가는 그녀 몫
이 아니었다. 내가 배운 최초의 유혹은 그녀로부터였다. 세상
의 다름을 인정하기, 그에 매료되고 다름의 결 속에서 나의 가
능성을 탐험하기. 그녀는 자신의 마음에 드는 삶을 살고 싶어
했다. 나를 유혹할 수 없다면, 내 삶이 나를 유혹하지 못한다
면, 타인을 유혹하는 것은 반쪽짜리나 다름없었다. 자신의 삶
과 스스로에 대한 자부심을 바탕으로 세상으로 나아갔다. 일
반적 가치 검열에 의존하지 않고도 나를 인정하기, 그리고 그

와 같은 인정의 자세로 삶을, 세상을, 사람을 만나 고유한 가치를 창조하는 일. 이룰 수 없을 꿈일지라도 어머니는 내게 그 감각을, 그것을 꿈꾸는 능력을 심어주셨다. 불행은 삶의 도발 정도로 받아들인다. 삶의 도발은 그것을 끌어안을 수 있는 나의 품을 넓혀준다. 넉넉한 품으로 나는 삶에 넘길 도발을 준비한다. 이와 같은 작용 속에서 인생은 더없이 흥미진진한 여정이 된다.

남들과 비슷한 생활수준을 원하고 남들에게 부끄럽지 않을 만큼 삶의 가치를 유지하며 살고 싶다고 말하지만, 우리는 정작 '남들'이 의미하는 바에 명확하지 않다. 그들은 유령처럼 의식을 지배하는 혹은 상상 속에나 등장하는 괴물과도 비슷하다. 곧 나타나 우리를 응징할 것 같은, 그리하여 우리 안의 괴물을 스스로 압사시키거나 미리 색출하여 처단하게 하는.

인간의 외모에서 평균치란 것도 결코 평범함을 가리키지 않는다. 1990년에 발표된 심리학자 랑글루아와 로그먼의 실험은 인간은 외모에도 평균치를 선망한다는 것을 보여준다. 192명의 백인 남성, 여성의 얼굴 사진을 디지털화하여 각각 다른 표본 수의 얼굴을 합성한 사진과 원래 사진을 섞어서 300명의 남녀에게 평가하게 했다. 가장 매력적이라는 평가를 받은 얼굴은 가장 많은 얼굴을 합성한 사진이었다. 진화생물학에 따르면, 많은 사람에게 공통으로 드러난 형질은 그만큼 잘 살아남은 유전자를 의미하기에 인간은 본능적으로 평균치를 선호한다. 흥미로운 사실은 우리가 아름답다고 말하는 여배우 제시카 알바야말로 평균치 얼굴에 가깝다는 것이다. 주변을 둘러보라. 그녀가 태어난 이곳 미국 땅에서도 그녀를 닮은 외모를 찾기란 쉽지가 않다. 그만큼 평균은 가깝지만 머나먼 가치이다.

　　평균을 평범함으로 혹은 정상으로 대치하는 행위란 그러므로 위험하다. 다르기 때문에 정상이다. 나아가 평균치를 벗어난 결점이 내 얼굴의 고유함을 완성하듯 각각의 불행이 내 삶의 특별함을 완성한다. 그것을 재발견하게 되는 자리에 새로운 가치가 창조된다. 바로 사랑이다. 어머니의 불행들이 그녀를 더욱 특별하게 만들었고 나는 그것을 끌어안으면서 그녀를 사랑하는 법을 배웠다. 이제는 할머니처럼 조용히 살아달라는 말을 하고 싶을 때도 있지만, 도로 삼키는 데에도 익숙해졌다. 엄마처럼, 할머니처럼, 이 지향하는 평균치란 내게도 그녀에게도 유혹적이지 않다. 나는 특별한 정아 씨를 사랑한다.

꽃 처 럼
한 철 만
사 랑 해 줄
건 가 요

・   몇 달 만에 만난 오랜 친구가 말했다.

"지난봄에 너 만나고 참 좋았어. 너한테 흰머리가 보이더라. 함께 늙고 있구나 싶어서 위로가 되더라고."

슬며시 웃으며 대답했다.

"나이가 들어 좋은 점이 여기 또 있네. 절로 남에게 위로를 줄 수 있으니. 한동안 내 나이를 받아들이는 법을 잘 몰라서 허둥댔던 것 같아. 당분간 염색 않고 버텨 보려는 중이야."

그때 흘러나온 노래가 있었다.

꽃처럼 한 철만 사랑해줄 건가요? 그대여

새벽바람처럼 걸어, 거니는 그대여

꽃처럼 한 철만 사랑해줄 건가요? 그대여

여기 나, 아직 기다리고 있어

그대의 미소는 창백한 달 꽃 같이

내 모든 이성을 무너뜨려요

그대의 입술이 내 귓가를 스칠 때면

난 모든 노래를 잊어버려요

손끝이 떨려오는 걸 참을 수가 없어

그대의 시선을 느낄 때

숨결 속에 숨겨놓은

이 떨림을 그대 눈치 채면 안돼요

이 떨려오는 맘 잡을 수가 없어

단 하나의 맘으로 한 사람을 원하는 나 *

　

꽃처럼 한 철만 사랑하기를 한때 반복했던 나로서는, 그녀
의 이 속삭임이 한 철만이라도 온전히 사랑하고 싶다는 고백
으로 들렸다.

　어릴 적 때 되면 버스에 등장하는 한 사내아이의 존재만
으로도 온몸과 마음이 뜻대로 되지 않았던 경험이 있다. 그
뒤로는 그런 강도의 흔들림을 느껴보지 못했다. 책을 읽다가,
사람은 누구나 자신의 첫사랑 경험으로 되돌아가기를 소원

한다는 글귀에 잠시 머물렀다. 살아가는 일은 도처에 굳은살을 키워가는 일이다. 사는 일이 쓸쓸할 만치 수월해졌다면 굳은살을 근육으로 착각하는 날들이 늘어서인지도 모르겠다. 차이가 있다면, 굳은살은 떨어져 나가기를 수동적으로 내맡기는 것이라면 근육은 열 때와 닫을 때를 조절할 수 있다는 것이다. 근육을 열면 아이처럼 보드라운 살갗으로 세상을 깊숙이 품을 수 있다. 열 때를 알고 그 앎을 몸으로 받아들이는 것이다.

한 번 걸음마를 뗀 이후에 걷기가 수월해지는 것은 당연하다. 예전보다 쉽게 시작하고 쉽게 지나간다는 사실을 탓하는 이야기를 자주 듣는다. 순수를 상실했다는 한탄은 뒤집어보면 처음을 잘 보내고 그럭저럭 잘 해나가고 있다는 말이기도 하다. 나이가 들어서도 발을 떼는 것이 예전처럼 가파르기를 바란다는 것은 순수에의 갈망이 아니라 퇴화에의 염원일 수도 있다. 다행히 우리는 걷다가 넘어지고 스스로를 일으켜 세우는 일에서 오래전의 머뭇거림을 소환해낸다. 다시 걸을 수 있음을 감사하게 된다. 다시 걸어가면서, 말랑했던 다리가 탄탄해지고 제 걸음의 흥에 취해 무작정 걸어나가는 일이 줄어들기도 한다. 옆 사람과 보조를 맞춰 걷는 법, 쉬어야 할 때는 잠시 그늘을 찾아 땀을 식히는 법 또한 배우게 된다. 나이를 먹고 세월을 보낸 것은 감사할 만한 일이다.

꽃은 한 번만 피는 것이 아니다. 자신이 나무임을 자각하는 순간 제 안의 생명에는 꽃뿐만 아니라 무성한 가지와 잎사귀와 열매, 그리고 기둥과 뿌리와 계절에 따른 각각의 충연함과 가벼움을 알게 된다. 꽃을 피울 때는 활짝, 잎을 떨굴 때에는 우수수, 각 시절에 맞는 수식어에 온 존재를 다해야 함을 안다. 때로는 꽃마저 피우고 싶지 않을 때도 있음을 인정할 수 있다. 궁극의 시간 속 모든 것은 한 계절의 머무름이다. 경이로움은 세상의 모든 것이 길고 짧건 순간으로 연계되어 있다는 데에 있다. 충일함은 그곳에 있다.

나의 어제들이 사라지고 있습니다. 그리고 나의 내일들은 불확실하고요. 그렇다면 나는 무엇을 위해 살까요? 매일을 위해 삽니다. 순간을 살지요. 조만간 나는 내가 당신들 앞에 서서 이 연설을 했다는 것 또한 잊을 것입니다. 그러나 이 모든 것이 곧 잊히리라고 해서 내가 오늘의 이 모든 시각을 살지 않았다는 걸 뜻하지는 않지요. 내일이면 잊겠지만, 그것으로 오늘이 중요하지 않다는 걸 의미하지 않습니다. *

영화 〈스틸 앨리스〉(2014) 중 아름답고 지적이고 열정적인, 그러나 알츠하이머라는 병을 앓는, 50세 여인 앨리스의 연설에서.

• 〈꽃처럼 한 철만 사랑해줄 건가요〉, 루시아, 에피톤 프로젝트 1집, 자기만의 방, 2011.
• 〈스틸 앨리스〉, 리처드 글랫저, 워시 웨스트모어랜드 감독, 2014.

나를
유혹하는
삶

내가 삶을 살아가는 방식은 주변 사람을 근심시키나
보다. 어느 다정한 남자가 말했다.

"나는 당신이 걱정돼요. 한국 사회의 편견은 생각보다 견디기 힘
들고 넘어서기 어려워요. 특히 이혼녀를 바라보는 시선은 정말 남달라
요."

"그런 거라면 걱정 말아요. 어차피 어릴 때부터 익숙하니까. 근데
그거 알아요? 사람들은 생각보다 남한테 관심 없어요. 사람들의 시선
과 말이라고 미리 설정해놓은 관념에 휘둘리지 않으면 돼요."

"당신만의 문제가 아닐 수도 있어서 그래요. 당신 미래의 동반자가
될 수 있는 사람이 당신을 둘러싼 말들에 영향을 받을 수도 있잖아요."

"이봐요. 내 삶을 지금까지 지탱해온 게 뭔지 알아요? 그건 용기도 아니고 의지도 아니에요. 그저 도래하지 않은 미래를 미리 앞당겨서 살지 않는 것뿐이에요. 미래의 동반자도, 사람들의 시선도 아직 당도하지 않은 현실인데, 미리 그것을 염려하며 내 현재를 왜 제한해요? 미래를 위해 현재를 제한하면, 그 미래를 맞이하게 되나요? 오히려 뻔한 미래 이상은 꿈꾸지 못하게 되는 거 아닌가요? 나는 지금 내게 있는 모든 가능성을 여유롭게 누리며 살고 싶을 뿐이에요. 딱히 행복하려고 애쓰지도 않고 불행할까 혹은 불행하게 될까 고심하지도 않아요. 행복이든 불행이든, 어떤 관념에 삶을 끼워 맞추려고 하면 모든 게 부서질 듯 빠져나가요. 그냥 부서뜨리지 말고 끌어안으면 되거든요. 그 안에서 발견하게 되는 눈부신 아이러니와 진실들이 있어요. 나는 그걸 살아가는 것만으로 벅차게 즐거워요."

리처드 링클레이터 감독의 영화 〈보이후드〉(2014)의 마지막 장면에서 주인공은 함께 있던 어느 여성에게 다음과 같은 말을 듣는다.

"흔히 순간을 잡으라seize the moment고 하잖아. 하지만 난 모르겠어. 오히려 그 반대인 것 같지 않아? 순간이 우리를 사로잡는The moment seizes us 것 같아."

내게도 비슷한 경험이 있다. 대학 1학년, 노을이 지는 학교를 등지고 내려오다 교문에서 그리 멀지 않은 대운동장 옆 둔덕 위, 홀로 서 있는 작은 나무 밑에 무작정 올라갔던 그때, 순간에 붙잡히는 것이 무엇인지 명확히 체험했다. 이후로는 막연한 이끌림에 나를 내몰아 떠돌던 시간의 연속이었다. 순간이 우리를 사로잡는 때는 자주 오지 않는다. 불현듯 찾아왔다 속절없이 떠나간다. 때로 희미한 상실감마저 남기고서. 젊은 날의 나는 상실감을 잘 견디지 못했다. 영화에 빠지게 된 것도 그 때문이었다. 순간의 사로잡음, 그 형언할 수 없는 마력을 재생해줄 매체는 영화뿐인 듯 보였다.

이제는 안다. 사로잡힘 이후의 상실이 바로 찰나를 빛으로 떠오르게 하는 것임을. 잘 잃고 감사히 보내야 하는 것임을. 찾아올 상실을 두려워하지 않고 순간에 온전히 사로잡히는 것이 삶의 진의에 다가가는 일임을.

살아보니 안다. 순간의 마법은 갈수록 더 발걸음을 끊는다. 사로잡힘의 감각도 훈련이 필요하다. 적절한 민감함과 거리감, 때맞추어 열릴 수 있는 생생함과 여유로움까지. 어린 시절은 특별한 훈련 없이도 이와 같은 능력의 수혜를 쉽사리 받는다. 어른이 되면 감각은 무겁게 덧문을 내리고 삶은 둔중한 고체처럼 육중한 존재를 드러낸다. 흐르지 않는 삶은 결코 우리에게 순간에 사로잡히는 마법을 선물하지 않는다. 감각은 눈이 멀듯 까맣게 먼 이후라서, 손님처럼 찾아오는 마법을 차마 보지도 받아들이지도 못한다.

홀림은 때로 인생을 뒤바꾼다. 강렬한 방식으로도 그러나 대부분은 구조 속 작은 조각의 사소한 방향 틈 정도로. 훗날 시간이 흐른 뒤에야 살펴 알 수 있을, 삶의 거대한 흐름이 줄기를 사소한 시작으로부터 바꿔간다. 그리고 그 흐름에, 제 시각에, 더 늦기 전에 온전히 자신을 맡길 줄 아는 것은 인간이 부릴 수 있는 최선의 능동성이다. 그것은 성큼성큼 들어가 아득하게 나아가는 일, 그러니까 삶의 유혹에 온통 굴복하는 일이다.

작 가 의 말

12년의 결혼 생활이 끝났다고 생각할 때, 문자 한 통을 받았다.

"칼럼으로 씁시다." ·

"무슨 말씀인가요?"

"유혹의 학교, 말입니다."

　문자를 받기 전 지인들과 만난 자리에서 유혹의 학교를 열고 싶다고 말한 적이 있다. 세상의 어른들에게 성폭력 방지 교육과 함께 유혹의 수업이 절실하다는 요지의 이야기였다. 폭력, 재화의 지불 혹은 허세와 기만으로 존재감을 내세우지 않고 타인에게 다가가는 방법을 함께 배울 기회가 있으면 좋겠다고 했다. 당시 한겨레신문 토요판을 담당했던 고경태 편집장도 그 자리에 있었다. 두어 시간에 불과했던 그날의 만남 이후, 몇 차례 이어진 논의를 바탕으로 10개월에 걸쳐 〈유혹의 학교〉가 연재되었다. 감히 말하자면, 이 모든 것이 유혹의 과정이었다. 하나의 아이디어가 있었고 그것을 표현했다. 적절한 상대가 응답했다. 나의 부족함으로 누를 끼칠까 두려웠지만, 주변의 격려와 도움으로 제안을 받아들였다. 그동안 품어왔던 생각을 짧은 이야기로 풀어냈고 신문이라는 매체를 통해 독자를 만났다. 독자와의 소통으로 칼럼 소재를 결정하기도 했다. 책으로 묶어보자는 고마운 제안을 받았고 한겨레출판의 오혜영 씨는 미국으로 출국하기 직전 숙소 앞까지 찾아와 계약서를 내밀었다. 칼럼을 쓰고 책을 내기까지 거듭되는 회의와 좌절의 단계마다 편집자들의 끈기와 경험이 앞으로 나아가게 했다. 이 책은 그와 그녀의 유혹에 응답한 결과이기도 하다.

우리가 익숙해진 유혹의 개념은 불필요한 오해와 불신을 껍질처럼 두르고 있다. 여자로 사는 일은 때때로 섣불리 유혹의 유죄를 선고받는 일이기도 하다. 성폭력의 원인으로 여자의 옷차림을 언급하고 평소 언행까지 끌어들여 사건을 조명하는 사회 속에서 여자의 유혹이란 언제 어떻게 자신을 파괴할 지 알 수 없는 폭탄이 된다. 유혹하는 여자는, 의도야 어찌 됐든, 남성의 방식으로 소비되어 마땅하다는 논리가 활개를 친다. 유혹은 성행위를 둘러싼 놀음이 되고 남자는 쫓고 여자는 방어하는 역할을 분배받는다. 남성의 욕망은 비대하게 부풀려지고 너무 쉽게 정당화된다. 세상을 떠도는 자기과시성 유혹담 속, 여자는 대체가능한 소비재로 전락한다. 스스로 유혹하는 여자임을 천명하는 여자는 그에 비해 흔치 않다. 각종 성폭력 사건 속이나 남자들의 유혹담에 등장하는, 불경하고 위험하고 욕망에 미쳐 날뛰는 여자들은 도대체 어디 있는가.

자신의 매력을 스스로 알지 못하는 자는 타인에게 다가서는 법을 몰라 헤매거나 엉뚱한 방식으로 경계를 침범한다. 상상력의 부족은 때로 상대에게 혐오감을 넘어 고통을 야기하기도 한다. 무지는 공포를 낳고 공포는 혐오와 폭력을 일상 곳곳에 일으킨다. 여자는 남자를 알고 남자는 여자를 알면 사태가 해결될 것 같지만, 이러한 관점은 남성과 여성의 사회적 관습적 차이를 더욱 공고히 할 때가 많다. 보다 넓게 다가서는 사회 문화적인 접근이, 보다 세밀하게 개인을 끌어안는 상상력이 필요하다. 그리고 이 모든 것은 자신을 배우고 성찰하는 일과 맞닿아 있다. 스스로 들여다보고 그것을 적절히 표현하고 드러내는 연습을 함께 반복하면서 나를 이해시키고 타인에 공감하는 소통의 길을 연다. 삶 전체를 꿰뚫는 자기 서사의 여정이자, 각각의 여정이 만나고 겹쳐지는 자리로 확장될 수도 있다. 이것이 유혹의 학교가 꿈꾸는 최종 목표이기도 하다.

어쩌다 보니 유혹의 이야기를 이별의 한가운데서 썼다. 만나고 유혹하고 사랑하는 일과 같이, 이별 역시 소통과 성장의 과정이라는 걸 글을 쓰며 깨달았다. 이별의 이야기도 마땅히 유혹의 이야기 속에 포함되어야 함을, 사랑을 잃고 아파하고 애도하는 길을 걸으면서 배웠다. 수업은 살아 있는 한 계속되는 일이라는 것도, 그래서 성장은 오직 죽음으로 멈추리라는 것도 아픔의 한복판에서 알게 되었다. 인생이 짧다고 한탄하는 마흔 넘은 엄마를 두고 만 열 살이 된 둘째 딸이 말했다.

"엄마, 인생은 짧지 않아요. 사람이 태어나서 제일 오래하는 일이 뭔지 아세요? 바로 짧다는 그 인생을 사는 거예요."

지금까지 경험한 삶을 통해 앞으로 이어갈 내 삶을 짐작할 수 있다. 이제는 어린 시절처럼 마음 가는대로 꿈을 꾸지 않는다. 우주비행사가 된다거나 국가대표 체조선수가 되리라는 소망 같은 것은 깨끗이 접을 수 있다. 대신 새로운 꿈을 꾼다. 삶은 지금까지, 나를 멈추지 않고 살아가고프게 만들었다. 나의 꿈은 예전처럼 광활하지는 않지만, 고요하고 명징하다. 삶의 유혹에 응답하고 싶다. 나의 삶을 유혹하는 내가 되고 싶다. 기나긴 지구의 역사 속 먼지처럼 스러지는 존재일지라도, 세상에 반응하고 유혹하는 내가, 적어도 내 삶의 역사 속에서 되어보고 싶다.

　기막힌 유혹의 기술을 가르치는 글은 처음부터 쓸 능력도 의지도 없었다. 유혹의 학교는 소통의 자리를 여는 시작이길 원했다. 친밀함의 공간에는 나와 너만이 있는 것이 아니라 우리가 살고 있는 사회와 문화가 공기처럼 자리 잡고 있다. 개인의 문제만이 아닌데도 나만의 짐인 양 착각하고 좌절하기도 한다. 변화는 이러한 짐을 함께 풀어보고 각자의 문제가 우리의 문제였음을 깨닫는 데서 시작할 수 있다. 자신을 새롭게 성찰하고 나로부터 다시 쓰는 자기 서사는 힘이 있다. 이 책을 쓰면서 가장 감사해야 할 일이 있다면, 자기 고백적 글쓰기를 통해 나를 재발견했고 휘청일 듯 아슬아슬했던 인생의 한 여정을 살아냈다는 데 있다. 나를 돌아보며 타인을 발견했고 더불어 세상을 보게 됐다. 여기저기서 만난, 촘촘하고 때로는 성긴 공감이 모여 그물처럼 나를 지탱했다. 나아가 함께 변할 수 있으리라는 희망까지 품게 됐다. 세상의 이야기에 귀 기울여 다시 나를 쓰는 과정이 준 감사한 깨달음이다. 그 글들이 모여 긴 호흡의 책을 이뤘다. 이 책을 건

네며 또다시 당신의 응답을 꿈꿔본다. 당신만의 유혹의 서사를 기대한다.

글을 쓰는 과정은 물론 이혼의 여정 내내 살피고 다독이고 때로는 날카로운 조언으로 나를 돌아보게 한 안희경 님에게 특별한 감사의 말을 보낸다. 슬픔을 주저앉는 데 모조리 쓰지 않고 그를 통해 일어서는 엄마라서 좋았다고 말해준 첫째 딸 C와 밤마다 잊지 않고 사랑의 인사를 건네준 둘째 딸 L을 향한 고마움 또한 각별하다. 칼럼이 진행되는 동안 매력적인 그림으로 나를 유혹해준 김효찬 님, 부족한 저자를 믿고 이끌어준 고경태 님, 오혜영 님께 거듭 감사드린다. 매서운 통찰과 따뜻한 격려로 원고를 읽어준 정연순 님 역시 잊지 말아야 할 이름이다.

유혹의 학교

ⓒ 이서희, 2016

초판 1쇄 발행 2016년 5월 30일
초판 5쇄 발행 2019년 9월 10일

지은이 | 이서희
펴낸이 | 이상훈
편집인 | 김수영
본부장 | 정진항
기획편집 | 오혜영 김단희
마케팅 | 조재성 천용호 박신영 조은별 노유리
경영지원 | 이해돈 정혜진 이송이

펴낸 곳 | 한겨레출판(주) www.hanibook.co.kr
등록 | 2006년 1월 4일 제313-2006-00003호
주소 | 서울시 마포구 창전로 70 (신수동) 화수목빌딩 5층
전화 | 02) 6383-1602~3 **팩스** | 02) 6383-1610
대표메일 | happylife@hanibook.co.kr

ISBN 978-89-8431-984-4 03810